中国人的神神鬼鬼

张一南 著

CNS 湖南文艺出版社 HUNAN LITERATURE AND ART PUBLISHING HOUSE · 长沙

西汉辛追墓T形帛画

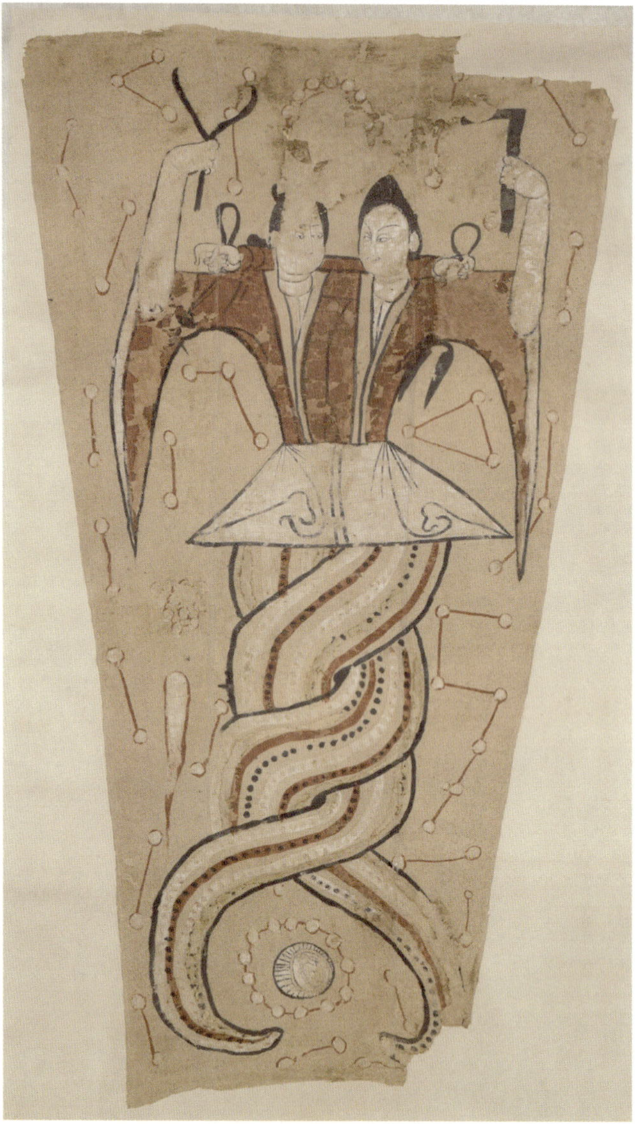

唐　佚名　伏羲女娲像页之一

唐　周昉《麻姑仙坛记图》

唐　吴道子《送子天王图》

五代十国　顾闳中 《钟馗出猎图》

（传）北宋　张敦礼 《九歌图书画卷》

南宋　李嵩《骷髅幻戏图》

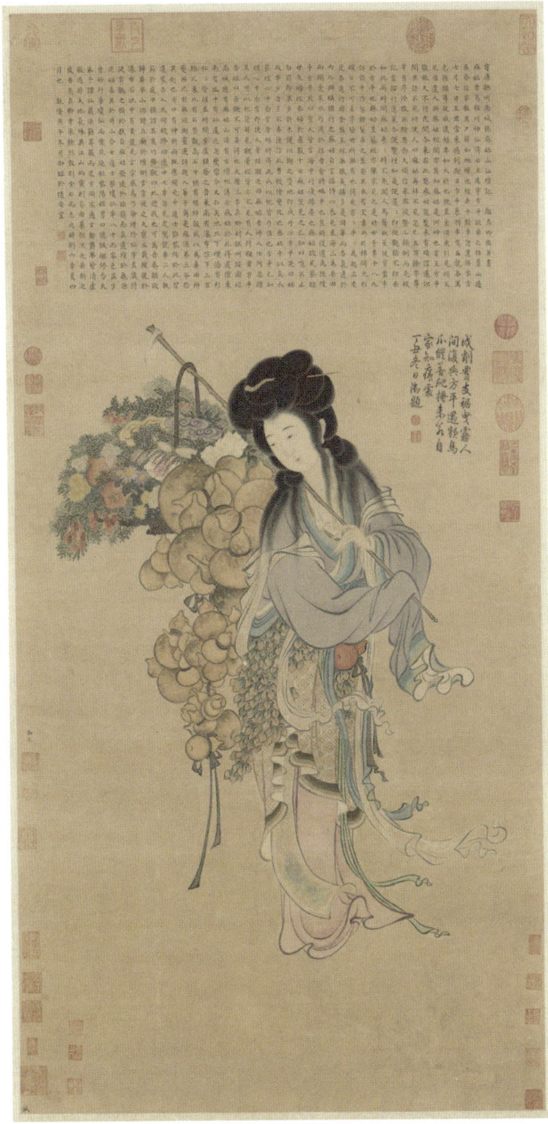

南宋　马和之《麻姑仙像图》

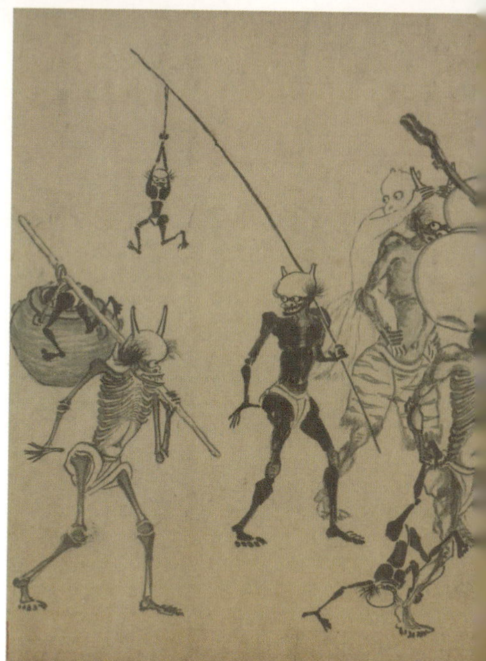

南宋　龚开　《中山出游图》

究見箪身臼面可有有狐比干又奏卜除此妖怪紂王大喜文武皆退紂王來後宮見妲己具說比干之事妲己見言一声仆然倒地令左右扶起王怪問曰卿何如此妲己曰也不語心内忖惟欲言比干壞了我祖上尽是我枝葉來氣倒我恐大王知是妖怪半餉无言肯頭一計上心來妲己奏曰臣妾從幼小時心疼多年不發今發妲己又奏曰休交殺害狐狸殺生害命紂王依奏令出榜於朝門外並不得殺害狐狸有妲己心中思惟乃恨比干須交死在我手有一日比干打酒池肉林炮烙蠆盆洗淌忽有旋風閘起觀是枉死生靈比干見如此之事言曰此是棚囟紂王信妲己之言苦害宮妃枉死之冤未蒙出离比干自言曰我是皇伯可諫於王比干心懷此事至殿下見紂王与妲己對坐比干諫王曰臣啓陛下大王寵信妲己之言置下酒池肉林炮烙蠆盆積累成塵修建鹿臺閣刳腹剖胎之過除斬忠臣往昔敢已損妻皇后毀撥囚姬昌反了黃飛虎皆是我王之過也皆是妲己攛掇聖聽大王試可深思皆可痛哉除斬了妲己全門賜死此是大王仁道復行也願大王依小臣之言紂王依之言比干又奏曰昔日祖

父湯王下車抱尸而哭有一大臣問曰何故哭之湯情湯王曰朕聞三皇五帝堯舜禹之時至餓莩死者並无今到寡人之時莩死者无限豈不是寡人无德言罷湯王遂開倉庫救濟貧民飢者得食寒者得衣天下盡和聖治之王此是湯王之德也陛下忠之依小臣之言斬了妲己是正紂王不悦不听比干之言

詩曰　唐虞揖遜底和平　及紂如何播惡声　若明日干忠諫論　江山不被外人爭

比干又奏曰昔日夏禹王之後生桀王无道建都在蒲城州安邑縣不修国政出勑令不交百姓種田養蚕逆相守天下大乱湯是桀王之臣見此无道共伊尹伐之大王不信小臣之言亦如桀王之過也紂王亦過一言比干又奏曰陛下豈不聞祖父湯王為君平天下大旱七年終日祈雨〻不降乃禱社稷之神雨亦不降湯王曰社稷之神是堯王之臣也姓姬名弃是古堯王之神也禱之无靈可宜除之太史奏曰君要雨降陛下可焼一人祭天雨乃降矣湯王曰罪在朕躬朕躬有德上合天心若下燒一人祭天何可燒他人乎罪皆在朕若天降雨朕當親登柴籠焚朕湯王於黄柴于市中湯王自登柴籠四方居民盡皆仰有

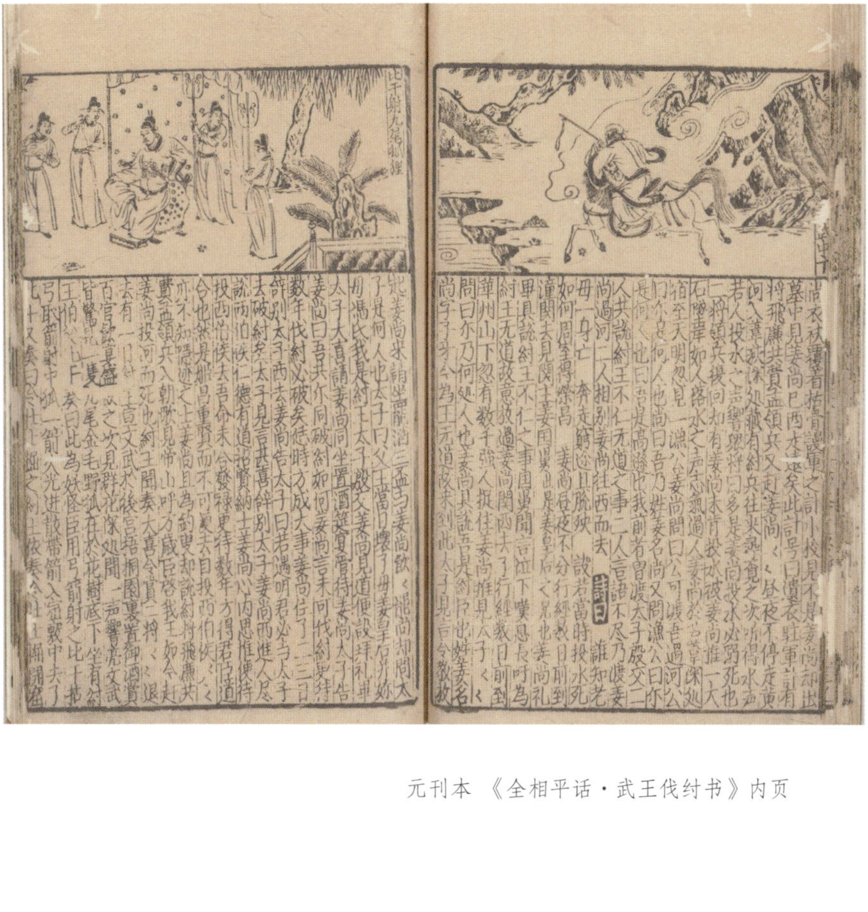

元刊本《全相平话·武王伐纣书》内页

明　法海寺壁画　帝释天东全图

明　仇英《蟠桃仙会》

明　仇英《揭钵图》

明内府彩绘本《唐玄奘法师西天取经全图》 零本一册内页

清刊本《新说西游记图像》内页插图

清　唐培华《牛郎织女图》

清　徐扬《仿宋人天王像》

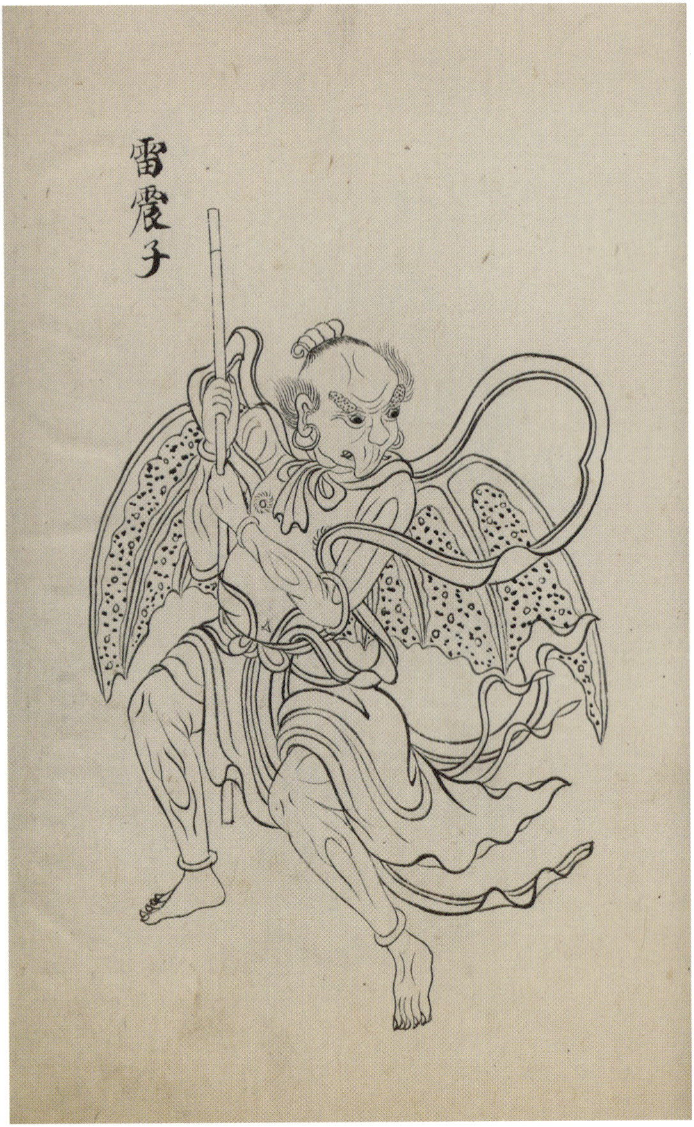

清墨绘本《封神真形图》雷震子

清墨绘本《封神真形图》殷郊

細柳

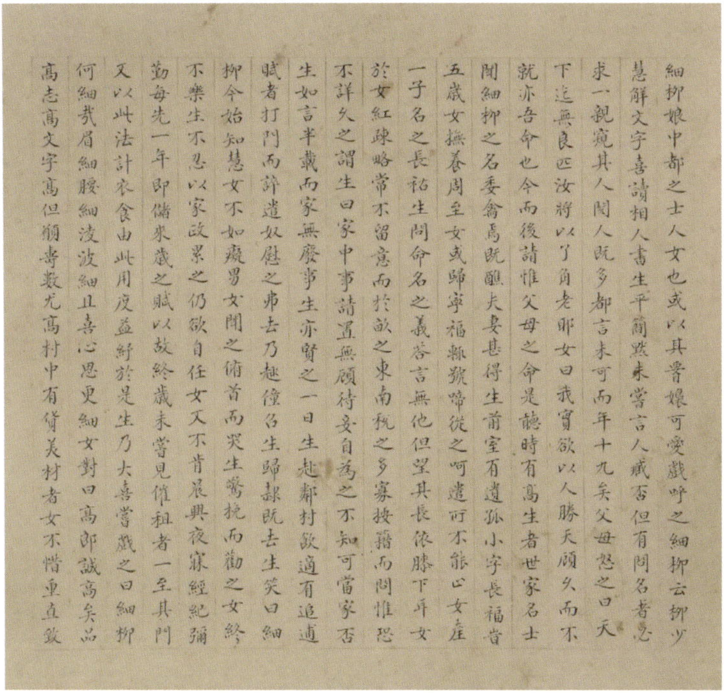
細柳娘中都之士人女也或以其腰嫋可愛戲呼之細柳云柳少慧解文字喜讀相人書生平簡默未嘗言人臧否但有問名者必求一親窺其人閱人既多都言未可而年十九矣父母怒之曰天下迄無良匹汝將以丫角老耶女曰我實欲以人勝天顧久而不就亦吾命也今而後請惟父母之命是聽時有高生者世家名士聞細柳之名委禽焉既醮夫妻甚得生前室有遺孤小字長福時五歲女撫養周至女或歸寧福輒號啼從之呵遣所不能止女產一子名之長怙生問命名之義答言無他但望其長依膝下耳女於女紅疏略常不留意而於畝之東南稅之多寡按籍而問惟恐不詳久之謂生曰家中事請置無顧待妾自為之不知可當家否生如言半載而家無廢事生亦賢之一日生赴鄰村飲適有追逋賦者打門而誶遣奴慰之弗去乃趣僮召生歸隸既去生笑曰細柳今始知慧女不如癡男女聞之俯首而哭生驚挽而勸之女終不樂生不忍以家政累之仍欲自任女又不肯晨興夜寐經紀彌勤每先一年即儲來歲之賦以故終歲未嘗見催租者一至其門又以此法計衣食由此用度益紓於是生乃大喜嘗戲之曰細柳何細哉眉細腰細淩波細且喜心思更細女對曰高郎誠高矣品高志高文字高但願壽數尤高村中有貨美材者女不惜重直致

清　改琦绘《聊斋故事画册·细柳》

清绘本《聊斋全图》内页

清　罗聘《钟馗醉酒图》

目　录

中　编　神魔小说在人间

自　序

“这里头有鬼！”

这是一句常见的中国话。在大多数语境下，这句话的意思不是这里发生了灵异事件，而是这里面有些“弯弯绕绕”。“弯弯绕绕”，是中国文化的一个特点，说出口的中国话，很多都不是它的字面意思。

甚至有时候，话说出了口，连说话人也不太清楚这句话是什么意思了。一句话里，有太多的避讳，太多的委婉，太多的欲说还休。这已经成了中国人的一种说话习惯，说话人并不总是能意识到自己的潜台词。

中国的鬼故事，也往往有这样的趣味，喜欢通过暧昧、双关，把一个灵异的情境，暂时包装为一个看起来大致正常的情境，只有仔细思考，才会发现“这里头有鬼”。而再往深挖一层，讲故事的人为什么会讲出一个这样的鬼故事，而不是那样的鬼故事？这里面又有很多心理的、文化的因素，连讲故事的人自己都没意识到。

一个中国的鬼故事，不是讲完了就完了的，而是需要深挖两次。一次挖语义上的暧昧和双关，一次挖深处的心理和文化。

麦家在《暗算》中说，破译密码，就是听死人的心跳。研究古代文学，又何尝不是听死人的心跳？我热爱这项工作，热爱拆解文字之下的文字。

在中国，似乎女人总是比男人更懂这些弯弯绕绕。大概因为即使再受宠的女孩子，也需要揣摩别人的心思，而男孩子已经不用管这些了。其实，传统的中国男人，我们古代文学的作者们，也是要揣摩别人的心思，也是要弯弯绕绕的。今天的古代文学研究，大多不再考虑这些弯弯绕绕了，但是我喜欢琢磨这些。

我知道，爱我的读者朋友们，都是聪明人。无论男女，都有很多朋友喜欢听我讲这些弯弯绕绕。这本书的每一篇，都有这些弯弯绕绕。

在古代文学研究之余，我还喜欢涉猎人类学和心理学。人类学和心理学的书籍，特别是市面上很流行的那种，总有些“神神鬼鬼”。这些书往往被视为小女生的业余爱好，不算是正经书，而且确实大多是“民科”写的。但其实，去粗取精的话，里面的一些理论，恰好可以用来研究鬼故事。

不过，我不打算直接引用这些理论，因为只要直接引用，准会有人跳出来说：“你对这个理论理解得不对。”但如果我不告诉他们我是用的哪个理论，这些理论的孝子贤孙，肯定认不出我用的是他们家的理论。好在，我写的书也不是正经的学术著作，没必要什么都引出来。而且，我在借鉴这些理论的时候，一定会用我自己的血肉细细打磨，会在我的文化背景下，用我的阅读经验和生活经验将其合理化。我无意于争夺某个理论的发明权，但如果我理解错了，那就算是我发明的理论吧。

如果你熟悉这些理论，看这本书会有似曾相识之感，与我会心一笑。如果你完全不熟悉，也不用担心，你在这本书里不会看到中国的故事被生硬地肢解，只会看到一个有点小聪明的中国人对中国故事的吐槽。

这本书是讲古代文学的，讲一些我最近急着想讲的片段。这本书大多是讲鬼故事，但也不全是鬼故事；大多是叙事文学，但也有诗歌。如果为这本书找一个集中的主题的话，那么就是形式上的“神神鬼鬼”，方法上的“弯弯绕绕”。用网络上流行的说法，就是讲一些“阴间”的故事。我想和大家分享的，不是这些故事本身，而是我自己的视角。

我讲这些故事，仍然是想讲中国文化。一个民族的文化，一个民族的心理，都可以从这个民族的“鬼故事”中窥见。从“鬼故事”中，可以看见一个民族最深的恐惧，最热切的渴望，以及最日常的生活方式、最典型的表达习惯。讲“鬼故事”的时候，是一个民族的心灵最不设防的时候。

在这本书里，我想阐释一个概念，“中式魔幻现实主义”。莫言先生获得诺贝尔文学奖，凭借的绝活就是“魔幻现实主义”。而且他明确说过，他的“魔幻现实主义”，不是跟马尔克斯学的，而是跟蒲松龄学的。我想讲的，就是蒲松龄式的魔幻现实主义，是我对中式魔幻现实主义的理解。

我并非也来蹭这个热度，而是日益觉得，“魔幻现实主义”，是中国文学结出的最珍贵的硕果之一。按我的理解，中式魔幻现实主义，就是在借神神鬼鬼的事，写现实中的道理，我们中国人特别擅长这个，上至楚辞唐诗，下至相声评书，都特别会玩这一手，写的都是很奇特的、现实中不可能有的事，但是说的道理又特别实在，就是对人生的体验。这个我们确实用不着跟南美人去学。我个人认为，这个“魔幻现实主义”是中国三千年文学传统的一个结晶，很能代表中国文学。我不知道我讲的“魔幻现实主义”是否就是莫言先生讲的，但按照我的理解，莫言先生的创作，确实是在这个传统里的。

细想起来，这个传统，又可以分为两个小传统：一个是无名的群体诗学的传统，也就是不署名的民间艺人的创作，比如乐府民歌、话本戏曲之类；另一个是有名的个体诗学的传统，也就是署名的文人的创作。有名的个体诗学，在讲到这些“神神鬼鬼”的时候，必须向无名的群体诗学学习，借鉴它们的元素，也学习它们的叙事。这就形成了各种各样的拟乐府、拟话本之类。明清的古白话小说，其实也是从拟话本中诞生的，是个体诗学与群体诗学的交汇。之前我们喜欢把小说的源头归到史传，是认父亲不认母亲。没有鬼故事这个母亲，哪里会有中国的白话小说？至于史传，只不过是一个体面的父亲姓氏而已。

说到这些神神鬼鬼的故事，总有人泛泛地称赞一句：“中国人的想象力太丰富了。”细究起来，“想象力”的来源，又有截然相反的两种。有的想象力是来自对现实的极度不了解，有的想象力是来自对现实的极度了解。在世界范围内，群体诗学的想象力主要来自前者，但在中国的群体诗学中，往往也包含着后者。而个体诗学的想象力，则完全依赖于后者。总有人以为，一个文人喝醉了酒，就可以激发丰富的想象力。其实，文人的想象力不来自酒，而来自对现实的深刻认识。

这就是中式魔幻现实主义的特点：先借用一个“神神鬼鬼”的外壳，然后写自己对现实的深刻理解。因为理解得太深刻了，所以即使是写架空的神鬼世界，即使是把世界观的设定换了，还是可以畅通无阻地构造出一个极为合理、有血有肉的世界来。

这个特点，是贯穿整个中国文学的。屈原是这样，郭德纲还是这样。至于介于中间的文学，无论是汉乐府还是李白、李贺，无论是《搜神记》还是《聊斋志异》，无论是《西游记》还是《封神演义》，以及需要写很多本书单讲的《红楼梦》，也都是这样。

中国的神话鬼话里，如果没有现实，就没有了味道。这个现实，有时候是不小心掉进去的，就像日有所思夜有所梦；有时候是为了争强好胜放进去的，为的是让梦境丰富起来；有时候就是故意用鬼故事来讲现实中的道理，这个鬼故事有可能是跟民间借来的，也不排除是文人自己编的。

这本书分为三部分，一共六章。

第一部分有两章，讲中古时期的志怪小说和神鬼诗，是我的老本行。前一章讲《搜神记》，把《搜神记》里的故事还原成我们小时候听的鬼故事，用心理学和人类学的方法来拆解、探索中国人心底的世界。在这一章里，我们将读到各阶层的中国人内心深处的渴望与悲哀，读到中国人对虚幻与真实的思考，更读到中国人心底的自我交战。后一章围绕着仙与鬼的主题，讲中古的民间乐府与文人拟乐府。在这一章里，我会探索文人如何将群体诗学的天真的想象力改造为个体诗学的世故的想象力，也就是文人的幻想文学如何利用民间乐府的资源，更会探讨如何将人间烟火加入神鬼的世界，实现中式的“魔幻现实主义”。

第二部分的两章，讲明代的白话神魔小说。前一章讲《西游记》，讲孙悟空的三个师父，讲心与物的关系。后一章讲《封神演义》，讲照进上古神魔世界的明代现实，讲《封神演义》中的神魔谱系反映出的中国人的灵魂谱系。

第三部分的两章，讲清代的文言志怪小说《聊斋志异》，讲莫言先生的师父。前一章讲婴宁这个傻丫头，后一章讲细柳这个巧媳妇。这部分会讲这两篇看起来不恐怖的小说灵异在哪里，然后主要分析中国人的“话里有话”，或者说中式恐怖的特点，讲“神神鬼鬼”和“弯弯绕绕”的结合。

这本书，是我不再属于北大后写作的第一本书，因而也有很多新的尝试。

我作为北大员工的生涯结束了，但是这并不意味着我不在北大讲课了。我仍然不断在北大开新课，因而也会不断产生新的讲义。这本书里的一部分，是我在北大的新讲义，是我在北大的课堂上念过之后修订的。

而另外一部分，则是我专门为这本书写的，暂时没有在课堂上念过。纯粹面向出版的写作，与要拿去念的讲义，在语体上是有明显的不同的。讲义一定要让耳朵答应，面向出版的写作则不用那么考虑耳朵的意见，可以有更多文学性的修辞，难免允许我做一点更深的思考。这对我来说，也是一种新奇的体验。

不谦虚地说，我曾经是我的领域内年轻一代中一流的论文写手，只是我现在的兴趣转向了学术轻写作，也就是你现在看到的这种书。因为我在这个赛道获得了更多的欣赏，这让我感到，散在各行各业的年轻的读者朋友，比学术界高深的大学问们更懂我。亲爱的读者们，只有你们和我知道，你们喜欢我，不是因为我善于哗众取宠、玩弄网络段子，而是因为我能提供更多的干货。这俨然成了你我之间隐秘的默契，我们并非有意保守这个秘密，只是高贵者懒得看一眼这个秘密罢了。

听说我在写“科普读物”的大学问，难免会认为，我写的都是一点尽人皆知的常识。因为我不喜欢论文那种板起脸吓唬人的笔调，所以我的一部分读者可能也会误会，我轻轻带过的这些知识，在学术界是尽人皆知的，要把这些背会才能博士毕业。其实，我记不住什么尽人皆知的常识，我写的都是我自己的看法。虽然不敢说全是我发现的，但是大多是我发现的，一小部分是前人对我有深刻影响的一家之言。

想起小时候我姥爷讲的故事：慈禧很爱吃一个厨子做的豆腐脑儿。后来这个厨子离开了，慈禧再找别的厨子做豆腐脑儿，都做不出那个味儿了。最后找到原来的厨子，才知道，他做的“豆腐脑儿”，是用鱼脑子做的。

我奉献给读者朋友的这一碗豆腐脑儿，就是用鱼脑子做的。

如果你读别人的“科普书”不是这个味道，那是因为他们做的就是豆腐脑儿，不是鱼脑子。

所以，我总想给我的读者朋友们，不断地奉献出新的干货。为此，我会坚持做研究，以免自己干涸。而在写作的过程中，我也在尝试引入一点论文的写法，用做研究的脑子提出问题，把我目前获得的学问融进去。这是我为我的学问找到的新的出口，是我的一种独立的自我表达。我的学术轻写作，也是一种“个体诗学”，而非“群体诗学”。

当然，我无意于把这本书变成论文。学术轻写作之所以吸引我，一定是因为能帮我完成在论文中不能完成的梦想。在这里，我可以更轻盈、更跳脱，我可以押上我的创作经验乃至生活经验，用我的顿悟完成关键的一步猜想，用更生动的语言完成表述，而放弃笨重的学术论证。我在这里传达的观点，并非信口胡说，而是有着大量的研究性阅读作为基础，只不过，我暂时想要回避某些争论。我认为我讲的是对的，而且是有价值的。这样的顿悟，在文学研究中也是必要的。

我希望你喜欢我的书，不是因为它浅俗，而是因为它跳脱。我无意于向你传达人人都能认可的基本常识，而是想带你看我的学术冒险。无论怎样做，我都无法保证我绝对不出错，但我会努力让我写的东西有意思。

我喜欢把我对人生的体验放进书里，这本书可能放得尤其多了一点，这可能会导致我有些话说得偏颇了一点。也许你会从这本书里吃出一点苦味，吃出一点泪水或血水的味道；也许有一些话，我没有想得太明白，就先写在这里了；也许不久之后，我会因为把这些话写进书里而惭愧。正因如此，我趁着现在有这个心情，要赶紧把这本书拿出来。因为偏颇有偏颇的好处，偏颇可以强调需要强调的东西。我的偏颇也是一种信息，是我生命阶段的印记。

我深挖中国人的心底，同时也在深挖自己的心底，这是我写作的诚意。

不再啰唆，我们来一起聊聊那些“神神鬼鬼”和“弯弯绕绕”吧。

上编
中古暗夜里的梦境

第一章

《搜神记》：神神鬼鬼的故事

志怪小说的读法

《搜神记》这部书，是晋朝的干宝编著的，记载了好多神神鬼鬼的故事，是一部志怪小说。说是干宝编著的，是因为这部书不是他写的，而是他搜集的他听来的鬼故事。这部书被称为此前志怪小说的“集大成者”。这个“集大成”，跟说杜甫写诗那个“集大成”不是一回事。杜甫那个“集大成”，是把此前的诗歌技巧集大成了，所有的诗都是他自己写的；《搜神记》这个“集大成”，只是把此前的鬼故事本身集大成了而已，这个“集大成”不过是个好听的说法，意思就是，他是从各处抄的，没有一篇是自己写的。《搜神记》里的故事，有的我们还能从更早的书里看到，能知道他是从哪儿抄来的；还有一些故事，已经看不到更早的出处了，但是应该也是有更早的出处的，只是原来那些书佚失了。说《搜神记》很有价值，保存了很多古代的鬼故事，就是指的这个。《搜神记》其实就是个志怪小说的百衲本。

志怪小说都是在写神神鬼鬼的故事，那么志怪小说的价值何在，我们应该怎么读志怪小说呢?

我们不要把志怪小说看得太严肃。所谓志怪小说，其实就是小时候奶奶讲的鬼故事。我小的时候就特别爱听我奶奶讲鬼故事。奶奶讲的鬼故事都是真正的鬼故事，而不是那种为了教育小孩的很正经的故事。这些鬼故事编出来是为了吓唬小孩的，追求的是新鲜刺激，怎么能吓到小孩怎么来，怎么新奇怎么来，而不是要说明什么道理。故事一旦为了说明道理，就不是原生的故事了，多半也就没意思了。不要试图从奶奶讲的鬼故事里直接找到道理。

但是多年以后，当你回想奶奶讲的鬼故事的时候，会回想起当时的情景，会意识到故事里的社会生活已经和今天不一样了，更会意识到，我一生都走不出的心结，原来都写在奶奶的鬼故事里了。

奶奶讲的这些鬼故事，塑造了一个孩子的心理底层。在这些并不板着面孔教训人的故事中，你的思维方式不知不觉地被同化了。你觉得世界应该是什么样的，你最深的恐惧是什么，你最大的渴望是什么，都可以从你从小听的故事里找到答案。如果一个民族会在小孩子面前不约而同地讲起某一个相似的故事，那么这个故事就是这个民族的心理底层。

我们常说，要寻找一个民族的根、一个民族的魂。这根这魂在哪里呢？不在大官大儒喊得震天响的口号里，那些口号都是枝枝叶叶。一个民族的根，一个民族的魂，就在奶奶们在黑夜中一代代讲下来的鬼故事里。

我们小时候都读过《格林童话》，都知道《格林童话》的“作者”是格林兄弟。其实，《格林童话》不是格林兄弟写出来的，而是他们收集起来的。而且，格林兄弟并不是文学家，而是语言学家。他们搜集自己民族的民间故事，是为了整理自己民族的语言，而整理自己民族的语言，是为了发现自己的民族。

民族这个东西，是要“发现”的。在格林兄弟以前的时代，欧洲通行的是拉丁文，各民族的语言都是上不了台面的乡下话，每个人也都不太在意自己是哪个民族的。格林兄弟做的事，就是去寻找这些上不了台面的乡下话，这些奶奶逗孩子的语言。怎么能集中把这些话记下来呢？一个好办法就是，把大人给孩子讲的故事记下来。讲着这些故事，也就学会了这些语言最地道的表达。而通过这些故事，人们也会发现，原来小时候奶奶给我们讲的故事这么有意思，原来我们小时候说的乡下话这么有意思，从而意识到自己的民族，爱上自己的民族。

格林兄弟记录下来的这些故事，也是德国奶奶讲给德国孩子的故事，跟我奶奶讲给我的故事本质上是一样的。我奶奶有我奶奶的讲法，德国奶奶有德国奶奶的讲法，这就造成了中国孩子和德国孩子的不同。这些故事，都不是为了讲什么大道理，经常是没有文化的人讲的，讲故事的人认为这些故事和自己的语言一样上不了台面。他们不知道，恰恰是在讲这些故事的时候，人会说真话，会说出一个民族的愿望，甚至说出人之为人最本真的愿望。

这些不受约束的故事，就是一个民族的梦境。我们研究这样的故事，就是在挖掘一个民族的隐秘梦想。

喜欢听鬼故事的，除了孩子，还有一种大人，就是不得志的大人。苏东坡在贬谪的生涯中，就喜欢听人讲鬼故事。苏东坡这样一个绝顶聪明的人，当然不至于真的相信这些故事。只是鬼故事新鲜刺激，对于令人失望的人生是一种排遣。人在面对人生的悲苦的时候，接受不了什么信息量大的正经学问，但是又特别怕让脑子闲下来，不由自主地去想那些烦心事。鬼故事的信息量不大，听一耳朵也可以，听不完整也没关系，但是需要的时候也可以占据你的大脑，特别适合打发不如意的时光。

《搜神记》成书于两晋之交，在这个时代，从北方流亡到南方的人们都是不如意的，或多或少都有点像苏轼贬谪时候的那个状态，所以这个时代的人也会爱听鬼故事。这是干宝编纂《搜神记》和《搜神记》流行的真正原因。干宝自己说，他编这个书，不过是为了证明这个世界上是有鬼的。这个话你如果直接信了，就又呆了。

鬼故事还有一个好处，就是可以真实地记录社会生活。我的意思不是现实生活中真的有鬼，而是说，人在讲鬼故事的时候，难免会涉及社会生活，而这时候想不起来修饰。如果你发一个朋友圈，记录你今天的生活，那么你一定会有修饰，一定会设法让自己的生活显得高级一点。如果一百年后，有人研究你的朋友圈，一定会以为你是一位顶尖权贵。这样记录社会生活，就不真实。但是你讲一个鬼故事，就不会对里面的生活做这样的修饰，而是会真实地记录下来，小王加班到半夜十二点，关掉QQ，骑上共享单车，回到城中村里的出租屋。一百年后研究今天的社会生活，拿鬼故事研究，比拿朋友圈研究要靠谱得多。我喜欢听各种野生电台里的鬼故事，因为我在这里可以听到真实的人间百态，比电视剧要丰富得多。我想，苏东坡在贬谪的时候，一定也喜欢从鬼故事里窥探当地的人间烟火；东晋的人流亡到南方以后，一定也会从鬼故事里回忆北方故乡的种种琐事。鬼故事里记录的历史，是正史不会记得的历史，是另一种真实的历史。

志怪小说里的故事，跟今天的鬼故事一样，大多属于传说。传说一般不是有意的虚构。鬼故事当然是假的，但假的不等于有意虚构。比如说，我们今天说，肯德基的鸡有六个翅膀，这就是一个传说。这个传说不符合事实，但是传这个传说的人，多半认为这是真的。他有可能根据自己的想象，给这个传说添油加醋，但他不是有意虚构的。就算有个把坏人，自己不信，也要传播谣言，他也是希望他的听众都信的。

魏晋时代的志怪小说，都是这种纯粹的传说，并不是有意识的虚构。到了齐梁时代，没意思的人们开始给鬼故事添加意义了，要用鬼故事来弘扬佛法了，那么就难免开始按照佛法的要求改造鬼故事，这就带上一点有意虚构的意思了，但还不是文学性的虚构。到了唐代，文人们开始为了文学的美而创作鬼故事了，这就是虚构了，这时候也就成了唐传奇了。但是有了唐传奇以后，仍然有志怪小说，一直到清朝还有，仍然有人在记录志怪小说的时候把这些都当成真的。

有人说不对啊，我知道“传说”是假的啊，怎么能说“传说”不是虚构的呢？其实，我们今天一般不太区分“神话”“传说”和“故事”这三个概念。

神话、传说和故事

所谓“神话”，并不是“神神鬼鬼的话”，而是“神圣性的叙述”。神话是用你出生前的、达不到的世界，组成一个形象化的叙述，用来解释你眼前的世界，讲故事的人和听故事的人都对此深信不疑。神话经常有些是神神鬼鬼的，但神话完全不需要是神神鬼鬼的。

比如说，“你的生日是腊月二十八，那天你妈妈生你吃了很多苦，你爸爸就在外面走廊里一直等着”，这就是一个神话。这件事是别人告诉你的，你完全没有印象，也很难验证，但是你只能相信。也许你妈妈生你很顺利，也许你爸爸那天一直在外面闲逛，那你也没什么办法；甚至你的生日可能不是腊月二十八，你可能是你父母收养的弃婴，你现在的妈妈没有生过你，那你还是没有什么办法。爸爸妈妈给你讲这个神话，是为了证明你是他们的孩子，是为了解释为什么你要对妈妈好、对爸爸好，为什么每年腊月二十八要吃一个蛋糕。他们说的事也许并不真实，但是对你来说是真实的，并且对现实世界有解释作用，那么这对你来说就是一个神话。如果有一天，你发现他们说的不是真事，那么这个神话就坍缩为一个故事。

神话甚至不需要是假的，也许你的父母确实是你的亲生父母，只是你无法验证，或者懒得去验证，只要你选择相信，那么，这对你来说仍然是一个神话。

对于虔诚的基督徒来说，亚当和夏娃的故事就是一个神话，因为他们相信这是真的。而对我们这种不相信的人来说，这就只是一个故事而已。中华民族很早就不真正相信那些神神鬼鬼的故事了，如此看来，中华民族已经没有神话，只有故事了。

但是，中华民族也相信一些不那么神神鬼鬼的神话，比如“我们是炎黄子孙”。炎帝和黄帝那时候到底是怎么回事，我们谁也不知道，但我们相信，炎帝和黄帝是存在的，是我们的祖先，这可以解释我们这些人是从哪里来的。我们已经不相信“女娲补天”的神话了，但还是相信“炎黄子孙”这个神话。

而传说呢？就没有那么神圣了，就是一个“广为流传的说法”，比如“肯德基的鸡有六个翅膀”。说的人和听的人也认为它是真的，但不可能认为它神圣。志怪小说里记的，主要就是这样的事。

如果你不相信，那么这就是一个故事。你不相信这个故事，或者不在意这个故事是真是假，但是还愿意讲这个故事，那你就是觉得这个故事好玩，是为了审美来讲这个故事。

在魏晋时代，志怪小说已经不是神话，但还不是故事，而是传说。

传说经常是跟迷信伴生的。并不是只有蒙昧社会或者文化水平低的人会讲传说、讲迷信，我们很多生活在高度文明社会、学历很高的人，也会讲传说、讲迷信。迷信是一种思维方式。

我们今天也经常不区分迷信和信仰，普通人经常会说，和尚道士在“搞迷信”。其实，迷信、信仰和科学，是三种并列的思维方式，是在想问题的时候会运用的三种句式。

迷信的句式是：“如果我怎么样，就会怎么样。”比如说，你说“我如果考试前洗头，就会考不好”，这就是一种迷信。很多高学历的人也会在身上戴某种饰品，认为“我如果戴这个，就会平安”，这就是一种无伤大雅的迷信。

在这个意义上，迷信也是有可能符合事实的。比如你认为，“如果我按开关，灯就会亮”，同时你并不关心“为什么按了开关灯就会亮”，那么你这就是一种迷信，但这种迷信是符合事实的。

信仰的句式是：“无论如何……”到“无论如何”的时候，就是信仰了。有些事，我们限于当下的认知，无法知道究竟是怎么样的，那就只有选择相信你愿意相信的。迷信往往需要你做点什么，而信仰主要是相信，经常是什么也不用做的。

信仰当然也有可能是符合事实的。在没法验证的时候，也完全有可能选择相信了正确的事实。

科学的句式是：“我们分析一下……”科学是一定要分析的。如果不肯或不能分析，那么无论是否符合事实，都属于迷信或信仰，不属于科学。科学也有可能出错，也有可能不符合事实。科学家喜欢说这句话，于是被蛮不讲理的迷信和信仰占了很多便宜。但无论如何，科学家是不会放弃“科学也有可能出错”这句话的，这或许就是科学家的信仰。

信仰往往与神话关联，而科学的世界里往往只剩下故事，迷信则是与传说相联系的。

那么，我们应该怎么读志怪小说呢？我对志怪小说感兴趣的两个话题，一个是灵与肉的关系，另一个是其中折射出来的士族观念。我分析《搜神记》里的故事，也会与这两个话题有关。但我今天还要说点别的方法。

志怪小说都是“残丛小语，粗陈梗概”，都是一些比较粗糙的故事，也是比较原始的故事。这些原始的故事，可以成为素材，供我们加工成更复杂的故事。那么，我们要怎么把这些粗糙的故事读进去呢？怎么去分析这些故事，做出与众不同的解读、找到别人忽略了的切入点呢？

我推荐一个方法，首先，要在故事里，寻找一个“奇怪的人”。

这个“奇怪的人”，可以是有什么特殊的能力或遭遇的人，和我们平常人不一样；也可以是有些不合常理的表现的人，让人觉得灵异；可能做事乍一看不符合我们一般的做法，需要我们想一想他为什么要这样做。小说以塑造人物为中心，志怪小说虽然粗糙，但其实也是以人物为中心的，志怪小说之所以“怪”，往往是围绕着这个“奇怪的人”。

围绕着这个“奇怪的人”，我们可以把一篇志怪小说“一鱼三吃”。首先，分析其中的社会文化事项。比如故事里涉及了哪些器物、哪些制度，反映了那个时代的哪些思想观念。然后，剖析这个鬼故事的心理原型。这个“奇怪的人”象征了我们心灵的哪一部分，我们在怕着什么、渴望着什么？最后，可以来一个“故事新编”，以自己的眼光来重写这个故事，把我们的现实经验放进去，把这个故事变成我们自己的故事。

四大传说：士农工商的梦与痛

《搜神记》里就有牛郎织女的故事了。准确地说，是董永和七仙女的故事。老有人矫情说，董永和牛郎不是一个人。其实，故事的基本原型一样，就是同一个故事。我要是高兴，今天也可以临时编一个故事，说刘培强的儿子刘启，遇见了一个三体星的女的。刘启当然不是董永，但是我用的故事原型还是牛郎织女的原型，所以，刘启在这儿就演董永。

我们怎么看牛郎织女的故事呢？

我知道现在有的人，吃了网上的什么洗脑包，看见牛郎织女的故事，就一根筋只会说一个人口拐卖的问题了。跟他说什么，他都说反正是人口拐卖，跟没训练好的 AI 一样。是不是人口拐卖呢？不是。但是我现在不说，放在后面该说的地方说，憋死你。

我现在先带你看牛郎织女故事的各种解读方式。一根筋不好，一个聪明的人，应该学会从很多角度看一个故事。

首先可以从社会生活的层面来看。在《搜神记》里，董永还是一个士族，而在我们后来讲的牛郎织女的故事里，牛郎是一个穷小子。这就说明，在《搜神记》那个时代，灵异故事的主角必须得是士族，才有人看；而到了后来，故事的主角必须得是穷小子，才有人看。

《搜神记》那个时候，贵族文化还不完备，人都还有点傻乎乎的，只要你爸爸的官大，你就厉害。后来，贵族文化就进化得越来越复杂了。你要是官太大了，太有钱了，就说明你跟皇帝走得太近了，那不是什么让人看得起的事。你要是再以此为荣，看见个“古代厅局风”就星星眼，就更让人看不上了。这时候，越是有教养的人，越是处于优势的人，越是要赶紧说，“我是个穷小子”。这不完全是怕人嫉妒的问题，是要跟皇帝和权力划清界限的问题。所以，你看那些君子，一个个说自己“少孤贫”“躬耕于南阳”，不要信得太认真了。牛郎也未必真有多穷，他种地，他说自己穷，只说明他是一个清清白白的人。

在《搜神记》里，跟董永相依为命的是父亲，后来他演了卖身葬父的戏份。在后来的故事里，跟牛郎相依为命的是哥哥，而且他后来跟哥哥关系不好，分家了。这种情节的出现是因为艺术规律。光讲父慈子孝、卖身葬父，这故事不好看，一定得有矛盾，有冲突。但是父子间的矛盾冲突，中国的民间艺术不爱写，一般都会回避，会给转换成别的。兄弟之间就可以冲突了，特别是再加进来一个嫂子。嫂子是坏人，哥哥还想护一下兄弟的，然后被坏嫂子拉过去了。如果非要写父子冲突，那就一定得加进来一个后妈当坏人，把爹拉过去，而且亲妈不行。

从社会文化角度，牛郎织女的故事，还应该读出来一个信息：男耕女织是中国社会的基本形态。中国男人最主流的本业就是种田，我们闭上眼睛想象一个标准的中国男人形象，就是一个种田的。种田有了余粮，就去读书。其他杂七杂八的行业，都不是典型的中国男人形象。中国女人是要积极参与劳动的，中国女人最主流的本业就是织布，我们想象一个标准的中国女人形象，就是一个织布的，即使是玉皇大帝的女儿，也要织布。

非但如此，牛郎织女的搭配，还有一层神话学上的意义。周朝的时候，大约山西这个地方，是晋国，是分封的姬姓的诸侯，天子的同姓。过了黄河，大约陕西这个地方，是秦国，安置的是嬴姓。嬴姓本来是东方的夷族，商朝晚期的时候被纣王他们抬举起来了，商朝灭亡以后，嬴姓多少吃点挂落，就被迁得离老家远远的，来到了秦国。姬姓的周人是后稷的后代，是传统的农业民族，他们很会种地；而来自东方的嬴姓人，善于纺织。秦国和晋国有通婚的传统，就是传说中的“秦晋之好”。会种地的晋国人和会纺织的秦国人通婚，就简化为了牛郎配织女的形象，成为一个神话。至于隔在晋国与秦国之间的那条黄河，就成了隔在牛郎和织女之间的那条银河。

牛郎织女这样一个原型神话，在后世流传的过程中，也有了无数的变体。不同时代、不同地域、不同阶层的人，都把自己的经验注入这个原型中，产生了很多有意思的说法。比如，会有人说：“哪有那么多卖身葬父的，老爹一死就分家才是正理。”于是卖身葬父就成了兄弟分家。又有人说：“要是两个光棍也不至于分家，要是有个嫂子挑唆，他哥就听他嫂子的了。”于是，就出来一个坏嫂子。每一个人，其实自觉不自觉地都在“故事新编”。这样，民间传说就形成了很多“异文”。我们不要执着于这个就是“真的”、那个就是“假的”，所有的传说都是假的，我们只要学会欣赏这些多姿多彩的“异文”就好。

比如，我最喜欢的一个异文，就是“黑面的有肉，白面的没肉”。

传说，牛郎是个傻小子。他的嫂子想了各种鸡贼的办法算计他，他也浑然不觉，全靠那头老牛告诉他。

有一回，嫂子包饺子，不想给牛郎吃有肉的，就把有肉的饺子都包成粗粮黑面的，没肉的饺子都包成小麦白面的。正常人肯定都觉得稀罕的白面饺子好，结果老牛就告诉牛郎了：“黑面的有肉，白面的没肉。”

牛郎知道了，回家后也不吭声，坐下就吃黑面的饺子。嫂子说：“你吃白面的啊。”他说：“我就爱吃黑面的。”气得嫂子没办法。

不知道为什么，我现在讲这个故事，很多年轻的朋友搞不清这个逻辑了。大概是现在生活好了，大家都没有相关的生活经验了，居然还有人质问我：“凭什么不能吃白面的？”

其实，这个故事就是为了点醒这样的小朋友。说“吃亏是福”，不是让你吃黑面饺子，意思是让你吃有肉的饺子。有的小朋友一下子转不过弯来，还会说：“我吃白面有肉的饺子，不好吗？”当然好，可是这个世界上，肉馅儿经常是藏在黑面下面的，更别说是有人憋着算计你的时候。聪明的小朋友能被点醒，只是需要点一下；不聪明的小朋友就点不醒，点不醒就算了。

这个世界其实经常是如此，“黑面的有肉，白面的没肉”。这句话几乎可以看成有经验的老人对这个世界的总结。那么，牛郎是怎么知道这句话的？真是老牛告诉他的吗？其实，牛郎是自己悟出来的，牛郎是聪明的孩子。所谓老牛的话，其实是他自己心底的声音。老牛就是牛郎自我的延伸，牛郎作为一个好孩子，不方便老到的地方，老牛替他老到。

聪明的孩子，看上去都有点笨笨的。别人都知道吃白面的，就他傻乎乎地摁着黑面吃。聪明的孩子犯傻，总是不会吃亏的。

接下来就说到网友们关心的“拐卖人口”的问题。

在一些异文里，牛郎是趁织女洗澡的时候，偷了她的衣服，让她没办法回天上去了。织女没有办法，才嫁给牛郎的。

长大以后，我们有了法治观念，回过头来想，觉得这个做法好像不怎么好啊，这不是臭流氓吗？这不是拐卖人口吗？

首先不能排除，在某些偏远的地方，在旧时代，是广泛存在着拐卖人口的现象的。一些人在讲述属于他们的异文的时候，是注入了自己的血泪的。

但是，还有没有其他的可能性，有没有再日常一点的现象呢？

要读懂一个久远的民间传说，就要把它还原到最初的语境里去。这很难，但是也很简单，你只要把你想不通的那句话，反复念上几遍，就能回到祖先最初说出这句话的语境里去了。

比如说，把“黑面的有肉，白面的没肉”念上几遍，你眼前就会出现一位历尽沧桑、世事洞明的老者，你就会知道，这是他对世事的一句感叹，然后套上了一个牛郎故事的外皮，好让小朋友讲下去。

同样的，你也可以想象，牛郎独自一个人带着两个孩子，给他们讲“我是怎么遇见你们的妈妈的”，他沉思了一会儿，说：“你们的妈妈，是天上的仙女，我趁她洗澡的时候，把她的衣服藏起来了，她才肯嫁给我。”

这句话，你多念几遍，看看是字面上的意思吗？

织女到底是什么人呢？是玉皇大帝的女儿吗？玉皇大帝的女儿，怎么还用织布呢？

我们解读民间传说，可以从其中一个“奇怪的人”入手。在牛郎织女的故事中，织女就是那个“奇怪的人”。她是玉皇大帝的女儿，却非要嫁给牛郎这么个穷小子，这不是很奇怪吗？她的动机是什么？

有人说，她就是贱，就是想不开。也有人说，她这是崇高。虽然看上去一个踩到地下一个夸到天上，但这两个说法本质是一样的，就是认为织女是个傻子，不懂得替自己权衡利弊。这样的动机，在艺术上就不是一个好的动机，是一个粗糙的动机。人没有不为自己权衡利弊的，只有权衡利弊的时候失算了的。如果要写织女是个傻子，也得写出来，她是怎么算错的，是出于人性的什么弱点。

那么，我们想一想，有没有可能，织女不是个傻子呢？有没有可能，她嫁给牛郎，是符合自己的利益的呢？有没有可能，织女的原型，根本不是什么玉皇大帝的女儿呢？毕竟，玉皇大帝是不存在的，所以也就不可能有女儿。

其实，织女的原型，就是牛郎邻家的普通女孩子。牛郎一心耕田，她一心织布，都是普通人家本分勤快的孩子。牛郎没有什么配不上织女的，他们是门当户对。

但是，一个有传统男德的中国男人，永远会高抬自己的女人。明明是门当户对，甚至明明老婆的收入远远赶不上自己的收入，甚至越是老婆比自己差上那么一点，他越要拼命说自己的老婆好。他会说，自己的老婆是仙女，自己根本配不上她，能娶到她是三生有幸。

织女为什么要嫁给牛郎呢？真实的原因是，这是她能嫁到的最好的小伙子。牛郎可能是村里最会种地的，可能因为经常劳动，身材也好，年纪轻轻一表人才。织女不嫁给他，就要嫁给那些烂仔，或者老财主了。但是，牛郎会跟孩子说，你妈妈肯嫁给我，是因为我有本事，地种得好，长得帅吗？不会的，正经的中国人不会这么说话。正经的中国男人只会说：“我配不上你妈，我是耍了流氓才让她嫁给我的，否则根本没可能。”他真的耍流氓了吗？没有。他说的“耍流氓”，就是在谈恋爱的过程中，在女孩的暗许下，男孩子稍微主动了一点点。如果他真的是个臭流氓，他才不会这么坦然地说，“我是耍了流氓才娶到老婆的”，臭流氓会说，“我能娶到老婆是因为我有本事”。

我一直在说，听中国人说话，不能听到什么，就以为是什么。

所以，牛郎说自己是耍了流氓才娶到织女的，你不要以为，你去耍个流氓，也就能娶到织女了。人家牛郎“耍流氓”，是得到织女特别许可的。

织女不过是普通的农家女孩子，但对于放牛种田的农家男孩子来说，她就是他的仙女。

那么，织女最后为什么又离开了呢？王母娘娘又是怎么回事呢？

有人解释说，虽然织女愿意嫁给牛郎，但是织女的娘家妈嫌贫爱富，又把女儿接回去，嫁给有钱人了。也有人说，织女看穿了牛郎家没什么好待的，跟人跑了，甩锅给娘家妈。这样的解释，也不能说没有现实原型，也可以算是一种人生经验的注入，但我总觉得不够满意。

让我们再反复念诵传说里的一句话：“后来，织女回天上去了。”什么叫回天上去了？如果爸爸跟两个孩子说，“你们的妈妈回天上去了”，这会是一种什么样的情形？

在中国的语境下，“妈妈回天上去了”，往往是“妈妈死了”的隐语。如果孩子还特别小，就更容易跟孩子这么说。

在古代的中国农村，卫生条件不怎么好，很多人年纪轻轻就去世了。特别是育龄女性，很有可能因为生孩子而送命。

放牛娃娶到了他的仙女，织女嫁给了她心仪的小伙子，他们生了一儿一女，本来正是幸福的时候，但幸福是短暂的，织女突然撒手人寰，回天上去了。

像牛郎这样的农村小伙子，一旦妻子去世，是没有财力再娶一个媳妇的。特别是如果已经有了孩子，他一般会选择带着孩子过日子，就此终老。妈妈去世后，爸爸带着年幼的孩子们，会度过一段非常艰难的日子，一般人对这样的家庭都是同情的。

所以，在牛郎织女的故事里，是牛郎挑着担子，把两个孩子带在身边。这其实是中国农民的一个典型形象。妈妈死了也好，跑了也好，总之是剩下爸爸在家带孩子，这样的组合，在旧中国的农村是很常见的。

这时候，爸爸就会编一个神话安慰自己和孩子："你们的妈妈本来就是天上的仙女，我配不上她。现在她回到天上去了，去过属于她的好日子了，人间的这种日子，是我本来就该承受的。"所谓王母娘娘把织女接走，其实是织女死了。

不要说没有文化的农民，就是饱读诗书的士大夫，也会用这样的神话安慰自己。明末有一位才女，叫叶小鸾，她马上就要结婚的时候，不幸生病去世了。她父亲就说，小鸾是天上的仙女，不该给凡人做妻子，所以会在结婚前去世。她父亲哪里是真的相信叶小鸾是仙女，哪里是真的觉得结婚不好，他是太伤痛了，这样安慰自己罢了。

后来，人们本着"中国故事绝对不BE"的原则，给牛郎织女的故事安上了一个稍微能给人一点安慰的结尾，说七夕的时候喜鹊会给他们搭桥，织女能回来，跟丈夫孩子再见上一面。李商隐写的《七夕》里，说"争将世上无期别，换得年年一度来"，还有秦观那首著名的《鹊桥仙》，都是在羡慕牛郎织女，一年还能见上一面，而人间的诀别，却是绵绵无绝期的。哪有什么鹊桥相会，而人间夫妻的生离死别，却是到处可见。有多少小孩暗暗盼着七夕能再见妈妈一面，却终究会明白，那只是安慰人的故事而已。

所以，牛郎织女的故事，就是一个典型的中国农民阶层的生活图景：男的老老实实种地，女的老老实实织布，没有什么大富大贵，只图个日子安宁平稳。男的知道自己是普通人，在平凡的日子里尽量地宝贝自己的老婆孩子。但是因为各种条件所限，他们不能白头到老，只剩下男的艰难地抚养着孩子们。

有人说，中国的四大传说，恰好可以代表中国的士、农、工、商四个阶层。这个说法有点意思。细想起来，确实这四个故事正好是这四个阶层的典型生活图景，里面有他们的劳动和生活，有他们的爱情，有他们对美好生活的追求，以及他们的美梦破灭的原因，最后还会设法给他们的苦难以救赎。

《梁祝》讲的是士人阶层的故事。梁山伯是一个士人阶层的男孩子，老老实实读书，什么也不想，他潜在的未来是考功名做官。他理想的妻子是祝英台。祝英台女扮男装，跟梁山伯一起读书。士人阶层是最容易实现男女平等的。当时的女孩子虽然暂时还不能考功名，但是读书还不能读吗？中国士人阶层的女孩子读书的风气是越来越盛的。

其实，梁山伯这个呆头鹅一直都知道祝英台是女孩子。且不说女扮男装是容易识破的，更重要的是，中国人读暗示的能力是很强的。如果一个中国人始终读不懂暗示，唯一的解释是，他早就知道真相了，只是因为种种原因不能说破。就像花木兰的战友能十二年都不“识破”花木兰是女儿身，只因他们一开始就知道花木兰是女儿身。

梁山伯一直是喜欢祝英台的，他只是不敢表达，因为他觉得自己配不上祝英台。中国的男孩子，对自己的女同学，都是有一点敬畏的。因为在同等条件下，总是女孩子厉害一点，因为女孩子要达到同等条件，是要有一些过人之处的。所以，我们连同男孩子自己都默认他们是配不上自己的女同学的。

所以，为什么十八相送，祝英台暗示来暗示去，梁山伯就是悟不了呢？因为你永远不可能叫醒一个装睡的人。梁山伯知道祝英台是女孩子，甚至也知道她喜欢自己，但是他不敢接着这份爱，甚至不敢相信这份爱的存在，宁可一直认为自己是误解了。甚至到祝英台说“我家有个小九妹”的时候，完全是明示了：“你的门第娶我们家闺女已经足够了，这一点你不用担心。”就是这样，梁山伯还是不敢接着。

一旦说破了祝英台是女孩子，梁山伯就可以为她得相思病。梁山伯不可能是在跟祝英台分别很久之后才爱上她的，只是说破了祝英台是女孩子之后，之前祝英台的那些表现可能含有的歧义就消除了，也就是说，确认了祝英台是爱梁山伯的，梁山伯才可以表现自己的爱情。早在同窗共读的时候，梁山伯就已经爱上了祝英台，只是他不敢表达这份爱，这份爱也确实不被允许表达。男孩子的不被允许表达的爱，就等于不存在。周围人认为不存在，他自己也就骗自己说不存在。

梁山伯爱上祝英台的时候，祝英台一直是男孩子的打扮。在士人阶层的爱情里，女孩子不需要特别的打扮。梁山伯之所以爱上祝英台，是因为祝英台在跟他读一样的书。女人能和男人读一样的书，没有什么比这对男人的吸引力更大了，这比什么打扮都管用。士人理想中的妻子，就是能和自己读一样的书的女人。

当然，和另外三个故事一样，在士族的故事里，男主也没有得到他理想的女人。祝英台让马文才娶走了。今天有的小女孩会说，嫁给马文才也很好啊，马文才能提供好的物质条件，追求物质条件有什么不对呢？她们大概觉得，说出来“追求物质条件有什么不对呢”很酷。但是这句话在我这里无效，因为我也觉得追求物质条件没有什么不对。

但是在我看来，这些小女孩的经历太少了，或者是她们没机会遇到祝英台这个阶层会遇到的问题。首先，梁山伯能给的物质条件也不会很差。读书人爱说自己穷，那是表示自己清高，可能是没有那种特别钻营的人有钱，但是基本的物质条件还是比农民工人好很多的。而那种比读书人有钱很多的人，也经常是嫁不得的，他们有可能是士林败类，更有可能是商人。在中国的传统观念里，商人是没办法跟士人比的。

对应到当代的现实社会就是，如果你嫁的人很有钱，但是没有文化，跟你没有共同语言，那么还算是下嫁，仍然是不幸福的。钱超出你需要的水准之后，就变成数字了。

从士族女性的角度看，最值得担心的问题，就是下嫁给了一个有钱但没文化的人，而马文才很可能就是这么一个形象。祝英台嫁给马文才，不是上嫁，而是下嫁，这是士族女性所不愿意的。在士族女性心目中，嫁给有钱但没有文化的丈夫，是最需要担心的事。特别是，这种不幸还很可能得不到周围人的同情和理解。

但是从士族男性的角度看，他们最担心的事，则是他们的女神会高高兴兴嫁给有钱人。他们并不是太清楚士族女性对没有文化的男性是多么反感，他们只会担心，女神被比自己有钱的人抢走。士族总的来说不太看重钱，但是士族男性实际上比士族女性看重钱。他们还是相信钱的力量的。

最后，祝英台当然是宁可嫁给死的梁山伯，也不嫁给活的马文才。有人说，这马文才倒霉不倒霉，马文才做错了什么？这倒也是一个丰富思考问题的角度。不过，在这里，我不太关心马文才的感受。有人说，女神抱怨自己没人追，是因为她觉得追她的都不算人。在这个故事里，马文才就没有人权。马文才爱祝英台，不是祝英台必须爱他的理由。

梁山伯和祝英台变成了一对蝴蝶。有人较真说，蝴蝶是男的。确实，在中国的语境中，“蝶恋花”才是男女相爱的象征。结婚的时候，在枕头上、被子上，都是绣的蝶穿花、鱼穿莲，象征阴阳和合。这里面，蝴蝶和鱼就象征男的，花包括莲花都象征女的。绣两只蝴蝶、两条鱼，其实是不合规矩的。有人就此怀疑，祝英台莫非真是男的？梁祝是一个男同性恋的故事？

我倒觉得这个问题不用这么较真。主要是，在这个地方，蝶恋花可能不那么方便。如果说祝英台变成了一朵花，梁山伯变成了蝴蝶，好像不如两只蝴蝶飞出来那么浪漫、那么飘逸。

不过，可能这确实反映了大家的一个潜意识，就是祝英台是跟梁山伯一样的人，他们之间没有什么男尊女卑，以至于我们想不起来，要让祝英台变成跟梁山伯不一样的事物。在士人阶层，是最容易实现男女平等的。男人和女人都可以读一样的书，性别分工是最不明显的。在士人这个圈子里，女人完全可以和男人一样，也可以是一只蝴蝶。

总之，梁祝的故事就是士人的故事。士人的理想妻子是可以和自己读一样的书的女孩，士人爱情的最大威胁是姑娘会被更有钱的人抢走，而救赎之道是姑娘的坚持。

牛郎织女的故事，是农民阶层的故事。在中国人的理想中，农民的社会地位仅次于士人。除了士人的孩子以外，农家的孩子是最干净的，如果士人的孩子不够用，农家孩子是最合适的替补。农民家庭虽然穷一点，但只要老老实实干活儿，坚持一些保持人类尊严的礼仪，培养出的孩子也是品性高贵的。除了读书以外，务农就是最正经的正业了。选择读书不那么容易，选择务农就容易多了。

就像我前面讲的，农人的理想妻子是会织布的农家女孩。农人爱情的最大威胁是，生活条件不好，妻子容易早逝，只能在“鹊桥”的幻想中获得些许安慰。

孟姜女的故事，则是一个工匠阶层的故事。在农业社会，中国也有手工业匠人。他们也许也有土地，在农闲的时候干一点手艺活儿；也许就没有土地，四处飘零给人打工，是农业社会里零星的无产阶级。他们靠“手艺”吃饭，有或简单或复杂的一点技术，或多或少的一点体力。孟姜女的丈夫范喜良就是这样的一个工匠。

范喜良的名字有好多版本，这是因为不同地方的人有不同的口音。其实，大家并不太关心这个人的名字怎么写，有个读音可以称呼就够了，甚至不太关心他到底是姓“范”还是姓“万”。

因为，范喜良是一个赘婿，是入赘到孟姜女家的。这也是四处漂泊的工匠所渴望的一个归宿。他们盖不起自己的新房，交不起巨额的彩礼，只有做赘婿，才可以有一个家。至于他自己的姓氏，多半是传不下去的，所以并不重要。

孟姜女为什么叫孟姜女呢？有的版本的故事还认真地做了解释，说一个老孟头，一个老姜头，两家共有这么一个闺女。这是后来的人不理解“孟姜女”这个奇怪的名字了。

实际上，“孟姜”是先秦齐国贵族女子的称呼。“姜”是春秋齐国国君的姓。姜子牙当时被封到齐国，姜姓帮着姬姓打下了天下，在周朝是很高贵的姓氏。姜氏国君的正根后裔，对应到今天，应该是姓吕，所以姜尚又叫吕尚。在先秦的时候，姜姓的人还没有那么多，所以可以不区分。

姜姓贵族女子，对外的称呼是“排行+姓”。姜家大闺女就叫“孟姜”，二闺女就叫“仲姜”，小闺女就叫“季姜”。“孟”就是老大的意思。

后来战国的齐国国君变成田氏了，但是姜氏的文化地位总还是在的。姜子牙的后代，在山东的地盘上总是受人尊敬的。大概，在民间还会保留“孟姜”这样的称呼，表示对姜家闺女的特殊尊敬。

在齐国的土地上，一直有一个习俗，叫“长女不嫁”。大女儿是不能嫁人的，要在家侍奉父母。大概是古人也意识到了，儿媳妇没有闺女靠得住。但是，为了侍奉父母，就不让女儿结婚，这不是太没人权了吗？

我猜，这个“不嫁”，倒不需要是“不结婚”的意思。如果招赘一个男人，不也可以算是不嫁吗？

我小的时候，意识到我是一个女孩，有一天要嫁人，要离开妈妈，总是很焦虑。后来央视版的《笑傲江湖》安慰到我了。里面岳灵珊结婚之前对她妈妈说：“反正我又不离开你。”因为她是招女婿上门。虽然按照剧情，这句话并不能安慰到她妈妈，但是在现实中，这句话安慰到了我。我想，将来我也招一个女婿上门，不就不用离开妈妈了吗？

我想，两千年前的姜太公后裔，应该也没那么笨，他们也可以用招女婿的方式来实现“长女不嫁”。

战国的时候，有一个很聪明的人，叫淳于髡，就是“齐之赘婿”。能出一个这么聪明的人，说明“齐之赘婿”得有一个很大的基数了。《战国策》提到他是“齐之赘婿”的时候，语气也很自然，好像赘婿是齐国的什么特产一样。齐国为什么要有那么多赘婿呢？因为“长女不嫁”。

孟姜女既然叫“孟姜”，就说明她是齐国的长女，应该“不嫁”。那么如果她想结婚，就应该招一个赘婿。

农业社会，嫁出去的媳妇主要靠婆家养，上门的赘婿可不是靠老丈人家养的。赘婿自己有男人的体力，带着手艺，是要给老丈人家干活儿的。不仅是干家里的活儿，而且是要挣钱的。猪八戒到高老庄，就是做赘婿，但他可不是白吃高家的，他可是“踢天弄井”地干活儿。按他的说法，至少小两口的这份家业，是他挣下的。

对四处漂泊的工匠来说，入赘，是他和老丈人家双赢的一个方案。工匠赘婿并不会白吃白喝，只要不急着跟他要房子，他是能给老丈人家挣钱的。老丈人并不亏，而赘婿迅速地得到了宝贵的住处和妻子。

后来秦始皇抓人修长城，重点抓的几类人里，专门有一类人就是“赘婿”。范喜良被抓去修长城，就因为他是一个赘婿。

秦始皇为什么要专门抓赘婿呢？我猜，一个原因是赘婿经常是工匠出身。修长城需要工匠，而范喜良就是一个工匠出身的赘婿。

我想还有一个原因是，赘婿有很多都是“齐之赘婿”。齐国曾经是秦国的劲敌。齐国靠着海，有鱼盐之利，很有钱，在有钱的前提下，他们发展了丰富的文明，搞出了“稷下学宫”这么高级的东西。这一切，足以把来自西北的征服者，衬托成又穷又傻的土老帽。秦统一中国后，秦国的旧人跟山东六国的旧人仍然是有矛盾的，矛盾在于，秦国的武力强，山东六国的文化强。山东六国虽然被秦国打败了，但仍然可以看不起秦国。而其中最突出的，就是齐国。齐国人肯定看不起秦国人，而秦国人肯定也看齐国人不顺眼。

当秦国人要修长城的时候，他们就很有动机想要多抓点齐国人。你们不是高贵吗？你们不是看不起人吗？我让你们上土里泥里滚着，去给我们修长城！正好齐国的文明水平也高，大概工匠的劳动技能也是高的。

修长城抓赘婿这一条，看起来是对各国都平等的，哪国的赘婿都抓。但是，“长女不嫁”、招赘婿，是齐国的风俗。秦国的赘婿少，齐国的赘婿多。秦国即使有几个赘婿，也是当牲口使唤的，而齐国人是拿赘婿当亲儿子指望的。抓赘婿这个缺德的政策，可能就是针对齐国人的。

所以，孟姜女的故事应该这样讲：姜家的大闺女，按照齐国的旧风俗，招了一个工匠做女婿，一家人过着幸福的生活。但是秦始皇看不得齐国人过这样幸福的生活，一定要拆散他们，就把她的赘婿抓去修长城了。

秦始皇抓齐国赘婿修长城，毁掉了当时齐国很多小康之家的生活，长城浸满了齐国人的血泪。而其他山东旧人，也好不到哪里去，也会同情齐国的姜大丫头。或许，在那个时候，这样的故事就悄悄讲起来了。

这样的事情，并不只发生在秦始皇的时候。但是，孟姜女招女婿，秦始皇抓齐国赘婿修长城，这个事比较典型。后世再有类似的事，也会被放到姜家的大闺女身上。

姜家的大闺女，不是可以随便欺负的。她们从小就是被培养来当门顶户的。就像后来的颜之推说的，北齐的妇女，那是可以“代子求官，替夫诉冤”的。有人抓走了姜家大姐的男人，她怎么会善罢甘休？作为一个古代女性，她一点也不怕出门，走上了千里寻夫的道路，从山东一路追到了北戴河去。到了北戴河，她发现丈夫居然被人欺负死了。这一下，姜家大姐可是不干了。你不让我的男人活命，就是不让我活命；你不让我活命，我就让你什么都干不成。她不顾一切地大哭大闹，把长城都哭倒了。这种气势，非得是姜家的姑娘，甚至非得是孟姜，季姜都差点意思。

在一些版本里，秦始皇还爱上了孟姜女。看起来，这秦始皇怎么这么不挑拣，那么大一个皇上，连一个苦役犯的老婆都不放过。如果我们考虑到，孟姜女其实是齐国的旧贵族，而秦始皇这种被山东旧人看不起的土老帽皇帝，对山东文化是有敬畏的，他是希望能把山东的贵族女子据为己有的；但是，孟姜女虽然只是一个有点贵族血统的工匠妻子，也看不上他。这里面不是贞洁的问题，而是表现了对皇权的轻蔑。

总之，孟姜女的故事，是一个工匠阶层的故事。工匠理想的妻子，是一个可以让他入赘、给他一个家的女人，也是一个有胆量有主见、泼辣敢闹、能保护他的女人。工匠的爱情，破灭于像秦始皇这样的权势，官家不把工匠当人，随随便便地把一个有技术、头脑聪明、有感情的男人从妻子身边抓走，拿他的血肉去填土坑泥坑。对此，工匠也没什么办法，只能由泼辣的妻子替自己申冤报仇了。

最后，白蛇传的故事，是一个商人阶层的故事。

我们一般的印象里，许仙是一个文弱书生，好像是士人阶层。其实我们再仔细想一下就会记起来，他是开药铺的，跟《大宅门》里的白景琦是同行。当然，这两个人的性格差异有点大。许仙和白景琦一样，都属于商人阶层，只不过是清清白白做生意、对左邻右舍有利的商人而已。

在中国的四民里，商人的社会地位是最低的，跟四民之首的士人没法比。但是商人又很有钱。而且商人也并不笨，甚至像许仙、白景琦这样的专业性比较强的商人，还要学很多高深的知识。这样还被看成最低阶层，他们难免会有些不忿。争气一点的，也想活出个人的样子来，就要努力表现：我也是个有文化、有修养的人。

我成长的 90 年代，正是中国人下海做生意的时候，也正是台湾地区的国学不断往大陆涌入的时候。那时候很流行一个词，“儒商”。我那时候还不知道什么叫“儒”，也就无从理解什么是“儒商”。我只看见生意做大了的人，不管读没读过书，都努力地往“儒商”这两个字上贴。

不光我那时候不懂“儒商”两个字，很多人都不懂，所以会仿着“儒商”，造出来好多儒这个儒那个的词。“儒将”也就算了，还有“儒医”，还有更离谱的，我一时记不起来了。其实“儒商”这个组合，是有特殊含义的。因为“儒”是四民之首，“商”是地位最低的，身为商人，却像士人一样要求自己，这中间有一种强烈的反差。真要做到这一点，是很不容易的，是很值得敬佩的。

我曾经说过，“士”就是《哈利·波特》里的巫师，巫师是没有固定的职业的，巫师当然也可以做生意。只不过，做生意的时候，经常要跟钱打交道，要算计实际利益，如果智慧不高的话，就会很麻瓜。其实，做生意不一定要按麻瓜的做法，也可以有巫师的做法。比如，霍格沃茨被食死徒占领的时候，韦斯莱家的一对双胞胎就很有巫师气节地放弃了毕业证，跑去做生意了。巫师去做生意，就是所谓“儒商”，是一种值得向往的人格境界。

已经从了商的人，最好是一个儒商。虽然做了麻瓜的职业，但不被当麻瓜看待。不能做一个儒士，那么在很多场合仍然被当儒士看待，也是很好了。儒商本来说的是那些去做生意的巫师，但是按照中国麻瓜的本性，他们永远是会努力地往巫师上贴的。所以，做生意的麻瓜，如果有条件，也会尽量地模仿儒商，或者模仿自己想象中的儒商，为的是让别人能多尊重自己一点。

许仙就是一个真正的儒商。他虽然没有再去考功名，天天做着生意，但他的举手投足，都像一个读书人的样子。他做生意也不是麻瓜的做法，他并不过分地计较利益，总是考虑怎么才能满足客户的需要，怎么才能帮到更多的人。他的生意，对人有益，也需要知识。这样的商人形象，就让中国人喜欢。

甚至像白景琦，可能没那么秀气，但他可爱的地方也是跟许仙相通的。白景琦也有知识，不仅专业知识水平高，还懂《庄子》。而且他不那么计较利益，讲义气。所以，我们也会觉得白景琦很可爱。白景琦也是一个儒商，骨子里还是儒的。

话说回来，儒归儒，商人的生活方式毕竟跟士人是不一样的，有很多让士人不能接受的地方。

比如，商人是中国一夫多妻的最主要群体。穷人是娶不起，士人是要受道德约束。

还有不可忽视的一点，士人、农人、工匠，都不用像商人那样全国跑来跑去，他们都只需要一个家就够了。但是商人不行，商人经常要把货物从这个地方贩到另一个地方去，经常需要穿梭在两个地方之间，他们需要两个家。

白居易在《琵琶行》里说："商人重利轻别离。"其实，不是商人的心比别人狠，而是商人的职业性质，决定了他们不得不经常面对别离。

所以，商人就发展出了一种叫作"两头大"的婚姻形式。这个概念在明清小说、近代文学及口述史中经常出现，就是在经常往返的两个地方，各安一个家，各娶一个妻子。这两个妻子没有尊卑之分，平时也很少见面。

这种婚姻形式，是适应商人的生活特点发展出来的，但不为儒家礼法所容。儒家是实行一夫一妻制的，如果在正妻之外有别的女人，必须跟正妻分出明确的尊卑来。"两头大"的婚姻，是让士人阶层看不起的，是上不得台面的。

进入"两头大"婚姻的女性，身份不会太高。她们虽然不分嫡庶，但总还是有先后的。先嫁给商人的那个，可能同样出身于商人阶层，在经济上需要仰赖丈夫，没有太多的谋生本领，从小也看惯了“两头大”这样的事。后嫁给商人的那个，虽然不是做妾，但毕竟身份还是要低一些。往好一点想，可能是家道中落、无依无靠；往不好里想，很可能是出身于娼妓。《琵琶行》里的琵琶女，就是出身于娼妓，“老大嫁作商人妇”。这个“商人妇”，恐怕就是“两头大”里的第二房。虽然也可以称“妇”，但平时只能“去来江口守空船”。所谓“商人重利轻别离”，丈夫经常离开，一个原因是为了谋“利”，另一个原因是，还需要回到另一个家里去照顾另一位。

白娘子虽然很有本事，但她是个妖精，所以，法海孜孜不倦地要除掉她。所谓妖精，对应到现实生活，就是出身低贱的女性，往往暗示着跟娼妓有关。白娘子并不穷困，甚至还有丫鬟，但是家道中落的小姐以及青楼出来的名妓，也都是可以带着一个丫鬟的。一个年轻女子，没有父母兄弟，只带着一个丫鬟过活，这种人很可能会成为“两头大”里的第二房。

所谓“娘子”，就是女主人的意思，也是市井街坊对商人的女人会用到的称呼。“白娘子”这个称呼，总显得不那么堂堂正正。“白的那个娘子”，仿佛暗示着，在另一个地方，还有一个不白的娘子，不必用“白”来加以区别的娘子。

我小的时候，迷《新白娘子传奇》迷得死去活来。那时候就是觉得新鲜、好看，喜欢白娘子。现在回头想想，发现《新白娘子传奇》真是一个很好的中国故事。这个故事没有用高调的口号吓唬我们，却把每一个细节都做得很用心，充满了中国人的弯弯绕绕，也充满了中国人的温情。《新白娘子传奇》可以作为《白蛇传》的一个标准异文。

我觉得，《新白娘子传奇》的主创是很懂的，他们所采纳的异文，很多都在暗示白娘子是“两头大”。比如，白娘子不是明媒正娶。雨伞就是许仙和白娘子的媒人，许仙也不问白娘子的来历。这固然很浪漫，但是现实一点说，也是因为这是第二房媳妇，可以草率一点。

剧里面，小青拼命让白娘子问清楚，许仙在老家有没有老婆，反复强调：“姐姐总不能给人做小老婆吧？”越是这样强调，越是说明，白娘子是很有“做小老婆”的嫌疑的。

我们都太爱白娘子了，都愿意相信她是许仙唯一的老婆，现在似乎没有一个异文说许仙在家有老婆。但是，痕迹还是会有的。比如，许仙一定要有一个姐姐。

如果是表现父母双亡，那么许仙为什么不是像牛郎一样有哥哥嫂子呢？“姐姐”的称呼很暧昧。过去让儿子早婚，娶的结发妻子会比男孩大一点，他管结发妻子就是叫“姐姐”的。许仙跑到外面做生意，和白娘子过日子，留在家里的是一个姐姐。这个“留在家里的姐姐”，就有原配妻子的影子。

后来，我们为了证明许仙没有原配妻子，特意表现出还有一个姐夫。但是姐姐和姐夫没有孩子，非要等许仙有了孩子才生孩子。姐姐给许仙提供的温情，并不单纯是母性的温情。白娘子去拜见许仙姐姐的剧情，也带着一点暧昧，并不是单纯的拜见婆姐。

许仙虽然是一个儒商，但总还是保留着一些商而非儒的特点。白娘子这样的出身、这样的身份，是不为主流社会所容的。但是，白娘子完全可以是温柔贤淑、知书达礼的，她是可以与周围的人好好相处、赢得周围人的好感的。这与她的不幸身世形成了强烈的反差，也更让人心疼。如果把她的不幸身世夸张一点，就成了“她是个妖精”。所谓“她是个妖精”，就是“她不是人”，实际上是没有获得“人”的社会身份。在善良的中国人心目中，“不是人”的人，完全可以“是个好人”，就像妖精也可以有好妖精。

透过《白蛇传》的奇幻设定，我们可以推想现实中的“白娘子”：一个身世可怜的女孩子，嫁给了一个外乡来的做药材生意的商人，她知道商人在家还有一个“姐姐”。她投奔他，是出于现实的无奈，却也是出于对他的好感。两个苦命人搭伙过日子，白娘子也有很多知识，帮助许仙经营药铺。一开始，邻里会议论，“她可不是人”。但是，随着白娘子与许仙一起积德行善，邻里们渐渐喜欢上了这个白娘子。这些市井的中国人会想：“她是不是人，跟我们有什么关系呢？看她人还是挺好的，应该不会害我们的吧。”许仙虽然是个商人，却带着书生的迂气，白娘子却在江湖上有很多朋友，经常帮他平事、挡灾。许仙的“姐姐”一开始对白娘子有些偏见，到后来居然也接纳了她。

但是，像法海这样的死脑筋，终究觉得白娘子“不是人”，而许仙对于她“不是人”，也不是没有芥蒂的。最后，法海还是把白娘子压在了雷峰塔下，许仙也没有特别拦着。

什么叫“压在雷峰塔下”呢？小时候看《新白娘子传奇》，

我只觉得白娘子力气好大。后来我又看到，还有一个人受到了这样的刑罚，就是《白鹿原》里的田小娥。田小娥的力气可一点也不大，她不是什么妖精，只是一个无依无靠、后来又被男人们侮辱和玩弄的女孩子。就因为她被很多男人玩弄，她的公公就觉得她是耻辱，把她捅死了。捅死了还不行，掌握了巫术话语权的男人还说她是妖孽，会给周围人带来灾祸，所以在她的坟墓上建起一座塔来，镇压她。所谓的塔，其实就是一种坟墓。在坟墓上建起一座塔来，是在向别人宣示："坟墓里的这个人跟正常人不一样，她不是人。"其实坟墓里的人已经感受不到这种痛苦了，但这座塔是很深的恶意。

世界上哪有什么妖精？所谓的妖精，无非是这些受到践踏的女人。被压在雷峰塔下的白娘子，其实也并没有什么妖术，只是一个跟田小娥一样的女人。她用尽一切的善意，好好对待自己的男人，好好对待周围的一切人，却仍然无法逃脱这样的下场。

那么，白娘子有没有希望得到救赎呢？在中国社会，她的希望就在于她的儿子。白娘子的儿子中了状元，白娘子就可以从雷峰塔下放出来了。

在中国，科举是一个人提升阶层最大的希望。低阶层的孩子，一旦考中科举，就可以变成士人了。因此，科举也给他的父母带来了巨大的希望。《白蛇传》的故事告诉中国的孩子：即使你妈是一条蛇，只要你中了状元，你就是文曲星，你妈也可以变成人，变成状元的母亲。反过来说，如果你妈是被压在塔下的一条蛇，如果你想救她，最直接的办法就是去考个状元。

许仙虽然是生意人，但他做的是正经生意，他的儿子是可以考科举的。商人有钱，也有条件供孩子读书。一旦孩子考中科举，全家就从商人阶层一步迈入士人阶层了。许仙在做商人时娶的蛇，娶的“不是人”的女人，也一下子变成士人的母亲了。

对于白娘子这种身份低下、受到不公平对待的女人来说，她最现实的希望，就是生一个孩子，还得是生一个可以考中功名的儿子。一旦生出了考中功名的儿子，女人的出身就可以被忽略，女人身上的耻辱也可以被洗清。科举制度，加上纳妾制度，是给出身低贱的女人留出了这条路的，尽管很狭窄。

中国古代封建社会，是母以子贵的社会。一个被人看不起的女人，只要生出了有出息的孩子，就会被人看得起了。生出这个孩子，也成了她一生的功业、一生的希望寄托。一个人一生的功业就是生了一个孩子，在我们今天看来，是不太好的，但是对那个年代的那些被践踏的女性来说，这总算是一条出路。即使是一条蛇，也可以生出一个文曲星来，这在中国人的观念中，是可以接受的。于是，生出文曲星，也就成了白娘子们在绝望中的希望。

《白蛇传》讲的是商人的故事。商人理想的妻子，甚至就算“不是人”都没有关系，只要她能理解商人的生活，与丈夫风雨同舟。商人爱情的破灭，是因为死板的正统观念仍然不接受他们。而救赎之道，就在于生下一个儿子，培养他通过科举取得功名。

四大传说讲的四个阶层的故事，是可以向下兼容的。即使是士人阶层，也有可能面对妻子的早逝，思念回到天上的仙女；也可能会“榜下捉婿”，捉到一个能干的范喜良；也有可能会纳妾，纳到一个温柔可爱的白娘子。四大传说合在一起，讲的就是中国的故事，讲的是每一个中国人一生中可能会经历的酸甜苦辣、春夏秋冬，是中国人内心深处的一套心理模型。

《三王墓》：是我杀了我！

再来分析一个《三王墓》的故事，也就是我们熟悉的眉间尺的故事。

眉间尺的父亲，在《搜神记》里叫“干将莫邪”。他的名字在这里是四个字，大概不是华夏人，是越人。《搜神记》里有很多故事都可以在《越绝书》里找到，是来自越文化的。干将莫邪是给楚王铸剑的，他铸了一对雌雄剑，知道楚王找碴儿要杀他，就带了雌剑去见楚王，把雄剑留给了怀孕的妻子，意思是雌剑打不过雄剑，将来让肚子里的孩子替他报仇。楚王果然杀了他，妻子生下来的孩子就是眉间尺，在《搜神记》里的名字叫“赤”，“眉间尺”是他的形象特征。我们不妨就叫他眉间尺吧。

眉间尺长到成年，就带着雄剑去找楚王复仇。但是楚王早有防备了，眉间尺躲避追杀还来不及，根本没法报仇。

这时候，一位神秘的剑客出现了。说神秘，是因为他不仅在《搜神记》里没有名字，而且做事的动机也很令人迷惑。剑客说：“来，孩子，我给你报仇。你把你的头割下来，我带着去找楚王。”

眉间尺说："好的。"干巴利索地就答应了，也没有任何怀疑。眉间尺把自己的头割下来，两只手捧着交给剑客。剑客说，你就放心吧。

然后剑客就带着眉间尺的头去找楚王，意思是我把眉间尺给你杀了。楚王当然很高兴。剑客就告诉楚王，眉间尺的头得放到大锅里煮。结果煮了三天三夜也煮不烂，那个头还从汤锅里蹦出来，瞪楚王。剑客说，您亲自去看看，就煮烂了。楚王就很听话地去了，就这样也没觉得害怕。剑客就趁着楚王往里看，挥剑把他的头砍到汤锅里去了。

按说这个故事到这里就可以结束了，楚王死了，眉间尺大仇得报，剑客也完成了眉间尺的嘱托。结果剑客没有因为这点成绩就故步自封，而是挥剑把自己的头也砍下来了，也掉到汤锅里了。后来鲁迅说，这个剑客怕眉间尺在汤锅里打不过楚王，所以自己下去帮他。这是鲁迅的解释，原来的故事没这么说，原来的故事就是说，剑客在一切胜利之后，突然把自己的头也切下来了。这就像有的小朋友写作文，说屈原一个人阻挡了秦国的百万雄兵，把敌人都干掉了，然后自己跳江自杀了。

当然，我们也可以理智一点地解释，这个剑客知道自己把楚王杀了，王庭上那些人肯定不能饶了他，所以先自杀，免得零碎受罪。那好像也不用非把头弄到汤锅里煮。可能剑客就希望跟楚王还有眉间尺煮成一锅粥，谁也认不出来是谁，就能埋到楚国的祖坟里了。可是，埋在楚国的祖坟里，就那么重要吗?

最后，三个人的头果然煮成了一锅粥，如剑客所愿，谁也认不出来是谁了。于是楚人就把这三个头埋在一个坟里了，反正里头会有一个是楚王，然后向这个坟祭拜。这个坟，就叫“三王墓”。

这是眉间尺故事的原始版本。我们看这个故事，一句跟一句之间，也不能说完全接不上，但是都接得很勉强，逻辑上很别扭，就像小孩编的故事一样。这就是原生态故事的稚拙。对于这个故事本身，我们不用阴谋论，觉得不合逻辑的地方都有多少深意。讲这个故事的人就没想那么多，甚至没有那个智商想那么多。但是我们在“故事新编”的时候，在注入自己的经验重新讲这个故事的时候，可以设法把这些残缺的逻辑链都补起来，这也是一种有挑战性的智力游戏。

这个故事最初，可能就是个吓唬小孩的故事，跟格林童话是一样的。故事的高潮，就是剑客拿着眉间尺的头见到楚王以后，切了一个头放到汤里煮，再切一个头放到汤里煮。这是一种有童心的恐怖，特别强调仪式感。切一个头，再切一个头，这一定是必不可少的部分。讲故事的人有这个想象，可能也跟做饭煮汤的经验有一定关系。最后三个头都煮得一样了，一个国王变成了三个国王，埋在一起了。然后就没有更多下文了，故事就这么结束了。这样草率的结尾，也很像一个随意的吓唬小孩的故事。

但是，这个吓唬小孩的故事，在艺术上还是很成功的，所以留在了我们民族的记忆中。这里面有一些很生动、让人很放不下的东西，让我们在摆脱了蒙昧之后，仍然忍不住想重新讲这个故事。

我们想讲这个故事的时候，可以想：原来讲这个故事的人，是怎么讲出这样一个故事的？那些人物关系，那些会让讲故事的人不断复述的话，反映了怎样的心理机制？我们怎么把这些打动人心的关键点找出来，再做进一步的渲染？

比如说，我们可以再去找那个“奇怪的人”。

在这个故事里，男一号眉间尺就够奇怪的了。他的这个复仇，太惨烈了。为了给父亲报仇，把自己的命也搭进去了，父子俩的命才换楚王一条命，也不说给他爹留个后。后来我看林平之为父母报仇也有这个疑惑，他既然都要为父母报仇了，怎么不说先给父母留个孙子？现实中我并不觉得非要给父母传宗接代，但是故事中的人物，他自己的逻辑应该自洽。既然给父母报仇，就是不遵守现代观念的封建大孝子，既然是封建大孝子，怎么不讲身体发肤受之父母、不讲无后为大呢？你舍了自己的性命才给父母报仇，父母同意了吗？

但是，这个故事里还有一个更奇怪的人，就是那个没有名字的剑客。眉间尺搭上性命，是为了给父亲报仇，这还说得通，这个剑客跟他们非亲非故，也把自己的命搭进去了，他是图什么呢？这个人物的行为是没有动机的。是不是他也跟楚王有什么深仇大恨呢？故事没有交代。是不是他特别同情眉间尺这孩子，同情到愿意搭上自己的一条命呢？故事里好像也不大看得出来他的感情。

后来鲁迅写《铸剑》，可以看出来，这个奇怪的无名剑客引起了鲁迅的极大兴趣。

眉间尺和无名剑客这两个人，他们的动机都隐藏得很深，做起事来都有点莫名其妙，需要我们上穷碧落下黄泉，从各种不同的角度去找他们的动机。

我们可以从社会文化的角度去解读。这个故事，本身就不是来自当时的华夏文化，而是来自当时的古越文化。当时的越人，很多想法是跟儒家士大夫不一样的。他们可能确实没那么讲究身体发肤受之父母。当时说越人，是“断发文身”，可以剪头发，也可以文身，跟今天一样。不过，在当时，“断发文身”，就是野蛮人的形象了，在儒家士大夫看来，简直是一帮不可理解的人。这帮断发文身的人，大概也没有什么“无后为大”的观念。而有一些东西，比如报仇，可能在他们的文化里是特别重要的。也许他们对报仇的执念，就像儒家对传宗接代的执念一样强烈。他们“为父报仇”就是目的本身，觉得父亲被杀了，不把杀父亲的人杀掉不合适。完成了这个目的，他们也可以死而无憾了。这跟儒家的孝道还是不太一样的。

有一句话，叫“会稽乃报仇雪耻之乡，非藏污纳垢之地”。这个会稽，就是今天的绍兴，是我奶奶的老家，当然也是鲁迅的老家。鲁迅喜欢这个故事，也因为他是会稽人。我也算一点会稽人，我也喜欢这个故事。鲁迅是那种从不记仇因为有仇当场就报了的人，这应该也是会稽人的脾气。会稽人的心底，是有着顽固的古越文化的底色的。早在远古洪荒的时代，古越人眉间尺就那么执着于报仇了。

话说回来，一个今天的中国人，把自己追溯到某个野蛮民族，说自己身上有什么族的蛮性，这话你也就听听算了，不可当真。每个中国人身上都是有古代野蛮民族的血统的。北方人身上多半有古代胡人的血统，南方人身上多半有古代越人的血统，当代人口流动容易之后，也有人身上既有古代胡人的血统，也有古代越人的血统的。中国人不那么在意异族通婚，如果一个中国人身上没有胡人或越人的血统，只能说明他的祖宗没本事，祖祖辈辈都走不出自己那个村。一个人如果说，“我是个北鞑子，性子就是野”，或者说“我是个南蛮子，骨子里就是蛮”，这都属于撂狠话呢，表示他要跟你发狠了，不想好好说话了，并不代表他这个人不能好好说话。都过了这么多代了，早就文明化了，那点血统早就没意义了。实际上，并没有什么地方的人是比别的地方更有蛮性的，大家各有各的蛮性，各有各的老祖宗撑腰。

不过，有一个满身蛮劲讲不通道理的老祖宗站在内心深处，总归是件好事，起码让我们发狠的时候，能找到理由。当我们要释放自己原初的生命力的时候，我们就可以把心里那个想象的老祖宗请出来。

眉间尺的故事，是一个复仇的故事。对复仇的执念，可以归到古越文化上来。眉间尺就可以是一个站在人心底的，执着于复仇的老祖宗。

复仇故事，是一种常见的故事类型，我们熟悉的很多传说、名著，都是关于复仇的故事。复仇是一种强烈的心理原动力，全世界的人类都会有复仇的心理。复仇作为人物行为的动机，也经常是一种充分的动机。在小说里，你可以设定这个人物的行为动机就是复仇，这个动机可以从头用到尾。

为什么人类这么热衷于复仇呢？

一种解释是，复仇是一种补偿心理。你让我吃了一个亏，我也让你吃一个类似的亏，我的心理就平衡了。另一种解释是，复仇是一种威慑。如果你害了别人，那么是会有人找你复仇的，最后还是害了你自己。所以，你要害人之前，一定想好了。

关于《三王墓》的“故事新编”，最成功的莫过于鲁迅的《铸剑》了。鲁迅引入自己的经验，对这个故事做了一些有意思的改动。

在这个故事里，鲁迅自我代入的是那个无名侠客。他给那个侠客取了一个名字，叫“宴之敖者”。在这个故事里，我们可以找到一个由三个男人组成的序列：少年人眉间尺，中年人宴之敖者，老年人楚王。这三个人看起来是各不相同的三个人，还有互相对立的关系。实际上，在一个人讲的故事中，每一个人物都是讲故事的这个人。因为讲故事的这个人，要叙述一个人物的行为，就必须自我代入，加入自己的理解。他讲出来的其实是，“如果当时是我，我是怎么想的”。不同的人物，只是讲故事的人处在不同角色时候的表现而已。宴之敖者是让鲁迅最有共鸣的，但是其实眉间尺也是鲁迅。

眉间尺代表鲁迅复仇的决心。鲁迅会觉得，自己有时候也很像眉间尺，心中充满了仇恨，一心复仇，却又弱小无助。尽管鲁迅在现实中像宴之敖者一样有各种办法，并不弱小无助，但这不妨碍在他的内心感受里觉得自己是弱小的少年眉间尺。

不仅眉间尺是鲁迅，楚王也是鲁迅。眉间尺和宴之敖者对楚王的攻击，是鲁迅自己对自己的攻击。楚王代表一种压制一切的力量。鲁迅的内心深处是一个要向世界复仇的少年，但他不能真的处处表现为一个复仇的少年，他必须压制自己，向社会做出一定程度的妥协。当他在压制自己的时候，他就扮演楚王的角色。

眉间尺、宴之敖者、楚王这个序列，分别对应鲁迅的本我、自我和超我。这三个“我”，其实没有那么玄，完全不至于最后绕成“我杀了我”。

所谓本我，就是内心最真实的愿望。其中包括不那么好的愿望。就是假如在完全不考虑别人的情况下你的愿望。本我就是你内心住着的任性的小孩。

当然，不可能没有别人，不可能由着你胡闹，你总需要压抑自我，这个压抑，也不完全是坏事。所谓超我，就是自我压抑、与社会妥协的部分。在内心的小世界中，超我就像一个有绝对权力的君王，压制着本我这个任性的小孩。超我是社会投射到我们内心世界的代表，虽然也是我，但总是以别人的面目出现，比如父亲、上司之类。

在超我对本我的压制中，产生了自我。我们每个人的自我都是超我和本我激烈战斗的产物。在超我和本我的战斗中，自我有时候站在君王一边，有时候站在熊孩子一边。每个人每次的选择都可能各不相同，不同的人的选择更是千变万化。每个人的自我也就有了不同的形象。鲁迅对自我的描绘，就是宴之敖者的形象。

这就可以理解，宴之敖者为什么说“我厌倦了我自己”。因为楚王也是他自己。他仍然像眉间尺一样不喜欢楚王，不喜欢自己为适应社会而做的自我压抑，但他也清楚，自己正一步步地走向楚王，那些自我压抑，正从有意变成习惯。他厌倦这样的自己，想帮帮心底的熊孩子。当然，从字面上说，这句话也可以解释，宴之敖者为什么不要命了。

宴之敖者并没有直接说，“我跟楚王也有仇”，他对楚王的情绪，没有眉间尺那么激烈。他凭理智知道，楚王也有合理的地方，没有这些妥协是不行的。绍兴是出师爷的地方，绍兴人其实是非常会妥协的，鲁迅不可能是不懂妥协的人。但是他的本我，他的直觉、他内心深处的原始生命力告诉他，这些妥协是不好的，是不可爱的。所以，他还是决定跟眉间尺一起，去跟楚王复仇，宁可自己不要命了。

但是，宴之敖者知道，光由着眉间尺闹也是不行的。所以，在杀楚王之前，要先把眉间尺杀了。也就是说，在抛弃那些世俗的规则压抑之前，要先把自己心底无限膨胀的欲望杀了，因为这些本我也是极其危险的。他权衡了一下，可以，我可以先把我自己的欲望杀了。就像眉间尺义无反顾地把脑袋交给了宴之敖者。

宴之敖者是一个中年人的形象，就是鲁迅的形象。他成熟理智，武艺高强，做事很有办法。但是他内心的生命动力并没有枯竭，仍然充满了少年人的抗争精神，他没有喜欢上规训，岁月的积淀，让他对规训产生了“厌倦”的感觉。

后来，宴之敖者拿着眉间尺的头去找楚王报仇，他们的头煮到了一个锅里，象征着作者一个人有这三个头。他们之间的互相攻击，其实就是鲁迅的自我攻击。鲁迅说宴之敖者把头砍进锅里，是为了帮眉间尺，这个看上去就合理多了。在三者的互相攻击中，宴之敖者是帮眉间尺的，也就是我，自我帮助本我攻击超我。最后，三个头烂在一起，分不清谁是谁，是因为这三个“我”本来就是一个人。

我觉得鲁迅对这个故事感兴趣，有一个原因就是，眉间尺—宴之敖者—楚王，构成了一个本我—自我—超我的序列，便于写他的自我斗争。鲁迅是那种喜欢自己和自己斗争的人，因为他有一个复杂的灵魂。一个复杂的文学作品，主要人物凑齐了本我—自我—超我的序列，就会很有戏剧张力。

我曾经跟一位编剧朋友说，其实一部戏只要写好三个男人、三个女人，就成功了。这三个男人、三个女人，分别是男性人格与女性人格的本我、自我和超我。其中有一列，是与作者的心理性别相同的，代表了他 / 她内心的三个层次，异性的一列，则代表了他 / 她的这三个层次所适应的恋爱对象。然后再加上一个父亲形象和一个母亲形象，写好这八个人就够了。这八个人，就是《周易》的八卦。我们平常说一个复杂的、有吸引力的故事，说是“八卦”，这就是八卦。

“三王”对应“三个我”，这个主题是富于现代性的。除了这个主题，《三王墓》还有别的主题值得生发，比如“复仇”或者“荒谬的复仇”这个主题。《新边城浪子》里的傅红雪，就是一个眉间尺的变体。他的复仇，是一种惨烈的复仇，也是一种荒谬的复仇。

傅红雪从小就在母亲的教导下，立志报仇，苦练剑术，为此牺牲了童年和少年的所有快乐。他也不被允许有爱情、有家庭，他成年后背着宝剑踏上为父报仇的道路，也是抱着必死的决心的，他也不需要为父亲传宗接代。为了报仇，傅红雪也吃了不少苦。

但是，在马上就可以报仇的那一刻，傅红雪突然得知，他并不是他父母的亲生儿子。本来，傅红雪为了给父亲报仇舍弃了一切，唯一的逻辑支点就是，他是他父亲的血亲。但现在，这个唯一的支点突然不存在了。那么，去报仇，去拼上一条命，是否还有意义呢？傅红雪陷入了现代性的迷茫。

同样，眉间尺复仇的唯一理论支点，就是他是他父亲的儿子。如果他像傅红雪一样，突然得知自己不是父亲的亲生儿子，他又应该如何自处呢？这是“故事新编”可以生发的点。

紫玉韩重：爱与死，灵与肉

我们再来拆解一个故事，《紫玉韩重》。

紫玉韩重的故事也是被后人反复地讲。《搜神记》里的版本大概是以下这样的：

紫玉是吴王夫差的小女儿，跟少年韩重相爱，后来韩重去齐鲁之间求学，夫差让紫玉另嫁他人，紫玉不肯，郁郁而终。

韩重回来以后，非常悲痛，到紫玉墓前去祭拜。然后紫玉就从墓里出来了。两个人有了一番对话，大概是上古楚国出马仙的对唱词，跟《九歌》是一个性质的。《九歌》的歌唱者是楚国贵族的出马仙，这个可能是越人老百姓的出马仙。

唱完以后，紫玉就请韩重到自己墓里去做客。在墓里，一人一鬼吃了饭，喝了酒，行了夫妇大礼。韩重在墓里住了三天，紫玉送他出来的时候，给了他一颗明珠。这个明珠不是一般的明珠，是直径一寸的大明珠，不是一般人能有的。

韩重出来，找吴王说这事。吴王不信，说那个明珠是韩重盗墓盗出来的，为了掩人耳目，才编造了这个故事，诽谤紫玉。还差点把韩重逮起来。韩重跑到紫玉墓前去哭诉，紫玉又出来了，说我去和他说。然后紫玉就在吴王宫里显形了，跟她爸爸说，韩重没有盗墓，他说的都是真的。这时候王后出来，想抱紫玉一下，却什么都抱不住。鬼魂状态的紫玉，就像烟一样。

这个故事，我们可以从社会文化或者人物关系的角度去拆解。

这是一个公主的爱情故事。公主和爱人之间，本身就隐藏着身份的高下，而且是女高男低，是与台面上的社会规则相矛盾的。公主的优势，是源于她的家庭，驸马在老丈人面前总是要谨小慎微的，是有可能被抓去治罪的。后来故事主干里人鬼殊途的设定，其实就是把这个差异放大了。

这个故事里还有一个中式恐怖里的常见母题：怨气。会出来闹事的鬼，在死前都是会有怨气的。所谓的怨气，就是痛苦、不平、不甘心。鬼魂就是怨气的具体化，在中国的鬼故事里，怨气越大，鬼就越厉害。

我看过一个灵异题材的网络小说，里面有一个情节，说有人要让鬼魂守墓，为了让他们变厉害，要最大限度地激发他们的怨气。所以就把一帮士兵活着埋在墓门口，只露一个头，然后把饭放在他们面前，让他们闻得到香味却吃不到，最后在幽怨中死去。

我看到这个桥段的时候，被这种魔幻现实主义的对“怨气”的利用，以及对最大的“怨气”的想象给逗坏了。不过，倒也挺形象的。

紫玉公主死的时候，也是带着“怨气”的，当然，她的怨气要唯美多了。她是没有等到心上人回来，加上她父王还要她嫁给别人。她有“嫁给韩重”这个心愿未了，所以会出来，完成这个心愿，哪怕只有三天也好。如果必要，她还能出来帮韩重做解释。

如果生发一下，又可以引申出一个“爱情与死亡”的主题。对于忠贞的爱情来说，最大的阻碍就是死亡了。那么，死亡能不能阻隔爱情呢？很多“人鬼情未了”的鬼故事，都是在讨论这个问题。在死亡面前，爱情的力量才会被更大地激发出来。而在爱情中的人，也会更多地思考生命的问题。

从我关心的“灵与肉”的角度来看，这个故事也很有意思。紫玉的灵魂，到底还有没有肉体的特质呢？

紫玉是可以“自墓中走出”的。这说明她的灵魂一直待在坟墓里，跟自己的尸体在一起。必要的时候，她又可以独立走出来，不需要借助尸体，并且呈现生前身体的形象。紫玉可以邀请韩重到自己的墓里，该吃吃该喝喝，甚至还可以做夫妻。这就反映了中国本土早期的“灵肉合一”的观念。

但是，我们的祖先根据直觉，就觉得鬼魂和活人应该是还有些不一样的。所以想象紫玉的母后要抱她的时候，她已经没有实体了，像一缕烟一样，没有肉体可以抱。

在坟墓里，紫玉和韩重明明生活得很好啊，怎么到了母后这里，就成了一缕烟呢？感觉她好像对情郎哥情深义重，对母亲就有点敷衍了。当然，这还可以生发出各种解释。比如，她在墓里就有形体，离开坟墓就只能有个影了。或者，她在与韩重相见之后，怨气已经消了不少，所以就没有形体了。再或者，她的怨气是关于韩重的，不是关于母亲的，所以在韩重这里的生命感就强，在母亲那里的生命感就弱，等等。这些都是我自己没事找事胡思乱想的，当年讲这个故事的人肯定都没想这么多。但是，我们如果写紫玉韩重的故事，可以从这些地方落想。

紫玉韩重的故事里，还有一个关键的点，就是那个信物，那颗直径一寸的明珠。这个明珠不是影子，是实体，是紫玉的陪葬品。紫玉虽然已经是鬼魂了，但还可以把陪葬的实体拿出来，让韩重带到人间去。这个明珠可是可以实实在在呈在王廷上、经得起验证的，不会像一缕烟一样抓不住。

什么是信物呢？就是一个实实在在的东西，可以用来证明一个没有实体的东西的存在。爱情和鬼魂都是没有实体的。爱情往往需要一个信物，因为爱情就是没有实体的。今天说爱，明天就可以说从来没有爱过。这时候，如果给过信物，就可以拿出来，质问他："如果你没有爱过我，当初为什么会给我这个呢？"所以，爱情的信物，得值钱一点、特殊一点，一看就是这个人给的，而且一看就不是轻易给的，不是送小礼物的概念。像柳湘莲祖传的宝剑，拿来做信物就比较合适。

同样，鬼魂也是没有实体的。要证明鬼魂的存在，也经常要借助信物。紫玉给韩重的这颗明珠，就是双重的信物。一方面是爱情的信物，一方面，在这个故事里，更多地成了鬼魂存在的信物。

在中古的志怪故事里，如果写活人跟鬼魂在坟墓里相遇，经常会提到他从坟墓里拿出来了什么陪葬品。为什么会有这个套路呢？“从坟墓里拿出了陪葬品”，这句话单独念起来，非常像盗墓。所以有人写论文说，这是对中古盗墓活动猖獗的记录，这些自称遇到了鬼魂的人，其实都是盗墓贼。实际上，这个推测也不新鲜，你看吴王夫差就怀疑韩重是盗墓贼了。而且这个推测也不怎么高明，你看吴王夫差就说错了。

实际上，为什么中古的志怪小说老要说活人从鬼魂那里得到了什么实物呢？这就是一个信物啊。不这样，怎么证明这个鬼魂存在呢？鬼魂没有实体，但是她赠送的信物是有实体的，这就让鬼魂的存在有了一定的现实性。又为了证明这个信物确实是她的，确实是她在死后给出的，这个信物就需要是陪葬品。

在奇幻小说中，如果想要说明你讲的奇幻故事是真实的，就要从幻境中带出什么东西来，带到现实世界，证明幻境是真实的。

在西方，这个从幻境中带出来的信物，被称为“柯勒律治之花”。这是源于英国浪漫主义诗人塞缪尔·泰勒·柯勒律治（Samuel Taylor Coleridge）的一句很有名的话：

> 如果有人梦中曾去过天堂，并且得到一枝花作为曾到过天堂的见证，而当他醒来时，发现这枝花就在他手中……

这样的桥段，往往能给人很强的冲击力。中古志怪小说里频频从坟墓中带出来的那些实物，承担的就是“柯勒律治之花”的功能。

中国的先民，早在最初讲述紫玉韩重故事的时候，就知道应用这个原理了。“柯勒律治之花”的艺术张力，就在于让非现实照进现实，在现实中描写奇幻。中国人真的是有些魔幻现实主义的天分在身上的。

李寄斩蛇：中国女孩的冒险故事

最后，拆解一个《李寄斩蛇》的故事。

《李寄斩蛇》的故事也出自《越绝书》，也是古越文化背景下的故事。故事发生在今天的福建，也是古越人的地盘。说当地有一条大蛇，要用童女献祭。一个叫李寄的女孩子自告奋勇，非要献祭自己，然后把那条大蛇杀死了。也是一个很提气的故事。

李商隐有一个侄女叫“寄寄”，有人说，寄寄其实是李商隐的亲生女儿，因为是私生女，才谎称是她伯父的女儿，养在外面，所以叫“寄寄”，就好像谢灵运叫“客儿”一样。其实，李家的寄寄，就是“李寄”，李商隐也许是取了李寄斩蛇这个彩头，希望这个小女孩能长得像故事里的李寄一样健硕果敢。可惜，唐朝的那个李寄没能长大就夭折了。有一种迷信的说法是，给小孩取名，直接用一个了不起的人物的名字，不是什么好事。

李寄斩蛇一直以来都是一个展示中国姑娘勇气与智慧的故事，但是到了最近，有思想特别进步的人，拿着放大镜看这个故事，又看出了问题。他们说，李寄的父母怎么舍得让亲生女儿去喂蛇呢？肯定是贪图官家的好处，或者屈服于官家的权威了，肯定是觉得女儿不值钱了。更可恶的是，李寄怎么能自己要求去喂蛇呢？还说自己不值钱，活着没用。这也太没出息了！所以李寄也不算英雄。

看他们说这话，我就想起了小时候身边极少数的亲朋好友的声音：“一个女孩子，你们逼她念那么多书干吗？你还自己非要念书？你念那么多书干吗？”

既然拿放大镜看了，我们就彻底拿放大镜看看，李寄斩蛇到底是怎么回事。

故事的开头，给出了一个需要解决的困境：庸岭这个地方，被一条大蛇困扰，庸岭所属的东冶这个地方的长官，也拿它没办法，带兵去抓蛇，被蛇吃掉了好多人。这是一个经典的困境：偏远小地方被妖物困扰。很多奇幻故事都是这样开头的。这一次，妖物是一条会吃人的大蛇。“蛇”这个妖物的设定，也充满了古越文化的色彩与地方特色。大蛇托梦提出了一个要求：要人们献祭童女。

这个故事里，“奇怪的人”当然是李寄。她以一个被献祭的童女的身份，反杀大蛇，成了英雄。这就是我们中国的故事。在西方的故事里，都是王子战胜恶龙，拯救被献祭的公主。但是在我们中国，是被献祭的公主自己战胜恶龙，没有王子什么事，王子最多是公主战胜恶龙以后的奖品。没有王子也可以的，我们中国的故事特别省演员。

听中国故事长大的小公主，从来没有“我可以等着王子来救我”的概念。我们就看着孟姜女替丈夫出气，看着白娘子一遍又一遍地拯救着惹麻烦的许仙。我们的创世神话是“女娲补天”，说的是两个男的没事斗气打架，把天弄塌了，然后女的出来给他们补天。

之所以这样，当然有一部分原因是这种设定反映了中国的一部分现实——当然，中国有一部分男性也是非常理智和能干的，我没有说中国男性只会斗气都让女的补天的意思。另一部分原因则是，中国人觉得“能干的女性”这种设定特别有戏剧性。一个人，既能拯救世界，又能生孩子，这样的话，有更多关于她的故事可以写。

所以，在中国传统的民间叙述中，一件英雄壮举如果有可能让女性完成，就会慢慢转移到女性角色身上。比如《杨家将》，最后就变成了一群女人打仗的故事。因为这么讲会有人听、这么写会有人看。只有最近二十年的影视剧才那么想不开，什么事都不让女人干。

好了，我们说回李寄。李寄是一个怎样的女孩子？真的像他们说的那样吗？她是谁家的孩子？她的父母疼爱她吗？她是怎么成为大蛇的祭品的？她为什么说自己是没用的孩子？关心这些问题，需要一颗中国的心灵；找出这些问题的正确答案，则需要一双中国的眼睛。

在原文中，李寄是自己向父母要求去做祭品的。她的说法是这样的：

> 父母无相，惟生六女，无有一男。虽有如无。

我们家有六个姐妹，没有男孩，我们又不能传宗接代，有我们就跟没有是一样的。如果是麻瓜世界来的直肠子，乍一听这话，要跳脚了："你怎么可以这么封建、这么自卑呢？怎么能说自己是'无'呢？怎么能把人的价值绑定在传宗接代上呢？"

但是我的老读者就应该能反应过来，话要从背面看。一个被"传宗接代"的观念压迫，认为自己因为不能传宗接代就低人一等、不是父母的孩子的人，是不会直接把"我反正也不能传宗接代"这样的话说出来的。能说出这句话，就说明她从来没有因为"不能传宗接代"而被父母轻视过。她说这句话的意思其实是，我的生命不值钱，所以请父母不要因为我的死而伤心。重点是"请父母不要因为我的死而伤心"，而不是她真的认为自己的生命不值钱。因为她现在是决心去完成一件九死一生的任务，所以才需要这样安慰父母。

当然，父母不可能因为她这么一说，就真的认为她的生命不值钱的。

李寄进一步说服父母：我又不能像缇萦那样，救父母的命，也不能挣钱赡养父母，活着就是浪费粮食，还不如早点死了呢。

李寄能说这样的话，说明她从小就有人给她讲缇萦的故事，让她知道了世界上有这么了不起的女孩子，女儿并不是对父母没用的。她从小就在谋划，怎么能像缇萦一样，做一个对父母甚至对社会有用的人。她也思考过，怎么才能赡养父母。她并不真觉得自己是没有用的孩子。

李寄生活的这个地方，是古越人的地盘，在中原人眼中是边远蛮荒的地方。缇萦的故事，却是地地道道的中原故事。如果李寄的原话真的提到了缇萦，那么这个细节是值得深思的。她虽然是生长在边远地方的孩子，却并不蒙昧，对中原的事情有着很深的了解。即使在我们今天，如果一个边远小县城有一个孩子，跟北京上海的孩子读一样的课外书，那么他的家庭在当地一定是不一般的家庭。在那个时候，一个有大蛇的地方，一个女孩子居然能知道缇萦，那么说明她的文化水平不低，接受的教育很好，她的家庭是被中原文化深度浸润的。

当然，不能排除"缇萦"这句话是后来的整理者加进去的。也许这个故事原本是一个充满了越文化色彩的故事，但是经过了中原整理者笨拙的讲述，变得中原化了。

李寄进一步说了更狠的话：

卖寄之身，可得少钱，以供父母，岂不善耶！

你们卖了我吧，还能给父母点钱，比现在这么白耗着粮食强。

乍看起来，好像很合理。如果预设他们是种地的人家，一个儿子都没有，还有六个女儿，一定会很穷吧。是不是真的需要卖女儿才能活下去呢？古代确实不乏这样的人家。

他们是不是这样的人家呢？我们看李寄父母的反应：

父母慈怜，终不听去。

父母是坚决反对李寄去做祭品的，不管她怎么说都没有用。父母没有放弃李寄，更没有卖掉李寄。

事实上，如果李寄真的有机会听到缇萦的故事，那么李寄家大概率是地方上的小官吏。那么她家是有一笔不菲的官俸供养的。就像我们今天，县里的公务员，是不会因为有女儿没儿子就陷入穷困的。她家远远没到需要卖女儿的程度。

即使她家是不太汉化的越人，至少我们也没有看出她家特别穷困的痕迹。她的父母也毫无卖女儿的打算。他们对女儿的态度是“慈怜”的。在古代，能对女儿有“慈怜”的感情，一定是富裕阶层。穷人家朝不保夕，对于随时可能死亡、远嫁的女儿，是不敢投入太深的感情的。

之前献祭的九个女童，都是“家生婢子，有罪家女”，是当时的贱民阶层。李寄家显然不是贱民阶层。所以，当李寄提出自己要像贱民的女儿一样去献祭的时候，她的父母其实是大惑不解的：“咱们家没到这份儿上，实在不行，我们还可以带你逃走，你干吗要像她们一样？”他们也是绝对不会同意自己的女儿去送死的。

最后，李寄是违背父母的意思，偷着跑出去的。她不是无奈地被献祭以后，开始自己想求生的办法。她是非常强烈地要求被献祭，其实就是想去斩杀大蛇，她从一开始就有一个周密的计划。

李寄斩蛇的故事，其实是一个女孩子的冒险故事。这个世界上的大多数冒险故事都是男孩子的故事，但是中国有女孩子的冒险故事。李寄和花木兰一样，是做大事的女孩子。做大事的女孩子，需要既不被父母寄予厚望，又被父母爱着。花木兰符合这个特征，李寄也符合。大概中国真的不缺这样的女孩子。李寄的成功，同样也是爱的成功。这又是一个“爱是最伟大的魔法”的故事。而麻瓜是不会相信世界上有爱的。他们只会相信，女孩去冒险一定是父母要拿她喂蛇，女孩要读书一定是父母逼的。

这个故事让思想进步者不舒服的另一个点是，李寄成功后，得到的奖赏是做了越王的王后。他们说，成为谁的妻子，怎么能是一个奖赏呢？在他们的想象中，成为谁的妻子，肯定是柴米油盐伺候人，只能是一个惩罚。

当然，古代能给女性的职位是很少的。如果直接让李寄自己当县令，以后再一路升成宰相，那是最好的。但是这不是在古代吗？古代给女性的职位多半是谁谁的妻子，什么夫人什么妃子，这个确实有点尴尬。咱们现在不这样了。

但是，结婚为什么不能是一个奖赏呢？如果是真的平等，就不必默认妻子是伺候丈夫的。如果已经是一国的王后了，那是不用伺候什么人的。事实上，男性从来也都把成为谁的丈夫当成一种奖赏。想开一点，如果女性真的把自己放在不低于男性的位置上，结婚为什么不是一种奖赏呢？

在冒险故事的模型中，主角最后只有三个结局：死亡、登基和结婚。可以三选一，也可以叠加。冒险故事的主角一般都是男的，但既然现在是女的，她也应该享受同等的待遇。李寄没有死，那么成为王后，相当于登基叠加结婚。

李寄斩蛇是汉朝的事，这时候的越国，不是春秋时代的越国，而是汉王朝治下的一个行政单位。越王是一个爵位，汉朝以后的爵位，更多的是一种荣誉性质。越王除了把李寄聘为王后，还提拔李寄的父亲为他们所在的将乐县的县令。这也说明，李寄的父亲更可能原来是将乐县里的小吏，甚至在县官僚系统中的地位本来就不低，李寄家本来就是将乐县范围内的特权阶层。如果真是山里的越人，恐怕只能赏给他钱，不能这么随随便便就给他县令做了。

我倒是觉得，女孩子应该大胆地把婚姻当成人生的一种犒劳，就像千百年来男人做的那样。婚姻是可以给人带来幸福的，人生应该以得到过爱为荣，不能以没得到过爱为荣。现在的很多作品，都把“没有得到婚姻”当成女性搞事业的一种奖赏，这是反人性的，所以就会给人一个错误的心理暗示：女性如果搞事业，就只能孤独终老了。其实，建立了功业的女性，有权利要求建立功业的男性所拥有的一切。如果王子杀死了恶龙，公主就是王子的奖品；如果公主杀死了恶龙，那么王子就是公主的奖品。

在这个故事里，引起我兴趣的，是那九个在李寄之前被献祭给大蛇的、一直没被注意的女童。她们在故事里是不说话的配角，只是最后以骷髅的面貌出了一下场，还被人指责不够勇敢。她们活着的时候不被当人，被当成祭品，死了以后也只是李寄的陪衬。

我在想，这九个女孩，也是真实地活过的。她们在短暂的一生中，也曾有过卑微的快乐与梦想；在被大蛇吞噬的一刻，也曾有极度的痛苦与绝望。她们又是谁家的孩子呢？她们又是怎么成为祭品的呢？

献祭少女是一种巫文化，世界各地的巫术时代都有献祭少女的做法。原始部落的人们认为，少女是我们最宝贵的人，我们把最宝贵的人献给神灵，神灵该保佑我了吧。也许，在最初的时候，被献祭是一种荣耀。

在进入文明社会之后，人类仍然保留着献祭少女的遗风，在遇到不能解决的自然灾难的时候，还会想到献祭人。这时候，献祭的还是少女，而不是老头子。但是文明社会就有了心眼了，就存在“献祭谁家的少女”的问题了。

原文中提到，这些被献祭的少女都是“家生婢子，有罪家女”。被献祭的都是贱民的女儿，她们跟着她们的父母，没有正式身份。所谓“家生婢子”，我们能联想到《红楼梦》里的家生子。中国的封建社会，一直保留着少量的奴隶，到清朝还是如此，汉朝更明显一些。所谓奴隶，不在于他们从事什么样的劳动，而在于他们的身份是附属于主人的。他们没有独立的户口，是主人的所有物，这样的才叫“奴”，跟雇来的人是不同的。“奴”生的孩子，仍然是主人的所有物，就是“家生子”。“家生婢子”一生下来就是主人的奴隶。所谓“有罪家女”，就是她们的父亲犯了罪，全家就都被贬为贱民，受到全社会的歧视。她们自己是没有犯罪的。她们的父亲不知道犯的是什么罪，如果是杀人越货，那么起码在父亲犯罪之前，她们早就生活在底层，过着提心吊胆的生活了，贬为贱民之后在生活和心理上也没有太大的落差。如果她们的父亲原来是官吏，是因言获罪，那就更可怜了。因言获罪永远是不合理的，但是在汉代的惩罚确实重。她们可能生下来的时候还是官宦人家的小姐，在获罪之后，一下子被打入底层，连生命都可以随时被牺牲掉，她们的落差就很大了。蔡邕就曾经因言获罪，全家都被剃光了头发、戴上镣铐，发配到北方边境去。蔡邕的家人里，就包括他的女儿，才女蔡文姬，蔡文姬就曾经是"有罪家女"，曾经受过剃光头发、戴着镣铐发配边地的屈辱。如果当时那里也有一条大蛇，可能他们就拿蔡文姬喂蛇去了。

不管是"家生婢子"还是"有罪家女"，都可能是非常有灵性的小女孩。但是在世俗的眼中看来，她们的身份是最低贱的，无论她们本人如何，都不重要。一旦出了什么事，比如有一条大蛇，她们的生命是可以最先被牺牲掉的。

那么，她们平时过着怎样的生活呢？那些家生婢子，是不是也像《红楼梦》里的鸳鸯、晴雯一样，过着相当受宠爱的生活呢？那些有罪家女，有没有偷偷地读书识字，决心与父母共渡难关呢？又或者，没有那么美好，她们可能承担着辛苦的劳作，受冻挨饿，在街上看着李寄这样自由自在的大小姐，觉得自己和她是不一样的人。

当她们听说自己被选中献祭的时候，她们会怎么想呢？会有人告诉她们，这是你的光荣。她们还会像原始部落的女孩子一样相信吗？也许会有人说，你去了以后，会有人让你的父母过得好一点。她们是默默地同意，还是“不懂事”地抗争呢？

“累年如此，已用九女”，像这样的女孩子，已经牺牲了九个了。这些女孩子，跟李寄生活在一个县里，李寄认识她们吗？李寄这样的女孩子，聪明大胆，家庭条件也好，在县里一定是很有名的。不管李寄认不认识她们，她们一定是知道李寄的吧。她们平时怎么看李寄呢？是佩服，羡慕，还是会有一点嫉妒，甚至有一点敌意呢？她们聚在一起的时候，会怎样议论李寄呢？这都是可以写小说的地方。

除了这九个不幸的女孩子，这个故事里还隐藏着一批女孩子。在献祭了这九个女孩以后，再没有人家把女孩献出来了。这也是李寄自告奋勇去斩杀大蛇的一个前提。为什么没有了呢？是这个县只有这九个女孩子的身份最低，再献就要献身份高一点的了，还是那些奴婢、罪徒也拼命反抗，不肯再把女儿献出来了？奴婢、罪徒也好，比他们身份略高一点的人也好，都是非常弱势的人，平时受多少苦都不敢说话的。现在，他们为了保护自己的女儿，都突然刚起来了，不惜以各种办法反抗官家的命令。“预复募索，未得其女”，无论官家怎么找，全县也再找不出第十个愿意献出女儿的人了。仔细想想，这是有多少平凡的父母为保护女儿竭尽了全力，这一幕的背后其实是很感人的。

这些女孩不像最初被献祭的九个女孩那么悲惨。她们中，有的人身份跟被献祭的女孩差不多，有的人身份可能很高，跟李寄差不多。这应该是一场全县女孩的大逃亡。她们是怎么逃走的呢？是父母带着一起逃走的，还是在父母的默许下自己逃走的，抑或是父母同意献祭她们了，她们自己设法逃生的？

这些身份、逃亡方式并不相同的女孩，平时又是怎么生活的呢？是父母的掌上明珠，还是被当成“赔钱货”随便养大的？有没有父母平时给女儿吃好穿好，却在关键时刻出卖了女儿？有没有父母平时不给女儿好脸，关键时刻却拼上全家的性命也要给女儿一条生路？

这些不是最英雄也不是最倒霉的普通女孩，平时又是怎么看待李寄的呢？听说李寄决定献祭自己，她们又是什么心情呢？

李寄在斩杀了大蛇之后，从蛇穴里捧出了九个女孩的骷髅，说了一句话：

> 汝曹怯弱，为蛇所食，甚可哀悯。

李寄在说这句话的时候，又是什么样的心情呢？她是在嘲笑这九个女孩怯懦，夸耀自己厉害吗？以我的体会，她说这句话的时候，很沉痛。是一种心有余悸。我的命运，跟她们九个又有多大差别呢？我如果刚才稍微怯懦一点，手抖一下，现在也就跟她们一样了。李寄看着九个女孩的骷髅，仿佛是在看着自己的骷髅。

李寄并没有觉得，自己和她们有决然的分别。她把九个骷髅拿出来的举动就说明，她把自己和这九个女孩视为了一体，用时髦的话说，是命运共同体。在李寄看来，她们是世界上的另一个自己。如果自己稍微弱一点，做了一个错误的决定，或者仅仅是运气不好，自己就会成为她们。她们代表着李寄内心软弱、怯懦的另一面，这另一面也是她自己，也是与英雄的她自己血肉相连的。而且，李寄越是被世界追捧为英雄，就越是怜惜、在意自己内心弱小的另一面。

李寄审视九个骷髅的心情，跟宴之敖者审视眉间尺头颅的心情是一样的，都是一个我审视另一个我，作为强者的我审视作为弱者的我。《三王墓》是男性的冒险故事，《李寄斩蛇》是女性的冒险故事，其中的自我审视的潜力，是一样的。

中国人有一种心理，叫作“后怕”。在面临危险的时候，顾不上害怕，舍着命地往前冲。在危险已经排除、获得了成功的时候，回望来时的路，才会越想越怕。成功者会想，我的成功不是必然的，我是很可能倒在成功的路上的。当他看到倒在来路上的失败者时，也会想“我本来应该是他”，而不是想“我好强，他好弱”。鲁迅代入宴之敖者，审视着眉间尺。这种审视，在《李寄斩蛇》中同样存在。这两个故事是很像的，都是中国人的故事，只是性别不同。

我想，《李寄斩蛇》这个故事，也跟《三王墓》一样，是存在“故事新编”的潜力的。不是作为单纯歌颂英雄的故事，而是作为女性自我审视的故事。女性审视女性，女性审视自己。女性和男性一样，也是会自我审视的。

第二章

李白与李贺：中古仙鬼诗释读

这一章，我想谈谈中古的仙鬼诗。

李白被称为诗仙，李贺被称为诗鬼，他们的想象力，总是令今人惊叹，想不到他们的诗是从哪里来的。

不喜欢读书的文艺青年总以为，灵感是从天上掉下来的。怎么才能让灵感从天上掉下来呢？他们读李白、李贺的诗，读得半懂不懂的，就以为李白说的是醉话、李贺说的是疯话。他们就以为，李白的灵感都是从酒里来的，自己喝了酒，也能成李白。李贺的灵感是从疯里来的，要发疯就要更难一点，所以他们想了很多奇奇怪怪的办法让自己发疯。

但是，他们折腾了半天，并没有写出好诗，因为诗的灵感并不是从这里来的。

诗的灵感，特别是诗人的想象力，是怎么来的呢？就如前文中所说，想象力有两个来处，一个是来源于对世界的极大不理解，一个是来源于对世界的极大理解。

人对一个现象不理解，又没有办法找到正确答案，就只好充分调动想象力，来给出一个合理的解释。就像原始人看见打雷下雨，就只好用想象力去解释。文明人也是一样，你受了一个处分，怎么也想不通，也没有人肯给你解释，你就会拼命想象，领导是在下怎样的大棋。这样的想象，往往能有很好的发挥，一旦你知道了原理，你是无论如何也不可能再作出这么妙的想象的。这种想象力，就来源于对世界的极大不理解。

另一种想象力，则来源于对世界的极大理解。比如说你深度混过了十个单位，等换到第十一个单位的时候，就大概可以想象，在这个单位的日常工作是什么样的，往往可以想象得很准。进而你还可以想象，如果调到了天庭或者地府去工作，会是什么样的。这个想象虽然无法验证真伪，但是因为工作经验丰富，你可以产生很有意思的想象，从而产生很有意思的文学。这种想象力，就来源于对世界的极大理解。

我们不妨把前一种想象力称为“天真的想象力”，后一种想象力称为“世故的想象力”。

想象力要么来源于天真，要么来源于世故，跟药和酒一毛钱关系也没有。你如果想要拥有想象力，要么就努力保持天真（这很难），要么就得努力提升自己对世界的理解。

那么，这两种想象力，会出现在什么样的文学里呢？

前面提到过群体诗学与个体诗学这组相对的概念，按照我的理解，像民间乐府，也就是流行歌曲这样，以传唱为首要任务，反映了大家集体意识的文体，属于群体诗学。而文人的个性化创作，属于个体诗学。每个重要的文体，都是从群体诗学走出来，走向个体诗学的。

我们可以想象，民间说书唱戏的时候，他们的创作，会充满天真的想象力。当然，同时也不乏世故的想象力，因为那些饱经沧桑的老艺人，对世界一定会有极深的理解。而文人的个性化创作，在天真的想象力上，注定是要弱于群体诗学的。他们已经获得的知识，让他们不可能真的像一个文盲一样去想象。

群体诗学不是只有天真的想象力，但天真的想象力是群体诗学独有的；世故的想象力是群体诗学与个体诗学共有的，但个体诗学只可能以世故的想象力见长。文人在进行个体诗学创作的时候，如果去追逐天真的想象力，其实是放弃了自己的特长，去别人擅长的领域讨生活。文人的最优解其实是，把群体诗学天真的想象力拿来，借用他们的元素，然后凭借自己世故的想象力，把群体诗学想象出来的元素赋予更丰富的细节。

实际上，中古诗人里的聪明人，比如李白、李贺他们，正是这么做的。

飘在空中的仙踪

我们先来说神仙。

写神仙的诗，捯到根上的话，其实是《楚辞》。

《楚辞》里已经有不少游仙内容了。屈原在《离骚》里，写自己受了委屈以后，“将往观乎四荒”，上天入地，去见各种各样的先贤和神仙。在《九章》里，还有一篇《远游》，也是写他漫游神仙世界的。他罗列了很多的神仙名字，让人目不暇接，惊叹他怎么能想到这么多东西。

但是，他写这些神仙，我总是读得迷迷糊糊的，记不住，也留不下什么印象，觉得远远不如《离骚》第一部分那么感人。所以我以前讲《离骚》，只讲了第一部分，而很多选本也都跟我的选法相同。

屈原写游仙，有一段很打动我：

跪敷衽以陈辞兮，耿吾既得此中正。驷玉虬以乘鹥兮，溘埃风余上征。朝发轫于苍梧兮，夕余至乎县圃。欲少留此灵琐兮，日忽忽其将暮。[1]

屈原在他偶像大舜的面前倾诉完了心声，要去游仙了。他驾着玉龙、乘着大鸟，借着灵风飞到天上去，派头大极了。他早上从苍梧出发，晚上就到了仙境里的县圃这个地方，速度快极了。如果只是派头大、速度快，那也并不比我们今天的修仙文高级，我也不会多看一眼。可是，这个时候他突然产生了一个很真实的念头：今天我就先留在这里休息一下吧，天色已经晚了。他都上天了，都乘坐那么厉害的交通工具了，居然也会顾及天色将晚，也会想要休息一下。当然，他说想要休息一下，也不真的是因为天色将晚，而是因为这里风景太美了。有了这么一句话，这个高不可及的上天，一下子让我愿意看了。

后面还有精彩的一笔：

吾令帝阍开关兮，倚阊阖而望予。

屈原排排场场地来了，理直气壮地命令天帝的守门人："你给我开门！"结果守门人不理他，就靠着门，这么看着他。

两千多年后，我们看见这一句，脑海中还是能浮现出我们在现实中见过的无数讨厌的看大门的。他也不管你是谁，就这么靠

1 本书中的诗词标点采用的是旧式诗词点校规范，"。"表示押韵处，"，"表示不押韵的停顿处。

着门，看着你。

郭德纲在相声《西征梦》里有一句：“上帝叼着烟说：‘哥们儿，我不是不给你面子。’”跟屈原这句有异曲同工之妙。

都到了天帝的门前了，看门人还是这个德行。前面的一切轰轰烈烈，在这一刻都被解构掉了。

当然，屈原写这一句，不是为了逗乐。就这一笔，写出了多少现实的无奈。很多这样轰轰烈烈的理想，就这么断送在一个目光短浅的看门人手里。屈原写出了理想破灭的那一刻，胸口的那种堵得慌。

屈原写了多少神仙我都没记住，我就记住这个看门人了。

后来到了汉朝，楚辞[1]变成赋了。汉赋复兴的时候，司马相如写过一篇《大人赋》，也是写游仙的，就是特意模仿屈原的《远游》的。汉武帝看完以后，说“飘飘有凌云之气”，读完好像自己也上天了一样。其实汉武帝也不是什么懂文学的人。之前他看司马相如的《子虚赋》，还说恨不能跟这个古人在同一个时代呢。

司马相如想象神仙，其实是不得法的。后来一直到东汉，这

---

1 加书名号的《楚辞》和不加书名号的“楚辞”不是一个概念。《楚辞》是指一本由屈原《离骚》开头的书，“楚辞”是指一种文体，具体作品不一定收录在《楚辞》里。《楚辞》的同类概念是《诗经》《宋词三百首》，“楚辞”的同类概念是“汉赋”“宋词”。

种神仙幻想的赋才变得渐渐有内容了。到了汉魏之际，曹植的《洛神赋》可以说是达到了汉代神仙赋的天花板，因为他有效地放了自己的情志进去。不过，即使是曹植，好像也不能做到每句都有清晰的情志。

不过，汉朝文学不是只有汉赋。原来的楚辞发展成汉赋去润色鸿业了，但是只要是人就得听戏，所以就有新的群体诗学出来，就是汉乐府。

汉乐府，特别是其中的俗乐，是服务于什么人的呢？首先，是服务于大众的。服务大众的时候，又侧重什么人呢？汉代跟现在一样，娱乐业是不会给观众设门槛的。观众都是衣食父母，观众当然是越多越好，不能因为观众穷，就把观众赶出去。但是，既然是衣食父母，那么能多给点衣食的父母，总是要比那“没钱的捧个人场”的重要一点。消费能力更强的观众，总是娱乐行业更要讨好的。

汉代把这种相对消费能力比较强的平民，称作“豪民”，他们是俗乐主要的服务对象。既不是特别有文化、特别清高的士人，也不是吃不起饭、买不起票的穷人。汉代俗乐——后来所有的俗乐都一样——首先是要满足“豪民”的口味的。

我们可以想一想，“豪民”的口味是怎样的呢？这帮人喜欢新鲜，喜欢热闹，不喜欢接受教训。但是，他们的智商并不低，社会经验其实很丰富。而且，他们骨子里，有一股子自强不息、不服输的劲头，有一种骄傲。更重要的是，他们特别珍惜生命，特别怕死，因为他们日子过得不错。所以，他们会思考生死的问题，而且会希望活得越长越好。

汉代的神仙乐府，很多都出自“相和歌辞”，这一部分可以说是真正的俗乐。“相和歌辞”又分平调、清调、瑟调三类。总的来说，平调比较平和、正能量，瑟调比较追求奇险，清调则介乎二者之间。

平调的神仙乐府，长这样：

> 仙人骑白鹿，发短耳何长。导我上太华，揽芝获赤幢。来到主人门，奉药一玉箱。主人服此药，身体日康强。发白复更黑，延年寿命长。(《长歌行》)

这个神仙的形象，可以说是很具体了。仙人头发短短的，应该是年岁大了，没有什么头发了，但是耳朵很长。这个形象，我们写神仙可以借鉴。还骑着白鹿，这也是仙人的典型形象。这个神仙不仅可以带人上山采药，还可以送药上门，像送脑白金一样送上一大箱子。主人吃了药，身体就越来越好，白头发都变黑了，寿命也延长了。这样的仙药，上至汉武帝，下至“豪民”，肯定都是想拥有的。

这样的神仙形象，我们写作的时候可以借鉴，但是记不住，因为觉得这个神仙没有性格，没什么意思。五言的形式，也显得稍微呆板了一点，可能当时配上音乐、表演，能好一点。不过估计在乐府里，这首也就是个吉祥话的地位。俗乐是需要有这种吉祥话的。对于这样的作品，我们只要把其中的元素拿来弥补我们贫瘠的想象力就够了，不必把这种作品吹得多么好。

比如，你要写一个神仙，耳朵很长，会送药上门。没读过这首诗的人，会惊叹你怎么有这样的想象力，甚至怀疑你是因为喝了酒才想出来的。当然，你写的话，只写到这里还不够，还要给这个仙人赋予性格。

清调的神仙乐府，长这样：

吾欲上谒从高山。山头危险道路难。遥望五岳端。黄金为阙班璘。但见芝草叶落纷纷。

百鸟集，来如烟。山兽纷纶，麟辟邪其端。鹍鸡声鸣，但见山兽援戏相拘攀。

小复前行，玉堂未心怀流还。传教出门来，门外人何求所言。欲从圣道，求一得命延。

教敕凡吏受言。采取神药若木端。玉兔长跪捣药虾蟆丸。奉上陛下一玉柈。服此药可得神仙。

服尔神药，莫不欢喜。陛下长生老寿。四面肃肃稽首。天神拥护左右。陛下长与天相保守。(《董逃行》)

这首乐府，就显得有趣一些。从形式上看，它是杂言的，就显得活泼得多，节奏很丰富。这实际上是反映了音乐的不同。从内容上看，就更丰富了。这里的神仙不是那么中正平和的，也不送药上门，而是住在清静幽僻的深山里，这就更像个神仙的样子。句子长长短短的，既有五言七言，也不乏四言六言，看上去就更自然，更像散文。后来李白写的一些长长短短的句子，也受到这种乐府的启发。

作者写自己到山里去拜访神仙，就不免先把山里的景致描绘一遍。这就有点山水诗的意思了。山水诗很大程度上是神仙诗孕育出来的。一开始诗人们是游仙，在拜访神仙的时候顺便游山，后来，没人想看神仙，都去看他们写的山水，诗人们索性专门游山、专门写山水去了。这里写的山水，不仅写到了植物，还写到了很多动物。这是汉乐府的关注点，就显得很古。

住在清调里的神仙，就高冷多了。坐在房子里不出来，让人往外传话。但也得是这样求来的仙药，献给皇上，才显得珍贵。像“玉兔长跪捣药虾蟆丸”这样有趣的想象，也是汉乐府贡献给李白和后来的人的。

瑟调的神仙诗长这样：

> 来日大难。口燥唇干。今日相乐，皆当喜欢。经历名山。芝草翻翻。仙人王乔，奉药一丸。自惜袖短，内手知寒。惭无灵辄，以报赵宣。月没参横，北斗阑干。亲交在门，饥不及餐。欢日尚少，戚日苦多。何以忘忧，弹筝酒歌。淮南八公，要道不烦。参驾六龙，游戏云端。(《善哉行》)

这首就重点写凡人求药之难。虽然都是四言，但是好在有好多生动的表达和形象，比如“来日大难，口燥唇干”，开头就很抓人。又比如写王子乔好心好意把药拿给了凡人，但是凡人接在手里就觉得特别冷，冻得想把手缩在袖子里，只恨袖子太短，这个想象就可以让人记住。这里其实是说，即使神仙愿意把药给你，你没有缘分，也成不了仙，凡人是消受不起仙药的。可见这样的传说至少在汉代就有了，嵇康并不是第一个遇到这种事的。

后面写，既然成不了仙，就不如在人间过放纵的生活。这个思想就不怎么正能量了。“月没参横，北斗阑干”。作乐到深夜，星星月亮都好像累趴下了。亲友们一起在家里，只顾寻欢作乐，饿了都顾不上吃饭。这个形容就很刻尽。为什么要这样呢？因为知道欢乐的日子少，悲伤的日子多。好不容易赶上了欢乐的日子，就得拼命享受。要怎么忘记忧愁呢？要弹着筝、喝着酒、唱着歌。最后说像淮南王那样，享尽了人间的富贵，也没耽误了成仙。这首乐府的思想就是向下的，但是正是因为向下，才砸出了乐府特有的美。瑟调总是更能给人艺术上的震撼。后来曹操和曹植写神仙诗，从这里借了不少表达。

当然，汉代还有其他俗乐。比平调还要雅一点的，有“吟叹曲”，比如《王子乔》：

王子乔。参驾白鹿云中遨。参驾白鹿云中遨。下游来，王子乔。参驾白鹿上至云，戏游遨。上建逋阴广里践近高。

结仙宫过谒三台。东游四海五岳上，过蓬莱紫云台。

三王五帝不足令。令我圣朝应太平。养民若子事父明。当究天禄永康宁。

玉女罗坐吹笛箫，嗟行圣人游八极。鸣吐衔福翔殿侧。

圣主享万年。悲吟皇帝延寿命。

虽然是杂言，但也没有特别强的表现力，仍然是罗列仙界事物，然后歌颂长生，歌颂皇帝，比平调还平调。王子乔是周灵王的太子，既是神仙，又是准皇上，当然要高高在上一点，我们凡人不好理解他的感情。

又比如“舞曲歌辞”，那就比相和歌更俗了，可能有点艳情。思想境界不一定那么符合儒家礼教，但是节奏丰富多变，不怕说过头话，更有可能说出一句打动人的话。比如《淮南王》：

淮南王，自言尊。百尺高楼与天连。
后园凿井银作床。金瓶素绠汲寒浆。
汲寒浆，饮少年。少年窈窕何能贤。扬声悲歌音绝天。
我欲渡河河无梁。愿化双黄鹄还故乡。
还故乡，入故里。徘徊故乡苦身不已。
繁舞寄声无不泰。徘徊桑梓游天外。

淮南王虽然也是皇子，却是汉朝的皇子，就不像周朝的王子乔那么高高在上了。据说淮南王修仙，是白日飞升的，不用死，而且连鸡犬也跟着他升天了，这个更符合“豪民”的胃口，更会在“舞曲歌辞”里吟唱。

宋玉说高级的乐府《阳春》《白雪》没有人应和，低级的乐府《下里》《巴人》有的是人应和，在我看来，也未必是大家欣赏水平都低，也有一种可能，是《下里》《巴人》富于生命力，而《阳春》《白雪》过于中正平和，没有生命力。后来的人拟乐府，都喜欢拟瑟调曲、舞曲这样的下里巴人，不爱拟平调曲、吟叹曲这样的阳春白雪，大概就是这样的道理。

后来到了东汉后期，乐府雅化成“古诗十九首”了。“古诗十九首”更像《诗经》，幻想的成分不太多。“古诗十九首”里的神仙诗，就是那首《迢迢牵牛星》了：

> 迢迢牵牛星，皎皎河汉女。纤纤擢素手，札札弄机杼。终日不成章，泣涕零如雨。河汉清且浅，相去复几许。盈盈一水间，脉脉不得语。

有人说牛郎织女的故事是近代才有的，这是大造谣，汉代既有牛郎织女的故事，也有牛郎织女的诗。这个题材，在后世也被拟得比较多。在汉代就有的神仙里，牛郎织女是比较让人记得住的神仙，因为他们除了住在天上以外，完全就是普通人，男的会放牛带孩子，女的会织布，彼此之间也会相思。织女举起纤纤素手，摆弄着织布机，却一天都织不成一匹布，因为心里想着爱人，泪如雨下。这完全就是一副人间的场景。牛郎和织女隔着一道银河遥遥相望，这是人间不会出现的场景，却是人间可以体会的感受。这样的神仙，就能让人记住。

到了建安时代，曹操就像喜欢京剧的老干部，他写的乐府，跟汉乐府有更多的联系。他也写过一些神仙题材的乐府，比如《气出唱》《陌上桑（驾虹霓）》之类的，这个没什么奇怪，主要就是继承汉乐府来的。曹操写的神仙乐府也跟汉乐府一样，非常热衷于对世界观的描绘，在当时可能显得很热闹，但我们今天读起来就觉得有点隔膜，不大有兴趣。

曹植写过好多神仙题材的乐府，像《丹霞蔽日行》《升天行》《远游篇》《仙人篇》《磐石篇》《驱车篇》《平陵东行》《游仙诗》等。这些题目，大多来自汉乐府中的神仙诗，内容也是流于对神仙世界观的描绘。曹植的才华是不一般的，他的想象比曹操更丰富，也比民间乐府更丰富，这些作品中有很多瑰丽的句子，但是这样的作品，还是不大能打动我们。这些作品的知名度，和曹植付出的写作热情，是不成正比的。

为什么我跳过曹丕没说呢？因为曹丕的神仙乐府实在不出彩。或许，曹丕不愿意在神仙想象上浪费太多的时间。可能你会想，曹丕真的好理性啊，在曹操和曹植的包围下，都不相信神仙之说的。其实，与其说曹丕是在思想上不信，不如说他是在艺术上不经营。因为写这种只有世界观没有人物的神仙诗，是不容易出彩的。

正始诗人里，嵇康和阮籍都写过神仙诗。

《世说新语》里有嵇康求仙的传说，但嵇康也不一定求过仙，有这样的传说，或许仅仅因为他写过求仙的诗。嵇康的诗，充满了神仙的幻想和哲理的思辨，其实就是玄言诗。研究东晋的玄言诗，如果还像铁路警察各管一段那样，就会想出各种离奇的写玄言诗的原因来，就是想不起嵇康来。其实，东晋的人写玄言诗，很大程度上就是对文化偶像嵇康的模仿，只是模仿得不好就是了。而玄言诗一旦写得好，就不被称为玄言诗了。比如玄言诗所模仿的嵇康阮籍的诗，比如学嵇康阮籍学得好的陶渊明的诗。

玄言诗除了思辨诗，应该也包括幻想神仙的诗，因为二者在嵇康阮籍的诗里是不分家的。只是游仙诗比思辨诗稍微好读一点，所以在《文选》里被萧统拎出来，单立了一目，也不算玄言诗了。合着只有那种最苦、最没人读的诗，才叫玄言诗。钟嵘说郭璞的游仙诗“坎壈咏怀，非列仙之趣也”，其实，嵇康、阮籍的游仙诗也是这样，也是咏怀诗的一种表现形式，不是真的对神仙感兴趣。郭璞的游仙诗，也是模仿嵇阮的游仙诗。

嵇康写的游仙诗长这样：

> 遥望山上松，隆谷郁青葱。自遇一何高，独立迥地双。愿想游其下，蹊路绝不通。王乔弃我去，乘云驾六龙。飘遥戏玄圃，黄老路相逢。授我自然道，旷若发童蒙。采药钟山隅，服食改姿容。蝉蜕弃秽累，结友家板桐。临觞奏九韶，雅歌何邕邕。长与俗人别，谁能睹其踪。（《游仙诗》）

嵇康说，追求不能太高，我找王子乔，王子乔就不理我。但是黄老是理我的，像教小孩一样，耐心地教给我长生之术。但是嵇康写诗是很懒的，接下去，他就不肯多想了，写得不太用力。

阮籍的咏怀诗里，有很多是神仙题材，而且就是借鉴楚辞和汉乐府里的神仙诗的。这一点大家很少意识到，因为在一般印象里，阮籍这样的高人，跟乐府扯不上什么关系。研究乐府的时候，大家老忘了算阮籍一份，甚至有研究乐府的学生，说起阮籍是谁，都觉得很茫然。阮籍的咏怀诗，当然不是乐府，但是他写到的那些神仙意象，也不是从天上掉下来的，而是他跟汉乐府借来的。

阮籍的咏怀诗提到神仙，也没有写得多么深，但是因为有鲜明的形象，就让人印象深刻了，比如：

> 二妃游江滨，逍遥从风翔。交甫解环佩，婉娈有芬芳。猗靡情欢爱，千载不相忘。倾城迷下蔡，容好结中肠。感激生忧思，萱草树兰房。膏沐为谁施，其雨怨朝阳。如何金石交，一旦更离伤。（《咏怀·其四》）

湘水二妃的形象是从楚辞里借来的。阮籍也继承了楚辞“美人香草”的写法，把自己比作美丽的女神，可以迷倒很多人，但是偏偏又那么多情，还要闷在房子里害相思病。这样的人格，跟屈原是一脉相承的。这样的神仙形象，也很动人。

又比如：

> 天马出西北，由来从东道。春秋非有讫，富贵焉常保。清露被皋兰，凝霜沾野草。朝为美少年，夕暮成丑老。自非王子晋，谁能常美好。（《咏怀·其六》）

有人索隐说，“天马”就是司马氏。是也好，不是也好，但是得先说清楚，“天马”这个形象，是从汉乐府里借过来的——郭茂倩编的《乐府诗集》中，将用于庙堂祭祀的“郊庙歌辞”列在第一卷，其中便有《天马歌》，是歌颂汉武帝时代西域进贡来的宝马的。如果不是一心钻研司马氏，就很容易看懂，阮籍在这里是用天马象征不可逆转的时间、不可逆转的天道。天马在汉乐府里只是一个形象，汉代的歌者是真心觉得这个东西新奇，想要歌咏一下，没有太多的深意。而阮籍在这里，给天马赋予了新的意义。

天道不可逆，时间不可逆，所以人生不会永恒，富贵不会永恒。这还是继续了汉乐府的主题，是“豪民”最关注的话题，后来也成了士人最关注的话题。阮籍还顺着这个象征意义，替天马添上了新的形象。写生命与富贵的零落，就像高山上的兰花沾上了寒露，旷野的荒草被严霜冻住了。继而，阮籍又引入了人的形象，美少年一眨眼就变成了丑老头子。阮籍这是说他自己，这也是他从天马起笔要表现的主题。天马的形象是天真的，阮籍的感叹则是世故的。

最后，阮籍也引入了王子晋的形象，说我不是仙人王子晋，怎么可能永远不老，一直做美少年呢。王子晋，也就是前面说过的王子乔，在汉乐府里也只是一个形象而已，也来自群体诗学天真的想象。阮籍把这个形象借过来，目的则在于说明自己世故的感悟。是王子晋，还是别的什么神仙，其实不重要，重要的是阮籍想说的话。但如果没有这个形象，阮籍就不好开始说话。阮籍把这个形象借过来，只是当一个词语来用。

比嵇康阮籍再晚一个世代，郭璞也写神仙诗。《文选》把郭璞作为游仙诗的代表，其实，郭璞不是游仙诗的开创者，而是强弩之末了。萧统在编《文选》时大概也没注意到，阮籍那些被编入《杂诗》的咏怀诗，有很多就是游仙诗，而且比郭璞的质量高。钟嵘说郭璞的游仙诗是“坎壈咏怀，非列仙之趣也”，本质上是咏怀诗的一种。这是在说，郭璞的游仙诗，还是一种文人诗，不是那种服务于豪民趣味的民间乐府，有现实经验放在里面，不是那种纯粹天真的想象。这样一来，郭璞的游仙诗，与阮籍的咏怀诗，界限在哪里，就又不明确了。其实，游仙诗本来就是咏怀诗的一体。游仙诗从咏怀诗中独立出来，无非是因为增加了一点仙境的描写，但是这部分内容，意思也不大。

东晋以后，刘宋的鲍照重新振起了乐府。鲍照写的神仙诗其实不多，但是他拟的两首《淮南王》给人留下了深刻印象：

淮南王，好长生。服食练气读仙经。
琉璃药碗牙作盘。金鼎玉匕合神丹。
合神丹，戏紫房。紫房彩女弄明珰。鸾歌凤舞断君肠。

朱城九门门九开。愿逐明月入君怀。
入君怀，结君佩。怨君恨君恃君爱。
筑城思坚剑思利。同盛同衰莫相弃。

这两首在有的版本里合为一首，即使是分为两首的版本，在讲的时候也默认前后两首的意思是连贯的。那这两首表现了一种什么样的情感呢？前一首写淮南王修仙，这个修仙的方法似乎是跟美人一起在房中享乐。这个说法很新鲜，汉代的《淮南王》不是这么写的。后一首，写女主人公对男主人公有很深的感情，要扑进他的怀里，“怨君恨君恃君爱”，情感非常热烈。说既然爱了，就是想要天长地久地在一起的，就像筑城就想坚固、铸剑就想锋利一样，希望能不离不弃。难道说，这个陪淮南王修行的美人，还对淮南王产生了真感情吗？

在我看来，这两首可能在意思上没什么关系。第二首没有在写修仙，之所以算是在拟《淮南王》，拟的是《淮南王》的形式，也就是“三三七”这个富于表现力的句式。第二首写的就是爱情，第二首的女主也不是第一首里的美人。

如此说来，鲍照的《淮南王》，打动我们的其实是写爱情的这首。第一首写修仙虽然热闹，却不能让人记住。即使是鲍照，写神仙诗也并不出彩。他的神仙诗可能想象比别人丰富，但对这首诗的品质也没有什么实际的帮助。

初唐后期，宋之问也努力地拟过一些古歌行，比如《王子乔》：

> 王子乔，爱神仙。七月七日上宾天。
>
> 白虎摇瑟凤吹笙。乘骑云气吸日精。
>
> 吸日精，长不归。遗庙今在而人非。空望山头草，草露

湿君衣。

虽然用了《吟叹曲》里的题目，但格式却明显在模仿鲍照的《淮南王》。他也是在试图写出一种奇幻的、有冲击力的神仙世界。结尾的“空望山头草”二句，也显示出一点情致来。

盘点下来，乐府里的游仙诗，写得好的不多，要写好，需要很强的笔力。文人的游仙诗则是咏怀诗借鉴了乐府元素的产物，写得最好的其实还是阮籍。

从未离开的鬼影

鬼诗也可以溯源到《楚辞》。屈原的《九歌》《招魂》之类的，就是最早的鬼诗。屈原的鬼诗，已经很精彩了。

汉朝人写鬼，很多时候不是故意要写鬼的，而是他们真的以为有鬼。比如汉武帝想念死去的李夫人，就让方士想办法把她的鬼魂招来，方士不知道用了什么办法，真的让汉武帝看见，在帷幕的另一边，有一个很像李夫人的影子。不管方士是在耍皮影还是怎么的，但是在汉武帝当时的意识里，那就是李夫人的鬼魂，所以他就作歌：

> 是邪非邪，立而望之。偏何姗姗其来迟。(《李夫人歌》)

是不是她呢，立在那里看我的那位？怎么来得这么慢啊？

这是一句自然的感叹，但也是一句很好的鬼诗，把鬼的似有似无、若即若离写出来了，显得这个女鬼很神秘、很美。

又比如，汉乐府的《乌生八九子》里，写乌鸦被一群荷弓实弹的猎人打死了：

一丸即发中乌身，乌死魂魄飞扬上天。阿母生乌子时，乃在南山严石间。

乌鸦一下子就被打中了。乌鸦死了，乌鸦的魂魄一飞就飞到天上去了。这句话很有民间歌谣的味道，就是民间朴素的想象。按说这里的乌鸦就是鬼了，但作者也没有特意渲染这个，他就是觉得人（或者乌鸦）死了以后，是有一个鬼魂可以上天的。妙的是，这一韵写到这里还没完，还有一个闪回，一下子闪回到乌鸦出生的时候：乌鸦的妈妈生下乌鸦的时候，是在南山的大石头中间。下文也没有继续写乌鸦的生平，只有一个闪回，好像是乌鸦的濒死体验一样。

这首乐府后面写，按说乌鸦生的地方这么偏僻了，老百姓上哪儿去找它？可它还是被射死了。同样的，白鹿都生活在皇家的园林里了，还是被做成肉干了；黄鹄都飞到天上去了，还是被人煮着吃了；鲤鱼都潜到深渊里去了，还是被钓上来了。意思是，多厉害也免不了一死。所以，死生有命，无非就是早死晚死的区别罢了。这还是“豪民”的焦虑与世界观。这种奇肆的想象，也是可以惊到后来的文人的。

汉乐府里的《战城南》是一首战歌，因为写到死去的战士，所以写到了鬼：

战城南，死郭北。野死不葬乌可食。

为我谓乌，且为客豪。野死谅不葬，腐肉安能去子逃。……

战士死在战场上，没有人埋葬他，只好等着乌鸦来吃他的尸体。战士的灵魂就蹲在自己的尸体旁边，跟乌鸦讨价还价：“你在吃我之前，能不能假装是招魂的司仪，为我嚎上两声？你急什么嘛，我死在这里，应该不会有人来给我收尸的，我都烂成一块腐肉了，难道还能从你这儿跑了不成？”这个想象非常奇特，但是又很现实。没有人给战士收尸，更没有人给他主持一个体面的葬礼，这是现实问题。但战士的尸体旁边又不是彻底安静的，有时候会有乌鸦乱叫一番，就像是招魂仪式一样。这是一种有点黑色幽默的想法。作者替战士想，乌鸦应该不会吝惜这点招魂的劳动吧，毕竟它马上就能吃到腐肉作为报偿了。战士甚至是不会赖账的，因为他没有办法站起来逃走了。

这首乐府的作者甚至没有想写一个鬼故事，只是偶然有了这么一个奇思妙想。但是，会这么想，也足以见出汉代中国人的魔幻现实主义天赋了。

汉乐府里有很多挽歌。所谓“挽”，就是抬棺材的时候的一个动作。“挽歌”，不是一般的“哀悼之歌”，而是抬棺材的时候喊的号子。“挽”是下等人的一种劳动，“挽歌”也是最俗的歌。

就像我刚才说的，丧葬对于乐府的消费者来说，是一件大事。殡葬行业有专门的从业者，他们在民间都算是有本事的人。甚至儒家的本业，也是做司仪，那么很大一部分工作内容，也是帮人办丧事。所以，《礼记》《仪礼》里有很大篇幅都是讲怎么办丧事的。殡葬从业者后来成了贱业，但从根上说，最高高在上的儒者，跟他们也没有本质的分别，写挽联的并不比民间的吹鼓手高贵。

朱一龙在《人生大事》里演的莫三妹，就是一个殡葬从业者。电影里有一个镜头，莫三妹抬着棺材从楼上往下走，嘴里用方言喊着号子：

日落西山了啊。老爷子最后一天了啊。众人帮忙了吗。孝子出力了吗。老子一人喊号子啊。……

这个细节让我震撼了一下。我想这几句词不是剧组写的，而是跟从业的师傅学来的。这个就是原生态的挽歌。这种话，是文人写不出来的。

汉乐府里的挽歌，分为《薤露》和《蒿里》。《薤露》是给贵人君子的，意思是人生就像小草叶上的露水那样脆弱，那样转瞬即逝。这个比喻很动人，后来的人一直沿用，包括曹操《短歌行》说人生苦短，“譬如朝露”，也是借鉴了汉乐府的这个比喻。汉乐府的原词是：

薤上露，何易晞。露晞明朝更复落，人死一去何时归。

细细的草叶上的露水，是多么容易干掉啊。露水干掉了，明天早上还会再落下来，而人死了，什么时候才能回来呢？

从字面上看，没有鬼，就是在感叹人生短暂。但是我会脑补，在一个漆黑的夜里，停放灵柩的寂静的屋子里，一束月光照下来，有一位宽袍大袖的士人的鬼魂，在那里哀叹，低低地吟唱着这首歌，有一种古朴的恐怖与凄凉。

《蒿里》就是给普通人的，意思是人死了就要被丢到蒿草中间去。这就更直接一些，不像“薤露”那么唯美了。《蒿里》的汉乐府原词是：

> 蒿里谁家地，聚敛魂魄无贤愚。鬼伯一何相催促，人命不得少踟蹰。

不管活着的时候是有能耐还是没能耐，死了以后你都得在这片荒草覆盖的地方跟别人聚齐。不仅如此，管事的鬼差，还要一直催促你一刻不停地来到这个地方，告别你留恋的人间。这些普通人，活着的时候就是一直被人间的各种小吏“催促”着，死了以后，鬼里头的小吏还是这么“催促”你。对鬼的出色想象，还是来自对人间的深刻体察。

后来曹雪芹写《红楼梦》，说秦钟要死的时候，两个鬼差来拘他，对他吆五喝六的。秦钟说稍微等一会儿，我要见个朋友，鬼差们是绝对不肯。结果鬼差们发现他要见的这个朋友是宝玉，在阳间运势很旺，惹不起，就赶紧说“我说放他去走走吧”。鬼差们还讨论了一下，说宝玉运势再旺，毕竟是阳间的，跟阴间的鬼差好像也不相干，但是，“天下的官管天下的事”，还是谨慎一点好。于是最终决定放秦钟回去见宝玉一面。这两个鬼差，应该就是得到了汉乐府里那个“鬼伯”的嫡传，并且还青出于蓝了，充满了封建社会公务员的谨慎和智慧。

曹氏父子在拟乐府的时候，还是区分《薤露》和《蒿里》的，后来的人就不再强调这个区别，就是囫囵着写“挽歌”了。文人写“挽歌”，都是拟挽歌，因为他们再怎么也混不成莫三妹，不用亲自去抬棺材。

比如陆机拟的《挽歌》，第一首写：

> 卜择考休贞，嘉命咸在兹。夙驾警徒御，结辔顿重基。龙幌被广柳，前驱矫轻旗。殡宫何嘈嘈，哀响沸中闱。中闱且勿欢，听我薤露诗。死生各异伦，祖载当有时。舍爵两楹位，启殡进灵輀。

这一段写得太铺陈了，把乐府当赋来写了，这就不好读，这是陆机写诗的毛病。总之就是在写出殡时候的排场。接下来他写：

> 饮饯觞莫举，出宿归无期。帷衽旷遗影，栋宇与子辞。周亲咸奔凑，友朋自远来。翼翼飞轻轩，骎骎策素骐。按辔遵长薄，送子长夜台。

别人向你敬酒，你却再也举不起酒杯了；这次你出去玩，住下就再也回不来了。主人公平时喝酒、出去玩，也是享受生活的贵族，只是这人生最后一次的喝酒、出去玩，却跟平常不同了。你的床铺间好像还残存着你的身影，但你以后就再也见不到了；你住的房子，也要与你告别了。这几句写得比较动人。然后写亲戚朋友都跑来奔丧，车是怎么样的，马是怎么样的，把你送到墓地去了。

> 呼子子不闻，泣子子不知。叹息重榇侧，念我畴昔时。三秋犹足收，万世安可思。殉没身易亡，救子非所能。含言言哽咽，挥涕涕流离。

到了这种时候，叫你你也听不见了，哭你你也不知道了。人死以后，亲友怎么想你，你也不会知道了。这样的构思，对后来陶渊明的《挽歌》很有启发。后面就写亲友怎么怀念你，挥泪告别你。

第二首仍然是铺陈出殡的场面。第三首想象死者入土之后的情景：

> 重阜何崔嵬，玄庐窜其间。磅礴立四极，穹隆放苍天。侧听阴沟涌，卧观天井悬。圹宵何寥廓，大暮安可晨。人往有返岁，我行无归年。昔居四民宅，今托万鬼邻。昔为七尺躯，今成灰与尘。金玉素所佩，鸿毛今不振。丰肌飨蝼蚁，妍姿永夷泯。寿堂延魑魅，虚无自相宾。蝼蚁尔何怨，魑魅我何亲。拊心痛荼毒，永叹莫为陈。

坟墓修得非常高大，但是死者躺在里面的感受如何呢？他听见阴沟里的水在他的耳边涌动，仰头看着坟墓里高高的阴森的天井。坟墓里是多么寂寞啊，就像一个永恒的夜晚，再也不会天亮。人们去别的地方总有回家的时候，我却再也回不去了，只能跟旁边坟墓里的鬼做邻居了。我的七尺身躯，腐朽溃散，渐渐变成灰尘。之前我可以戴着沉甸甸的金啊玉啊，神气活现地到处走，现在却连一根鸿毛都拿不起来了。我那丰满的肌肉，都用来招待蝼蚁了，现在它们就在我身上一点点地啃食着，我的美貌永远地消亡了。鬼魂和妖怪到我的墓室来做客，时间长了，彼此也像有来有往的朋友一样了。啃食我的蝼蚁跟我有什么仇什么怨啊，我为什么要跟鬼魂妖怪交朋友啊，我心里好难过。

有一个朋友曾经跟我说："你怎么知道死后没有感觉呢？如果死后还能感觉到疼，那火葬多可怕。"我认真地思考了一下，觉得死后如果有感觉的话，土葬好像也没有比火葬强到哪里去？我特别怕虫子什么的，埋在地底下密不透风，慢慢地被虫吃鼠咬，还不如一把火烧了，长痛不如短痛。我想的这些问题，其实陆机也都想过了。

陆机对坟墓里的体验的想象，在当时还是很奇特的。这也属于对鬼的世界的想象了。后来鲍照也受到他的启发。甚至《盗墓笔记》对"斗"（墓穴）里的想象，好像也能在这里看出点影子。

永嘉渡江的时候，士大夫没有带着乐府走，所以拟乐府的创作很是停了一段。但是人总是要听点什么，所以这些士大夫就听起南方当地的民歌来了，就是吴声西曲什么的。当时有一位袁崧，也有人说他叫袁山松，出门的时候，就让随从的人唱挽歌给他听。我估计是让抬轿子的轿夫唱，因为抬轿子和抬棺材是一个行业，都属于“杠房”，抬棺材的歌，抬轿子的也会唱。这些轿夫或者说杠房，就是当地人、下等人，他们唱的，应该是南方当地的挽歌，就是“老爷子最后一天了”那种。

我们可以想象一下这个场景：八个莫三妹，抬着一个贵人的轿子，走在路上，嘴里大声喊着抬棺材的号子。看上去抬的不是轿子，而是棺材。所以当时的人就说袁崧是“道上行殡”，每天出个门像出殡一样。

袁崧要听他们唱挽歌，大概是觉得当地的俗乐很有意思。北方来的士族，要融入当地，就得主动接近当地的文化。而且因为乐府没带过来，这时候也实在没什么可听的了。要说这时候袁崧心情有多么悲凉，这就又是过度解读了。过得好的人，有时候反而喜欢听一点悲凉的、诡异的流行歌曲，为的是寻求刺激。不过，当时过得好的人太少，士人的这种需求，道边的老百姓是体会不到的，他们只会觉得这个大人物走在路上让人唱挽歌，太晦气了。

后来陶渊明写过一组挽歌，就是在这样的文化背景下。如果研究陶渊明只读陶渊明，看见陶渊明写挽歌，就会想，他是不是快死的时候写的？觉得自己太穷了，出不起丧葬费，请不起别人唱挽歌，就自己写一个？往回看一下，就知道不是的。往远了看他是在学陆机，往近了看他是在学袁崧。陶渊明写挽歌，并不是孤独的。他是在创作一种拟乐府，在接续陆机的传统；也是一种士人的趣味，在追求刺激。

话说回来，就陶渊明个人而言，他写挽歌，有没有真的想到死亡呢？我觉得是有的。他可能不是真的要死的时候写的，而是想死的时候写的。成年人有时候是会一瞬间闪过想死的念头的，当然，绝大多数情况下，不会付诸实施。只是他如果是在一个特别理性的状态下，就有可能真的特别认真地去思考死的问题。

陶渊明这样的人，也会想过死吗？我想是会的。我发现一个规律，有一个好爷爷的人，特别是自己也了不起，但是在仕途上受到挫折，在快到四十岁的时候，都会有一种焦虑。陶渊明、谢灵运、曹雪芹，还有《盗墓笔记》里的吴邪，都符合这个规律。

陶渊明写过一首四言体的《荣木》，其中有一句，“四十无闻，斯不足畏”。化用的是《论语》里的，“四十五十无闻焉，斯亦不足畏也已”。像陶渊明这样的人，有一个特别辉煌的曾祖父，他自己从小又特别聪明，肯定是被寄予厚望，在同龄人中特别出挑的。他嘴上不说，心里总是认为自己将来会有一个特别了不得的前途。但是到了四十岁左右的时候，他会突然发现，那些资质平平的同辈人，这时候都跑到自己前头去了，而自己一事无成，冥冥之中被许诺的那些好处，一个都没兑现。这其实不是陶渊明们自己把一手好牌打得稀烂，而是到这个时候，那些蝇营狗苟的麻瓜正好达到巅峰，这是他们人生最好的时候了；而像陶渊明这样的人，老天爷给他安排的任务还很多，而他在世俗中又挡了那些麻瓜的路。当然，这些人即使受到挫折，过得也比一般人好多了，只是比起他们辉煌的爷爷，比起他们原以为自己顺理成章可以过上的生活，会有很大的落差。这种时候，他就会怀疑自己的生命没有意义，甚至会有一瞬间想死。

但是，这种一瞬间的抑郁情绪，其实是很轻微的，何况是这种精神世界很丰饶的人。他想到死，很快就会分神，去仔细地想死后的情形。陶渊明会想到，民间流传的那些挽歌，其实也是很有意思的。进而会想到，汉乐府里也是有挽歌的，之前的陆机也是拟过挽歌的。既然有先例，不如把刚才的思考都写成诗吧。这时候，他又不想死了。

陶渊明在第一首里写：

> 有生必有死，早终非命促。昨暮同为人，今旦在鬼录。魂气散何之，枯形寄空木。娇儿索父啼，良友抚我哭。得失不复知，是非安能觉。千秋万岁后，谁知荣与辱。但恨在世时，饮酒不得足。

这是他想到死之后，最先想到的。如果我现在去死，会有什么后果呢？有生就有死，人都是要死的，可能说不上什么时候就突然死了。死了以后，魂气会散，躯体会变成毫无知觉的枯木。到时候，谁会伤心呢？我的孩子会伤心，我的朋友会伤心。他们是这个世界上需要我的人。中年人在想到死的时候，就会想到依靠自己的人，父母、孩子，想到如果我死了，他们也活不成。其实，这就是想死的人在自救，这个世界虽然把我遗忘了，但总有那么几个人，还是需要我的。然后他想，我死以后，活着时折磨我的这些是非荣辱，就都不再重要了，确实不失为好的解脱啊。可是有一样，我酒还没喝够呢。这是人生唯一的遗憾了，所以，趁着活着，抓紧喝酒吧。这也是一种风流态度，就像阮籍，听说做步兵校尉可以有酒喝，就去谋职了。什么官不官、派不派的，都没有酒重要。陶渊明这里也是在说，人生所受的那些屈辱，那些失去的荣耀，都不如酒重要。这样的风流，也是逃避死亡的一种态度。既然我的酒还没喝够，那我就有理由不去死了。

第二首，就顺着喝酒说。一旦死了，就喝不成了：

> 在昔无酒饮，今但湛空觞。春醪生浮蚁，何时更能尝。肴案盈我前，亲旧哭我傍。欲语口无音，欲视眼无光。昔在高堂寝，今宿荒草乡。荒草无人眠，极视正茫茫。一朝出门去，归来良未央。

祭祀的酒食堆在面前，但死者却享受不到了。这个意思，陆机也说过。“欲语口无音，欲视眼无光”，也是学的陆机的“呼子子不闻，泣子子不知”，只是增加了新的经验。之前你睡在华丽的高堂上，以后只能睡在荒草里了，这一回出门去，就再也不能回来了。这也是从陆机那里化出来的。死了以后就喝不到酒了，就要睡到荒草里了，这也是逃避死亡的一个理由。

第三首，也像陆机的第三首一样，想象死后的世界：

> 荒草何茫茫，白杨亦萧萧。严霜九月中，送我出远郊。四面无人居，高坟正嶕峣。马为仰天鸣，风为自萧条。幽室一已闭，千年不复朝。千年不复朝，贤达无奈何。向来相送人，各自还其家。亲戚或馀悲，他人亦已歌。死去何所道，托体同山阿。

开头承着上一首的“荒草”说。我要到荒草下面去安息了，荒草是那样茫茫啊，两边还有萧萧的白杨。正是深秋九月，严霜之下，他们遥遥地把我送出远郊去了。这个镜头，有一点别离的无奈，也有一点死者任人摆布的无奈。这个地方，周围都没有活人住了，坟墓修得很高。这个想象，也是从陆机那里继承来的。这里陶渊明写送葬队伍，就比陆机成熟了，没有那么铺陈。只有朴素的一匹马，为了逝者仰天而鸣，风也跟着萧瑟起来了。这一笔写得很高级。逝者下葬了，墓门一关上，一千年也不会天亮了。这个意思，陆机也说过，但是陶渊明说得更熟练，让人记得住。我们可以想象，逝者躺在坟墓里，看着墓门慢慢地关上，那种绝望的心理。

一千年也不会天亮了，就算你再有本事，也没有什么办法了。而自古以来，送葬的人，送完了就要各回各家。接下来，就出现鲁迅特别喜欢的那两句了：“亲戚或馀悲，他人亦已歌。”各回各家以后，最亲的人，父母和孩子，可能还留有一点悲伤。其他的人，已经把你忘了，都唱起歌来了。孔子说今天吊丧了，这一天就不唱歌了，但是看来大多数人做不到。这两句，透出一种洞悉世情的绝望，这也是鲁迅喜欢的。死了以后还说什么呢？姑且把遗体交给大山，变成山的一部分吧。

陶渊明的挽歌，没有那么恐怖的想象，但他是从死者的角度落笔的。死者没有鬼的感觉，就像是换了一个视角的人，平实地诉说着他的绝望。陶渊明对死后的情景有这么出色的想象力，完全是因为他对现实世界太了解了。

再晚些时候，鲍照写过《代蒿里行》，也就是拟《蒿里》。但是写得也并没有超越前人，没有写出汉乐府《蒿里》的动人之处。他让人印象深刻的，是《代挽歌》，也就是拟《挽歌》：

> 独处重冥下，忆昔登高台。傲岸平生中，不为物所裁。埏门只复闭，白蚁相将来。生时芳兰体，小虫今为灾。玄鬓无复根，枯髅依青苔。忆昔好饮酒，素盘进青梅。彭韩及廉蔺，畴昔已成灰。壮士皆死尽，馀人安在哉。

不难看出借鉴陆机、陶渊明的地方，但是写得很完整，能见出鲍照的个性，可以让大家只看这首，不追溯前头的。

一开头，鲍照就写死者在黄泉之下，追忆自己在阳间的春风得意的生活。说自己一生傲岸，从来不受别人的管制。这个死者有着很强的自我，一看就是鲍照写的。而墓门闭上了，白蚁成群结队地来啃食尸体了。这两个场景，都是陆机写过的，也给鲍照留下了很深的心理阴影。特别是小虫啃食尸体这个，鲍照心理阴影尤其深，以至于又写了一韵，大概鲍照也跟我一样，是怕虫子的。鲍照写，活着时候那么高贵的身体，那么精心养护的身体，被蚊子咬了个包都得赶紧抹花露水的，现在就这么让小虫子啃着，都成了灾了。原来漂亮的头发，现在也无所依附了，因为皮肉都没有了。只剩下骷髅，靠在长着青苔的石头上。这里就有点鬼诗的样子了，替尸体想得很细。

陆机和陶渊明都提到死后就不能喝酒了，鲍照也写到了，写死者回忆自己活着的时候喜欢饮酒，还是要用洁白的盘子托着青梅煮的好酒来喝。现在怎么样呢？当然不怎么样了，鲍照就没有再赘述，只是闪回了一下活着时享乐的场景，这就很艺术。想想古时候活得很长的人、很厉害的将军，包括活得很长的很厉害的将军，也都得死，也都成了灰了。这些厉害的人都死完了，何况普通人呢？

这首诗的形象，比之前的版本更鲜明一点，也就对后来唐代的鬼诗有直接的启发作用。后来李贺说的“秋坟鬼唱鲍家诗”，就是指的这一首。

比起神仙诗，鬼诗给人留下的印象要更深一些，其中主要是挽歌系列的。挽歌总是能给文人以刺激，引发文人拟作的愿望，宣泄他们的死亡意识。六朝文人写的挽歌还是比较单调的，还主要集中在那几个元素：感叹生命的无常；写生前死后的对比，经常要写到喝酒和不能再喝酒；写坟墓的恐怖，特别是虫蚁的侵扰。这里面固然有不少想象的成分，但是现实感还是很强的。

被李白带到人间的神神鬼鬼

李白被称为“诗仙”，一般的印象里，他写神仙是比较多的。

当我们这么说的时候，其实是没有什么文体意识的。觉得李白写神仙，就是他张口就来，恨不得觉得他真的经历过神仙的生活。关于李白信不信真有神仙，大家还要热火朝天地讨论，并且认为他信，因为他修过道。总有人说，李白是因为修过道，才写神仙诗的，就像说我因为是蒙古人才爱吃羊肉的。其实我从来没过过蒙古人的生活，爱吃羊肉是因为羊肉好吃。

大家都不去管，李白写的神仙诗，其实大多是乐府诗，也就是拟乐府。既然是拟乐府，当然是因为他模拟的对象，尤其是汉乐府，就写到过神仙。如果这些神仙都是从他模拟的文学作品里来的，而不是从他修仙时候读过的道教典籍里来的，那他写这些神仙就不能证明他真的相信有神仙。而且，他既然肯拟这些乐府，多少说明他不怎么相信有神仙——毕竟，这些乐府里的神仙形象，并不是多么神圣的，很多时候也是乐工的朴实想象，与道教典籍会有出入。

李白的这些拟乐府都是什么时候写的呢？很难确定。因为拟乐府是在模拟群体诗学，群体诗学是要抹杀个人的印记的，所以不会留下“某年某月某日，我李白在某处写给某某”这样的痕迹。如果诗里写了“岑夫子，丹丘生”，写了“不及汪伦送我情”，我们就很容易根据这些人名，推测出李白写诗的时间地点。但是拟乐府往往全用别人的语气写，不会带出这些信息，就不好确定它的写作时间了。今天的人喜欢给古人的作品“编年”，但很多诗都是编不了年的。这时候出版社编辑就会要求你，好歹凑一凑，能编进去的都给编进去。这时候作者就会瞎猜，这首拟乐府说的是什么事，所以是哪一年的。其实，拟乐府说的什么事是不好猜的，有时候甚至没有说什么事，就是拟了一首古人的乐府，作为练笔而已。即使是说了什么事，也不一定是事发当年就要写，而可以是很多年后想起来再写的。

宋朝人给李白编集子的时候，就比较谨慎，没给编年，只是按文体分类了。一上来先是两类，“古风”和“乐府”。“古风”就是《古风五十九首》，“乐府”就是拟乐府。这些“古风”和“乐府”，是李白在某一段时间集中写的，还是一辈子里零零碎碎写的呢？历来都有争议。

根据我的创作经验，我觉得主要是集中某一段时间写的。因为“古风”和古体乐府在李白那时候都算是新鲜玩法。一个人想起一个新鲜玩法，就会在一段时间里集中玩，兴趣过去后，就不大写了。只有前人传下来的比较成熟的作法，才会在一辈子里零零碎碎地写。想到一个新鲜玩法，也不是单纯想到一个玩法而已，而是有一些东西要表达，所以也是会集中创作的。当然，也不排除会有其他时间写的其他东西，被后人认为也是“古风”和“乐府”，放到这里来了。所以，我认为，“古风”和“乐府”，它们的主要部分还是在一段时间里集中创作的，特别是开头那几首，应该是集中写的。后面难免有零零碎碎掺进来的。

那么，“古风”和“乐府”是什么时候写的呢？我认为“古风”是李白被“赐金放还”以后，从长安回到东鲁之后集中写的，模仿的是阮籍的《咏怀》，集中写自己被皇家放弃的感叹。而“乐府”的笔力老健，应该是李白晚年的作品，比“古风”只晚不早，甚至可能是集中写安史之乱之后的所见所感，因为不便明言，才托名为拟乐府的。

很多人以为，李白真的是“谪仙人”，所以一从天上掉下来就写神仙诗。其实，李白可以确定写于年轻时候的诗，几乎没写过神仙，包括他修道的时候，也没写过神仙。他最早确定写神仙的诗，就是我们熟悉的《梦游天姥吟留别》了。这时候他从长安“赐金放还”，基本上断了走仕途的念想，回到东鲁，休整了一段时间之后，就打算到南方去玩了。临走的时候，写了这么一首诗，留给东鲁的朋友们，作为告别。

李白这首诗，沿用了郭璞《游仙诗》的结构：一开始写寻仙的开端，到山里去，实际上是山水诗。神仙住的地方，山水当然不一般，要写得尽量奇异：

海客谈瀛洲。烟涛微茫信难求。

越人语天姥。云霞明灭或可睹。
天姥连天向天横。势拔五岳掩赤城。
天台四万八千丈，对此欲倒东南倾。
我欲因之梦吴越。一夜飞度镜湖月。
湖月照我影，送我至剡溪。
谢公宿处今尚在，渌水荡漾清猿啼。
脚著谢公屐。身登青云梯。
半壁见海日，空中闻天鸡。

李白写的山水，一开始是“渌水荡漾清猿啼”，虽然景色幽僻，但还是现实中可能有的风景。接下来他想象，“半壁见海日，空中闻天鸡”，这就不是郭璞写到过的风景了。

千岩万转路不定。迷花倚石忽已暝。
熊咆龙吟殷岩泉。栗深林兮惊层巅。
云青青兮欲雨，水澹澹兮生烟。

虽然还没看见神仙，但是已经走到了一个一般人到不了的高度，有点仙境的意思了。在这个地方，“千岩万转”“迷花倚石”，虽然还是山里的景致，但是渐渐产生了变化——熊在咆哮，龙在低吟，泉水也发出巨响，在深林中回荡。阴云密布，像是要下雨，水上升起一层淡淡的烟。在山中现有景致的基础上，出现了一些动态，预示着有不同寻常的事要发生。

列缺霹雳，丘峦崩摧。洞天石扉，訇然中开。

青冥浩荡不见底，日月照耀金银台。

霓为衣兮风为马。云之君兮纷纷而来下。

虎鼓瑟兮鸾回车。仙之人兮列如麻。

从这里开始，出现了从山水到神仙的转变。一个霹雳，山崩地裂，开启了一道通往仙界之门。门外是一片耀眼的亮光，跟刚才的阴暗恐怖形成了鲜明的对比。很多对于仙境的描述都是这样，在一道门后面，是一个极为光明的世界。这里可能有人类的一个潜意识，我们被妈妈生出来的时候，就是从一个昏暗的地方，通过一道门，来到了一个光明的世界。

在这个明亮的世界里，“虎鼓瑟兮鸾回车”，“仙之人兮列如麻”，这样的想象，是从楚辞和汉乐府里借鉴来的，并不是李白喝了酒就能自然看见的。

在天真的想象里，仙境里要有好多好多的仙人，这样才显得有排场。但是对于已经懂得世故的人来说，看到“仙之人兮列如麻”，就难免会想到一个问题：神仙这么多的话，神仙好像也不是很值钱？这么多的神仙，他们也有等级吗？处于较低等级的神仙，也会像人间的小官小吏一样受气吗？有没有像唐玄宗让李白做的翰林学士一样，听起来很有排场但实际上很不受重视的神仙，比如孙悟空当的那个“齐天大圣”？

继续想的话，做了神仙，是不是还要升职？是不是有可能升不上去？升职要满足什么条件？有可能被贬谪吗？有可能像李白一样被赶出来吗？也就是说，修成了神仙，不是结束，而只是一个开始？在“如麻”的仙人中间，占据一个小小的位置，向某种更高的存在膜拜，挖空心思获取它的认可。这样做神仙，真的有意思吗？

我们今天年轻的朋友写修仙文，可能不会想这么多。甚至想到神仙有等级，还觉得很兴奋，因为有了“打怪升级”的空间了。至于打怪升级有什么样的规则，他们想得很少，更不愿意想这中间会遇到什么挫折。即使要写，也没有足够的生活阅历来填充这些细节。而这时候的李白，已经知道“神仙世界”是怎么回事了，因为他可以把自己在长安的经验填充进去。这时候，如果他把这些都细细讲出来，被写修仙文的年轻朋友看见了，难免就会觉得，他好厉害，怎么什么都能想到？难道他经历过这些吗？他真的是被贬谪下来的神仙吗？

李白没有把这些思考写出来，但是到这里，他的梦就醒了。

> 忽魂悸以魄动，恍惊起而长嗟。
> 惟觉时之枕席，失向来之烟霞。
> 世间行乐亦如此，古来万事东流水。
> 别君去兮何时还。且放白鹿青崖间。须行即骑访名山。
> 安能摧眉折腰事权贵，使我不得开心颜。

他是惊醒的，这个梦对他来说是一个梦魇。醒过来以后，李白定定神，就想到“世间行乐亦如此”。从他脑海里掠过的，其实也有在长安的种种。于是他决定“且放白鹿青崖间”，像《离骚》和六朝游仙诗一样，最后走向了隐逸的主题。决定不能“摧眉折腰事权贵”，不去做那“列如麻”的小神仙。在剩下的不多的人生中，做一点自己想做的事。

李白这首诗，是很标准的游仙诗的结构。但是因为把五言改成了杂言，加进了很多生动的描写，所以显得很有表现力，也就成了游仙诗的经典。李白的神仙乐府，可能都写于他“且放白鹿青崖间”之后。《梦游天姥吟留别》，是他写神仙诗的开端。

李白也会借古乐府的题目、神仙的想象，写一些不便言明的感慨。比如李白的《古朗月行》，一般认为是写安史之乱的：

> 小时不识月，呼作白玉盘。又疑瑶台镜，飞在青云端。仙人垂两足，桂树何团团。白兔捣药成，问言谁与餐。蟾蜍蚀圆影，大明夜已残。羿昔落九乌，天人清且安。阴精此沦惑，去去不足观。忧来其如何，凄怆摧心肝。

一般给孩子看的版本，都爱选前四句，最多选到第八句，觉得很天真，文字也简单，觉得孩子会喜欢。但是我们看到，从第九句开始，就不天真了，甚至文字也不简单了。

前面的八句，模仿汉乐府的语体，模仿得很像。这种天真的想象，其实是一种有意的天真，是已经世故了的老人用高超的技巧制造出来的天真。有人说，李白小时候家里真阔气啊，还不认识月亮的时候，就认识“白玉盘”了。其实，我不知道别人怎样，我小学时候写作文，就特别爱用金啊玉啊的比喻，这好像是一种小孩的喜好，并不需要真的见过金玉，真见过就写不出来了。这种奢华的修辞，也像天真的民间乐府。不过，也不排除一种可能，小孩说的更可能是，“天上的那个大白盘子”，没有说“玉”。是老人在回忆童年的时候，才加上了这一个美化的修饰。

前八句真的很天真，很明亮。月亮像个盘子，又像个镜子，高高地飞在天上。月亮上有什么呢？有仙人，垂着两只脚，很随意地坐着。这个想象，又是从汉乐府借来的。月亮上有桂树，长得很茂盛。桂树的意象，除了跟月亮紧密关联，也是曹植的神仙乐府写过的。白兔捣好了药，拿出来，问谁要吃。这个小兔子也写得很天真。在孩子天真的眼里，月亮曾经是那么美好。

但是，第九句一转，明亮变成了晦暗，乐府的语体也变成了阮籍咏怀诗的语体。那么美好的月亮，被蟾蜍侵蚀了。完完整整的盘子、镜子，变成了长夜里的残月。想当初后羿射落了九个多余的太阳，让天界和人间获得了安宁，他为什么不顺便把月亮上的妖魔也射掉呢？月亮就这么被玷污了，没什么好看的了，不如放弃它吧。啊，我的忧愁袭来，摧伤了我的心肝。

在悲伤绝望的日子里，老人眼中看到的月亮，也不像小时候那么美丽了。

《朗月行》是六朝乐府的一个题目，李白写的《古朗月行》，意思是模拟《朗月行》，其实只是借了一个“朗月”的题目。这就属于作者想说点不便说的话，就托名为拟乐府。诗题是“朗月”，实际上写的是曾经的“朗月”再也没有了。

我们只看到前半段的神仙描写，觉得好“仙”啊，想象好美丽啊。其实李白想说的话都在后半段。月亮不再美丽，是因为被蟾蜍这样的妖魔侵蚀了，这也是李白的一个奇特的想象。

李白也有一些比较鬼气的诗，比如他去世前不久，写过一首《哭宣城善酿纪叟》：

纪叟黄泉里，还应酿老春。夜台无李白，沽酒与何人。

“夜台无李白”，在通行的李白集子里，原作“夜台无晓日”。另外根据后人补遗，还有一首《题戴老酒店》：

戴老黄泉下，还应让大春。夜台无李白，沽酒与何人。

大家都觉得，这应该是同一首诗的不同版本，而“纪叟”版的文字又明显优于“戴老”版。但我觉得，后面这个版本里的“夜台无李白”，却比通行本里的“夜台无晓日”更为具体、深情，更有李白式的真挚，于是自作主张，把这两个版本拼在一起了。

李白晚年生活在宣城，死后也埋在这里。宣城是李白的偶像谢朓做过官的地方。叶落归根，人穷反本，人到老了总是会想要回到故乡的。其中的原理，我想是人老了力量变弱，在他壮年开拓出的疆域中，已经无力再抵抗外界的压力了，就会想回到小时候的状态。

李白至死没有再回到蜀中。我想，晚年的他，在宣城这座南方小城，或许也看到了故乡的影子。宣城人很好客，给了李白最后的温暖。这些温暖了李白的宣城人里，就有这位纪叟。与他一起温暖李白的，还有他酿的酒。

纪叟不是写诗的人，但是一个能用酒温暖别人的人，他温暖别人的一定不只有酒。所以，他先李白一步去世的时候，引发了李白无限的哀思，也引得李白认真地想象那个他很快也要追过去的世界。比起最著名的那首《临路歌》，我更愿意用这首诗来做李白诗学生命的句号。

我的老朋友纪叟，到了黄泉里，过得怎么样呢？他应该还像往常一样，琢磨着怎么酿出好酒吧。毕竟，他这一辈子，都把酿酒当成最重要的事。李白想象好友死后的状态，还跟活着时候一样，勾画出好友活着时候最突出的特征。“他到了那边，无非也还是酿酒。”这其实是活人对自己的一种安慰。

可是，唯一不同的是，在那边没有李白了，你还卖酒给谁呢？不是纪叟在那边生意不好，只是我李白是最懂你的酒的，没有了李白，你酿酒还有什么意思呢？这个设想，写出了李白的深情。这么精练的笔触，也见得是老头子的写法了。

所以，纪叟啊，你等等我，我过不了多久，就会跟着你到那边去了。到那时候，你的酒又不会寂寞了。这是李白没有写出来的潜台词。纪叟的去世，其实给李白很大的触动，让他有了死的心思。

李白的最后一首好诗，是一首写鬼的诗，是想象死后世界的诗，写得情真意切。

李白那些想象奇特的诗，也仍然投注着现实的眼光。

李贺的跟随与突围

盛唐的李白，与中唐的李贺，再加上晚唐的李商隐，并称“诗家三李”。其中，李白被叫作“诗仙”，李贺被叫作“诗鬼”，都是神神鬼鬼的。所以，说完了诗仙，我们再说说诗鬼。

“诗家三李”能够并称，主要是因为喜欢其中一位的，大概率也会喜欢另外两位。很少有人讨论，这三位之间有什么传承关系。特别是“诗鬼”李贺，大家好像老觉得，他就是从天上掉下来的，谁也不学，也没人学他。事实上，当然不是这样。

李贺的诗，当然不是从天上掉下来的。他生在李白之后，一定读过李白的诗。有很多想象，并不是李贺的原创，而是他受到李白的启发。在这样的前提下，李贺即使不觉得自己能胜过李白，也总不能把李白写过的诗再写一遍，总得写点什么跟李白不一样的东西出来。有意无意间，他总要跟李白竞争，所以就形成了比李白更用力的风格。

年轻的李贺很聪明，他也跟李白学会了，在写仙鬼的时候，要加入一点人间的经验。李贺写仙，也经常有一些鬼气。我现在觉得这是因为他会引入人间经验。所谓的鬼气，不过是加强了的人的浊气。

《梦天》很能代表李贺的风格：

老兔寒蟾泣天色。云楼半开壁斜白。玉轮轧露湿团光，鸾佩相逢桂香陌。

黄尘清水三山下。更变千年如走马。遥望齐州九点烟，一泓海水杯中泻。

李贺将清冷的太空中悬挂的月亮，称为“老兔”“寒蟾”，想象它在“天色”中哭泣。云彩组成的玉楼被月光照亮了一半，露出斜斜的一片白。如果我们不还原他在说什么，看到“壁斜白”这样的字眼，会联想起人间的建筑物，被月光照出一片斜斜的惨白，在现实中是会有这样的景象的。李贺的很多诗句，会故意给感官一种压迫感，这大概也是敏感的少年对世界的感受。

李贺想象，月亮的车轮，轧过了露水，整个车轮一圈都是湿的，发出暗暗的荧光。“轧露”这个经验，是我们在凡间会遇到的，但我们很少感知到这么细，李贺能感知到，就有了仙气，仙气沾染着泥淖，就成了鬼气。一个特写之后，李贺拉远镜头，交代了事由：仙人们在仙界的路径上相逢了。

在梦里，李贺回头下望人寰处，看见高山大川微缩成了“黄尘清水”。空间微缩了，时间也微缩了，世事的千年变更快得像跑马。天下九州不过是九点烟而已，大海不过是一杯水而已。把那个时代不可能俯瞰的景致，用生活中可以见到的日常事物来推想。

李贺想象神仙比较好玩的，还有一首《绿章封事》。所谓“绿章封事”，就是“青词”，是道士给天上的神灵上的奏章。跟神灵沟通的方式是像对皇帝一样上奏章，这也是很中国的想象。从庾信那时候开始，就偶尔有文人会参与到写青词中来，多少有点玩票的意思。青词主要是把人的愿望告诉神，当然也难免会涉及一点对神仙世界的想象。对于没有道教信仰的人来说，青词不好读，没意思，没有太多生动的形象，更没有吐槽。

李贺这首，看上去不大会是认真写给神灵的奏章，算是对青词的戏仿。他花了三分之二的篇幅写神仙世界是什么样子，最后一韵才说出自己的要求。他不是求神仙给他办事，而是在讽刺神仙不给他办事，说好听一点，就是神仙世界的高不可及。

第一韵，写奏章到达神仙世界：

青霓扣额呼宫神。鸿龙玉狗开天门。石榴花发满溪津。溪女洗花染白云。

青色的虹霓带着奏章来叫门了。这个门，就是当年屈原没叫开的那个，天帝的大门。这个“青霓”不是一个人，甚至不是一个活物。这个青霓要怎么敲门呢？它是幻化成一个人的形体，还是就一团青气往门上撞？我觉得后者要可爱一点。如果是屈原，他会乘着青霓亲自来。李贺要显得有点不一样，就让青霓自己来了。

这一次，屈原没敲开的门，被青霓敲开了，也许跟青霓是天庭内部人员有关系。看来专业的事就得交给专业的人办，屈原要是也按程序把文件交给天庭的工作人员就好了，他非得自己来，还派头那么大，所以人家不愿意给他开门。鸿龙和玉狗给青霓开了门。

开门之后的风景，是一条溪水，溪上开满了石榴花。石榴花我们都见过，但满溪开的都是石榴花，没见过。没见过也可以想象，一定非常漂亮。石榴也是生命力的象征，李贺拿来做仙界的迎客花。

在开满了石榴花的溪水上，有仙女在那里洗东西。就像在进一个村子的时候，会看见村姑在村口的溪水里洗衣服。但仙女洗的不是衣服，而就是这些石榴花。洗石榴花的水，给白云染出了霞光的颜色。这个想象也非常美。

这句诗写得有点含混。是仙界的溪里流淌着白云，仙女在白云里洗东西，给白云染了颜色呢；还是溪水里倒映着白云，仙女在这里洗花，给溪水染上了颜色，看上去好像是给白云染上了颜色一样？而且，石榴花居然会掉色吗？是仙女洗石榴花，石榴花掉下红色“染白云”，还是溪女在倒映着石榴花的溪水里，洗着像石榴花一样鲜红的布料，布料掉色了？就像乐府诗里写的那样，“休洗红，洗多红在水”。如果是在白云里洗石榴花，就是仙界的景象；如果是在倒映着白云和石榴花的溪水里洗东西，就是人间的景象。仙界的景象当然要更诗意一点。也许，李贺写的是仙界的景象，但是仙境的景象也是根据人间的景象幻想出来的。也或许，李贺脑子里想的就是人间的景象，只不过他要换一个表述的方法，表述得好像是仙界的景象一样。在白云里洗石榴花，是诗的想象；在倒映着白云和石榴花的溪水里洗衣服，被说成在白云里洗石榴花，则是诗的句法。

废名先生非常喜欢“溪女洗花染白云”这句。而且他是把这句作为一种人间的风景来欣赏的。他把这句读作现实的美化，而不是仙境。

这一韵的四句，句句入韵，显得声情很紧张。[1]因为叩门是紧张的，开门是紧张的，开门以后一下子别有洞天，红花、白云、清溪、美女，让人目不暇接，也是紧张的。

第二韵，写奏章在仙界传递，上达天听：

> 绿章封事咨元父。六街马蹄浩无主。虚空风气不清冷，短衣小冠作尘土。

从平声韵转仄声韵，这次是一、二、四句押韵，不那么紧张了，是正常叙述的语气。这封“绿章封事”，是要送给仙界的“大爹”去看的。这个大爹是叫玉帝还是叫皇上，不重要了。替大爹传递这封奏章的仙界小吏特别多，满街都是马蹄声，浩浩荡荡，听不出来是谁的马。仙界清冷的空气，这时候也热闹起来，

---

1 这首诗中李贺是以自己的方言来押韵的，而非唐代的官方韵书《切韵》。

一点也不清冷了。原来，仙界也没有那么清高，也跟俗世一样浮华，也要讲排场，也有炙手可热的富贵啊。至于在街边的小神仙，也都穿得抠抠搜搜的，被碾压得像尘土一样了。这就是李白说的，“仙之人兮列如麻”，李贺说得更过分。就像人间的什么举子、什么校书郎，就算是有满腹的才学，也只能在长安的街上，灰头土脸地溜着墙根。原来，到了天上做小神仙，跟在人间做小读书人，也是一样的啊。

第一韵写村口的景象，第二韵就写到城中街道上的景象了。

第三韵和第四韵，终于说到奏章的内容了，上书的这个道士，想要天上的大爹做什么呢？

> 金家香巷千轮鸣。扬雄秋室无俗声。
> 愿携汉戟招书鬼。休令恨骨填蒿里。

“金家”，就是金日磾家。金日磾本来是匈奴的贵族，后来归化到汉朝，成了汉朝的名臣。扬雄则是代指儒生。扬雄曾经自谦说做过“执戟之臣”，这里的“汉戟”就是指他执过的戟。

李贺把这个“执戟”坐实了，说我就是要拿着汉代扬雄拿过的戟，把那些不得志的读书人的鬼魂都招来。给他们一定的地位，不要让他们白白作为庶人死去，被扔在荒草里，只配听给庶人唱的《蒿里》，连给士大夫唱的《薤露》都听不上。

这两韵是奏章的内容。这个上书跟天上的大爹说这事的道士，恐怕不是别人，就是李贺自己。我不是说李贺也当过道士，我的意思是，这首诗压根儿不是真正的青词，而是李贺伪托道士的口气写的。真正的道士，也不会那么关心给儒生一个名分这样的事。

最后四句说的是同一件事，但是转了一次韵，先转入平韵，再转入仄韵，每一句都押韵，显得紧张而又声情摇曳。这四句也是点出全诗主旨的句子。

李贺想象自己上书，直接跟天上的大爹对话，还把天上的情景想得那么真实。后来他死的时候，别人想象是天上的大爹把他叫上去写东西了，可能也跟这首诗有关。可叹的是，李贺想替不得志的书鬼争名分，但是他自己到死还是个小官，甚至没中过进士，身后还要别人给他争名分。

李贺还有一首《金铜仙人辞汉歌》。写汉武帝死了，他的大汉王朝有一天也完蛋了，变成曹魏了。魏明帝，也就是曹丕的儿子曹叡，就打起了汉武帝那个铜仙人的主意，说把他那个玩意儿拿来吧，摆在我的宫前。据说，把铜仙人拆下来的时候，铜仙人流泪了。

这首诗的感情比较复杂。这里有对汉武帝求仙不成的感叹，但更多的是对汉王朝覆灭的感叹，人的生命与王朝的生命引发的感慨交织在一起。有人说，这里面寄寓了李贺的家国之叹。其实李贺这时候，离唐王朝覆灭还远得很。古人不好好做大事年表，有的以为李贺那时就是晚唐了，马上就要亡国了，其实没有。包括写"商女不知亡国恨"的杜牧，离唐王朝灭亡也还有小一百年呢。李贺和杜牧提到亡国，更多的是表达一种感觉，一种遥远的隐忧，一种小心无大碍的劝诫。但是李贺这时候可能确实是有感觉了，唐朝再这么作，早晚也有一天像汉朝一样。

诗的第一韵，交代前情：

茂陵刘郎秋风客。夜闻马嘶晓无迹。画栏桂树悬秋香，三十六宫土花碧。

怕死的刘家小子汉武帝，终究还是死了。他死了很久，宫中的桂树还一年一年地散发着香气，宫殿却早已陈旧了，地上斑斑驳驳地长了苔藓。这不是写汉武帝的死，而是写汉武帝死了几百年以后，汉朝灭亡时的景象。

第二韵，写魏朝的官员把铜仙人拆下来时的情景：

魏官牵车指千里。东关酸风射眸子。空将汉月出宫门，忆君清泪如铅水。

“铜仙人都哭了”，这是一个神异而动人的情景，李贺把这个情景好好地写了一下。“东关酸风射眸子”是个奇特的想象。风怎么会是酸的呢？并不是风真的“酸”，而是风吹到眼睛里，人会流泪，流泪的时候，眼睛是酸的。人会流泪，也不是真的因为风吹到眼睛里了，而是人本身就在流泪。其实，就是没有风，眼睛也会流泪，也会酸。把悲伤流泪说成是因风流泪，这是中国人的说话方式；把眼睛酸说成风酸，则是李贺的说话方式了。风射到铜仙人的眸子里，铜仙人也会觉得酸。其实就是说要搬家的时候，连铜仙人也会觉得悲伤。

铜仙人无奈地被魏朝的官员带出了宫门，只带走了一身的月光。铜仙人回忆起汉武帝，流下的眼泪像铅水一样。眼泪像铅水，是因为滚烫而又沉重。而铜仙人是铜的，眼泪是铅水也很合理。铜仙人回忆汉武帝，是想起了他活着时候的不可一世，想起了大汉王朝曾经的辉煌，而这一切都永远地逝去了。

第三韵，铜仙人跟着魏朝官员渐渐远去了。铜仙人眼泪的特写，渐渐推成了远景：

> 衰兰送客咸阳道。天若有情天亦老。携盘独出月荒凉，渭城已远波声小。

衰败了的兰草，在咸阳的道边，默默地送别铜仙人。铜仙人在荒凉的月色中，带着他的盘子，孤独地离开了。渭城渐渐远去了，连渭水的波声都越来越小了。这是个不错的电影镜头。但如果只有这些形象描写，在中晚唐的这些咏史歌行中，这一段也只能算是中等的作品。这一韵的神来之笔，是那句“天若有情天亦老”，突然说出了一句非常有道理的话。人的老去，朝代的老去，虽然值得惋惜，却是不可挽回的。因为天是无情的。如果天是有情的，天就也会像人和朝代一样老去了。这么多残酷的事，如果老天爷也认真上心，那老天爷也是承受不了的。这句话对中国历史上翻天覆地的大事，有着高度的概括力。一首乐府里，总要有这样一句话振起，才是乐府的上品，也是乐府的本色。

李贺写那些神神鬼鬼的诗，很多都能看出跟李白竞争的成分，李白拟过的题目，他也拟。因为李贺没有活到老年，所以这些作品肯定都是年轻时候写的，没有那么多历经沧桑的老年笔触，有的只是年轻人的争强好胜。

比如，李贺也写过《将进酒》。我第一次读到李贺的《将进酒》的时候，还没有读过《全唐诗》。我先是惊讶了一下，怎么李贺也写《将进酒》，随即我就给自己解释，可能唐朝人都是要写《将进酒》的。但是后来，我也没看到别的唐人写《将进酒》，大概也没那么多人像李贺一样跟李白较劲。李贺拟写李白拟过的题目，很可能是有意识的。他拟李白的作品，可能比我们今天看到的还要多，因为不排除有一部分佚失了。

李贺的拟作比起李白的原作，想象的瑰丽有过之而无不及，因为他毕竟年轻；但是李白真正要写的东西，他这里往往没有，因为他毕竟年轻。李白写乐府时候的境遇，李贺无缘经历，甚至他可能都不完全能弄清楚李白在说什么。

比如李贺拟的《将进酒》：

琉璃钟。琥珀浓。小槽酒滴真珠红。烹龙炮凤玉脂泣，罗屏绣幕围香风。

吹龙笛，击鼍鼓。皓齿歌，细腰舞。况是青春日将暮。

桃花乱落如红雨。劝君终日酩酊醉，酒不到刘伶坟上土。

这首诗一共两韵。前面的平声韵，写喝酒的场景。这个场景，李白没有仔细写。李贺写得很炫目，让年轻人看了很羡慕，也贡献了新奇的形象，但未必不是写诗的一种歧路。转仄声韵之后，李贺继续写场景，并把场景推向了高潮，吹起笛子来了，敲起鼓来了，唱起歌来了，跳起舞来了。我们今天拍国风电影，都可以参考这些作品来设计场景，这倒也不失为这些作品的一种贡献。

随着气氛的热烈，诗的形象迎来了高潮。那是春天的日暮，夕阳提醒着人们，美好的时光马上就要过去了。而少年人在太阳快要落山的时候，面对眼前的美人，也难免有种种浪漫的想法。桃花飞快地落下，胡乱地落下，就像红色的雨一样，仿佛也在催促着人们。

这时候，诗人出来议论了一句：时光紧迫，不如从早醉到晚。否则等到死了，想喝也来不及了。刘伶那么洒脱的人，生前尽量地喝酒，甚至让人拿着锄头在后头跟着，说我什么时候喝死了，你就就地挖个坑把我埋了。像这样的人，等到真埋到土里的时候，也喝不成酒了。

总的来说，这首诗的立意，也没有跳出李白的框子，甚至还少了李白那种急切的用世之心。作为补偿，在形象上要丰富了很多，看起来就更玄乎。但是李白原作最可宝贵的个体情志，李贺的拟作就赶不上了。

在古体咏怀诗里，李贺也会用到一些神异的意象。阮籍、李白的咏怀诗更多的是在写神仙，而李贺更喜欢写鬼。

比如他的《感讽五首》中的第三首：

> 南山何其悲，鬼雨洒空草。长安夜半秋，风前几人老。低迷黄昏径，袅袅青栎道。月午树无影，一山唯白晓。漆炬迎新人，幽圹萤扰扰。

因为是李贺写的，所以很多人以为，这首诗就是来给大家看一看鬼。其实，这是李贺的一首咏怀诗，继承的是六朝诗咏叹生命不永的主题。生命不永，就难免写到死亡，写到鬼，只不过，李贺写到鬼，就又大大地铺陈了一下。

“南山”是指坟墓集中的山，这样的山里，是多么悲凉啊。雨好像是鬼送来的，洒在杳无人迹的空山中的草上。在长安城里，这样秋天的夜半，风又吹得人老了几分啊。这是山中的鬼，与长安城中的人，在互相思念。山中昏黄迷乱的路径，两旁长着青栎树，被风吹得袅袅而动。到了午夜月亮最高的时候，树的影子都缩回去了，整座山被月亮照得一片白，像天亮了一样。这句尤其诡异。这么亮的月亮，又给人一种压迫感，就像《梦天》里的“云楼半开壁斜白”一样，是李贺喜欢写的。被迫、无奈，是世界给李贺的感觉，此时则是逝者的感觉。坟前有萤火虫乱乱地飞，那是坟墓中点起的如漆的鬼火，是用来迎接“新人”的。所谓“新人”，就是新死的鬼。刚才的“一山唯白晓”，原来是从新死的鬼眼中看出的。新鬼来到山中，迎接他的是被月亮照得惨白的山。一切这样静穆，这样使人无奈。

李贺这首诗，是想表达死者的无奈，生命的宝贵。而他对死后世界的出色想象，成了这首诗的亮点。

李贺还有一种本事，就是在没神没鬼的现实世界里，写出诡异之感来。李贺很多给我们留下“鬼诗”印象的作品，其实诗里都没有鬼。

在没有鬼的地方写出恐怖来，也是“中式恐怖”的一个特长。很多人不爱看国产恐怖片，因为国产恐怖片有一个限定：不能出现鬼。对于既定的规则，我不做过多的评论。严格规定不能这样不能那样，肯定是有弊端的。弊端主要在于，让人连限定里没有提到的内容也不敢想了。但另一方面，也应该看到，中国人确实擅长在没有鬼的地方写出恐怖感。

在没有鬼的地方写出恐怖感，就是通过各种暗示，造成各种错觉，让人误会这里是有鬼的。如果要说明这里没有鬼，只要在最后把这种错觉消解掉就好了。如果没有禁令，也可以一直让这种错觉留在那里，让人感觉这是一首鬼诗，直到细细分析，才发现他写的是一件正常的事。

这种写法，也不光是中国人擅长，欧洲的侦探小说也往往要用到这种手法。侦探小说其实继承了很多哥特小说的元素。很多时候，侦探小说的开头都有一些恐怖或者诡异的场景，在暗示“有鬼”，这些恐怖诡异的场景，就是从哥特小说借的元素。

只不过，侦探小说属于科学时代了，最后总是要给出一个“科学”“理性”的解释，虽然这些解释很多时候未必是真的符合科学的，只是在形式上要看起来科学，不能承认有鬼而已。很多人喜欢看侦探小说，以为自己喜欢的是其中的逻辑推理，也就是逻辑推理所代表的科学理性，其实，他们真正喜欢的，只不过是那些带来感官刺激的哥特元素而已。侦探小说中的恐怖片段，如果单拿出来，跟哥特小说没什么区别。侦探小说是完全可以把认真投入的读者吓得做噩梦的。侦探小说很多时候取代的就是哥特小说的生态位。

侦探小说传入中国、中国化了之后，不好借用哥特小说的元素，就会借用中国鬼故事的元素。中国风的侦探小说，比如《神探狄仁杰》之类的，就有不少借鉴传统鬼故事的桥段，只不过最后给出了“科学”的解释而已。这也是渊源有自的，中国原来的公案小说，很多时候也是跟神鬼故事分不开的。

事实上，不光侦探小说，同样地，武侠小说也会借鉴鬼故事。武侠小说的很多桥段，会写得很诡异，暗示我们这里有鬼，最后又告诉我们没有鬼，只是有某种奇妙的武功。武侠小说也是可以让读者做噩梦的。就连科幻小说也是这样。科幻小说中往往少不了暗示有鬼的场景，再用幻想的科学去消解。有人把武侠小说算成一种科幻小说，听起来可笑，但也不无道理。即使在现代社会，只要是需要广泛受众的类型小说，仍然少不了借鉴鬼故事的元素。

李贺就很擅长在没有鬼的场景里，故意运用暗示可能有鬼的修辞。某种程度上，李贺最鬼气的诗，反而是这些没有鬼的诗。

比如李贺有一首《过华清宫》：

> 春月夜啼鸦。宫帘隔御花。云生朱络暗，石断紫钱斜。玉碗盛残露，银灯点旧纱。蜀王无近信，泉上有芹芽。

李贺在华清宫并没有遇到鬼，这首诗属于怀古诗，只是李贺故意要形容华清宫的凄凉，故意往“鬼”上写。李贺应该不是晚上来华清宫探险的，他可能是在白天参观华清宫的时候，想象这里如果到了晚上，该是多么凄凉。把眼前的日光想象成月光，是李贺会有的能力。

李贺想象，在春天的夜里，春天的温暖与夜晚的寒凉构成了矛盾，春天的月光总是充满了矛盾、充满了暧昧的暗示的。在春天的朦胧月色下，有啼叫的乌鸦。乌鸦并不是非得有鬼才出现，但乌鸦的叫声总是会给人不安的感觉。低垂的帘幕，遮住了门外的名贵花丛。单看这一句，似乎还和主人在的时候没有区别。这里就有一点双关的暧昧。帘幕低垂，最日常的可能就是主人睡觉了。但也有一种可能，是主人永远地离去了，远行或者死亡。这样的意象，就是日常生活中会出现的死亡暗示。神经敏感的少年，在每一次临睡前放下帘幕的时候，都有可能自己在脑海内想象，这是一种死亡的预演。一个“隔”字，写出了死亡的隔绝感。主人在的时候，会在临睡前放下帘子，将美景隔绝在外面。也许，她还会“却下水晶帘，玲珑望秋月”，在放下帘子后，再默默地在帘子前面站一会儿，与花隔帘相对。现在，房子空了，帘幕永远地垂着，仿佛陷入了长眠，宣告着一种死亡的气息。但是，帘子后面现在是什么样了呢？不敢想象。也许，主人的灵魂会偶尔回来，默默站在帘子后面，继续跟花，以及跟帘外的过客，默默相对吧。

颔联，李贺的目光停留在了这幅华美而陈旧的帘子上。那朱红的丝络已经变暗了，在这与世隔绝的山中，当云雾升起，天色变暗，这朱络也暗得更加明显；帘子上紫色的钱状的饰物，也歪歪斜斜的，因为串联它们的绳子也是将断未断了，是啊，这里太久没人照顾了，连门前的石凳都裂开了，何况是细细的线绳呢？陈旧暗淡的将断的丝线，配上作为背景的断裂的石头和暗淡的天气，写出了一种诡异的气氛。让人感觉，这里会不会有什么鬼魂或者精怪？但实际上，这一切只是因为这里太旧了，荒废了。荒废的景物有很多，李贺就选取了其中最像有鬼的来写。

颈联，写帘子里面的景象。李贺很可能真的进屋看了，也有可能并没进屋看，全凭想象。碗里面凝结着一点液体，应该不是当年主人喝过的琼浆玉露，而是凝结的露水了。但是这样看起来，就让人觉得，这个碗还有人在使用，或者会有鬼魂在夜晚拿起它。屋子里还有灯，灯上还蒙着纱，只是已经旧了。让人不禁幻想，这个废旧的灯，在晚上还会亮起来吗？要是让没意思的人说起来，就是这个屋子里有个碗，有个灯，完全不恐怖。只有李贺这样想得多的人，才会幻想出一幅诡异迷幻的夜景。

尾联照例需要点一下题。那个巡幸到蜀地的皇上，最近也没有消息，泉边都长出新的野草了。这时候唐玄宗已经死了百来年了，这个“最近”也太漫长了一点。这话说得，好像有一个当年宫女的鬼魂，一直在这里等着。因为是鬼魂了，所以不知道时间已经过去太久了。某某地方“长草了”，也经常是死亡的隐喻。当然，李贺这里写的也完全是实话，唐玄宗确实再也没有来过，泉边也确实长草了。这就是把实话写成鬼诗的技巧。

李贺有一次去拜访前辈皇甫湜，这位前辈让这位年轻人在自己的官庭前面等了好久，李贺就写了一首《官不来》吐槽，把一个现实中的官庭，写得很“阴间”：

> 官不来，官庭秋。老桐错干青龙愁。书司曹佐走如牛。叠声问佐官来不。官不来，门幽幽。

韵脚很密，像民间歌谣一样。当官的不来啊，官庭前面一片秋色。老梧桐树枝干交错，像青龙一样，阴森森的，好像也在发愁一样。底下的小办事员，跑来跑去，忙得就像当牛做马的一样。这也给人一种压迫感。尤其是“走如牛”的形容，感觉这些小办事员都是阎王位下的牛头马面，不是人一样。我连着催问这些小办事员，你们当官的来了吗？来了吗？人家不来。只有关着的大门，幽幽地对着我。“幽幽”的紧闭的大门，也很“阴间”，好像是阎王官署的门一样。这种“阴间”的措辞，写出了李贺这个心高气傲的年轻人被冷落的感受。显得这个“官”很冷漠，拒人于千里之外。

这是一座现实中的官署，如果让一个羡慕权势的人来写，可能还是非常辉煌富丽的，但是在李贺笔下，就成了这样。按这种写法，恐怕任何阳间的建筑都可以写成这样。当然，李贺也不是为阴间而阴间，而是有他要表达的情绪。

李贺在写到自己的时候，形象也会很“阴间”。比如《秋来》这首：

> 桐风惊心壮士苦。衰灯络纬啼寒素。谁看青简一编书，不遣花虫粉空蠹。
>
> 思牵今夜肠应直。雨冷香魂吊书客。秋坟鬼唱鲍家诗，恨血千年土中碧。

李贺在夜里读书，感到秋气袭来，惊觉又是一轮节序，人生又度过了一年，人生的主任务线看上去毫无进展，难免写出一些悲苦之音。在凄寒的夜风里，在蟋蟀声的催促里，这一点点读书的灯火，看上去也像我的身体一样衰弱。是谁还在读着这一编古书呢？有什么意义呢？不过是拿出来看看，不让它被书虫蠹掉罢了。书来到人间一趟，总还是要有人看看才好。至于读书人读了这书能去做什么，就管不了那么远了。但是，人只有一双眼睛，看了书，就看不了外面的花，不辜负书，就要辜负花。你看外面的花，就因为我宅着老不出去，无人欣赏，白白地被花虫蠹了。时光不饶人啊，想做的事总是做不完，人生的很多美好，已经被错过了。可是，谁又来看看我呢？我是不是也被身体里的病给蛀蚀了呢？我也像外面的花一样，被辜负了。书没有被我辜负，但是读了书的我还是被辜负了。这样的心思很曲折，李贺没有都写出来，而是把中间的思考过程都跳过去了，只把古书和被蠹了的花两个形象拿出来。这就显得不好懂。而李贺也不想让你懂他的心思，因为他不好意思让你懂。像“谁来看看我啊”“我被辜负了啊”这样的心思，怎么好意思写出来让你明白呢？

李贺在这样的心思里辗转煎熬，牵肠挂肚，挂得肠子都直了。人心里难过的时候，肠子是会有感应的，肚子里会难受的，所以有“断肠”的说法。但是李贺不会说“断肠”，非得说肠子直了。在冷雨的打击下，外面的秋花凋落了。死去的秋花，应该也会有一个灵魂的吧。也许她此刻已经悄悄来到房间里，安慰着灯下的读书人。“吊”这个字，经常用来表示活人探望死人，这里却用来表示死去的花探望活着的人，好像在另一个世界看来，书斋是一座坟墓，里面埋着诗人，然后花的灵魂来上坟。

在这座秋天的坟墓里，诗人想象自己是一个鬼，为自己唱起挽歌。他不是专业的殡葬人员，不会唱真的挽歌，只好唱他从书上读到的拟挽歌，唱鲍照的《代蒿里行》。我就是在这座坟里一千年，我的怨恨也不会消除，只会让我的血都化成碧玉。

在我看来，这里的“秋坟鬼”不是真的鬼，而是指书斋里的诗人自己。只是“吊”字，加上后面的“恨血千年土中碧”，误导了读者，让读者以为他写的是真的鬼。当然，也许他写的就是真的鬼，也或许他写着写着书斋，突然跳跃到了远方某个荒坟中的鬼。还有可能，他写的是花冢中落花的鬼魂。不过我觉得，将

“秋坟鬼”理解为书斋里的人，上下文是最通畅的。或许这也是李贺非常得意的一个比喻。

很多时候，我们粗粗地看过李贺的诗，会感到真的好，但也会觉得看不懂。这时候，有的解诗人就会很傲慢地说，这就是诗人的跳跃性思维，诗人是没有逻辑思维的。有没有诗人真的没有逻辑思维但还能写出好诗的情况，我无法断言。但我看到的很多情况是，诗人的一个非常有独创性的比喻，读者没有看懂，理解成了别的意思，然后就会觉得全诗逻辑不顺畅、自相矛盾了。诗人思维的独特，在于感受的独特、比喻的独特，不在于没有逻辑。你读不懂一首诗，是因为该读懂的地方没有读懂，不是因为好诗是读不懂的。

如果在现实中见着了什么新奇的东西，李贺也喜欢用写神鬼的笔法写出来。比如他写过两首《神弦曲》。

所谓“神弦”，在我看来就是我们今天的跳大神的。几千年来，跳大神的形式一直大同小异。我的朋友王帅，就是我在北大讲国文课时候的助教小哥哥，刚到社科院宗教所的时候，就研究起跳大神来了，给我看他收集的现在跳大神的视频。我看了就一个激灵，说我知道《九歌》是怎么回事了。跳大神要有一个“大神”，一般是女的，神就附在她身上，她代表神说话。还要有一个“二神”，一般是男的，并不附体，代表人类跟神对话，包括向听众做一些必要的解释。好比大神是老师，二神是助教。这我就理解了，为什么《九歌》都是一男一女、一人一神的对唱，原来《九歌》就是楚国的跳大神。“大神”和“二神”经常是夫妻关系，这也就解释了，《九歌》里的对唱，为什么都带有一点情爱色彩。

看来，我看到的跳大神，跟屈原看到的跳大神，没有太大的区别。李贺比屈原晚一千年，比我早一千年，夹在我们中间，看到的跳大神应该也是大差不差。神弦曲就等于是跳大神的唱词，跟挽歌一样，都是最俗的乐府。

李贺是怎么听到神弦曲的呢？有人说，他做奉礼郎，在工作中听到的。这个观点很危险地正确了，再前进一步，就成了谬误了。神弦曲是很俗的俗乐，李贺在工作中，可能在出去采风的时候，有机会听到民间的神弦曲，但也就是听听而已。也有人附会说，李贺做奉礼郎，要负责祭祀工作，是伺候鬼的，所以跟跳大神的也是同行。这就太牵强了，奉礼郎是朝廷的官员，祭祀的都是正经的祖先，祭祀用乐只可能是雅乐，不可能用跳大神的曲调祭祀祖先的。李贺接触神弦曲也是很偶然的，接触到之后，产生了文人见到俗乐的那种惊异，就写诗把这件事记下来了。神弦曲只是李贺生活中一件比较新鲜的事。

我们来看其中一首《神弦曲》：

西山日没东山昏。旋风吹马马踏云。画弦素管声浅繁，花裙綷縩步秋尘。

这是其中的第一韵。熟悉跳大神的朋友，看到第一句就会觉得特别亲切。我们今天的跳大神，还有一个很流行的调子，开头就是“日落西山黑了天”。这一韵是写跳大神的场景。日落西山，开始跳大神。不知是巧合，还是巫婆用了什么办法，场地里刮起了旋风，仿佛有鬼神降临。旋风吹动了作为道具的纸马，纸马好像是踏着云在奔跑一样。有管弦在为巫婆的吟唱伴奏，巫婆穿着花裙子，在场地里行走舞蹈。

第二韵，写神弦曲里的曲调。这是一段音乐描写，本质上跟韩愈的《听颖师弹琴》、白居易的《琵琶行》里的音乐描写片段是一个性质，跟李贺自己的《李凭箜篌引》也是一个性质：

> 桂叶刷风桂坠子。青狸哭血寒狐死。古壁彩虬金帖尾。雨工骑入秋潭水。百年老鸮成木魅。笑声碧火巢中起。

秋风从桂树上吹过，桂子飘落。女巫凄怨的歌声，好像是青狸哭出了血，狐狸冻死了发出的悲鸣。古时壁画上画着金尾巴的彩色虬龙活过来了，可以让雨神骑着它，一直骑到秋天寒冷的深潭里去。一百岁的老猫头鹰成精了，它的巢燃烧起来了，冒着绿色的火，它的笑声就从那火中传出来。这一句也是在形容女巫的歌声，给人留下深刻印象。我们可以不管什么女巫的歌声，只是这个形象，就让人记住了。

这首诗到这里戛然而止，没有下文。也许是李贺就写了这么多，也许是后面还有，但是“百年”这两句冲击力太强了，引用的人就引到这里为止了。这样，这首诗现在的结尾，很没有结束感，但是很警策，可以立得住。

中古的这些神神鬼鬼的诗，打眼看过来，写鬼的似乎总是比写仙的动人，有鬼气的仙，也比纯粹仙气的仙动人。所谓的鬼气，也不过是在神异的设定下，加进去的人气。写好仙鬼诗的一个秘诀，就是把人间的逻辑加进去。后来李贺还发明了一种办法，直接写人间的事，只是用写仙鬼的笔法来写，这样就更好了。

乔羽先生的歌词说，“牛鬼蛇神倒比正人君子更可爱”，看来，同样是牛鬼蛇神，鬼又比神更可爱。

附记:《神弦曲》与《帮兵诀》

王帅说一定让我在第三章后面加上这个附记。

他做过研究，说李贺的《神弦曲》，跟东北民间萨满信俗跳大神的歌词《帮兵诀》[1]，完全对得上。我们不妨把《神弦曲》和《帮兵诀》罗列在这里，一句一句地做一个比较，仅供一乐：

《神弦曲》：西山日没东山昏。

《帮兵诀》：日落西山黑了天，家家户户把门关。

这个开头尤其像，都是从日落天黑写起，写跳大神开始的时间。

1 本文采录的《帮兵诀》来自 2020 年 10 月底在辽宁省沈阳市康平县西关屯蒙古族满族自治乡下属的西关村、黑山村、大辛屯村、小辛屯村的田野调查。因为《帮兵诀》没有写定文本，完全依靠口传，故文本差异极大。暂以此次田野调查为例进行说明。

《神弦曲》：旋风吹马马踏云。

《帮兵诀》：龙归大海虎归山。喜鹊老鸹归山去，家雀哺鸽奔房房檐。鸡上架，马回南，风不吹，浪不翻。

都写到了动物，特别是都提到了马，提到了风。《神弦曲》是说神仙来了，《帮兵诀》是说万物都不敢动。

《神弦曲》：画弦素管声浅繁。

《帮兵诀》：帮兵我，左手拿起文王鼓，右手拿起赶仙鞭。左手鼓，右手鞭，鞭鞭打鼓响连天。

这是写跳大神的配乐。《神弦曲》用管弦乐，《帮兵诀》用打击乐。

《神弦曲》：花裙綷縩步秋尘。

《帮兵诀》：帮兵我，脚踩地，头顶着天，八卦仙衣身上穿……左行龙虎天罡步，右蹋山河地理图……云澹澹，雾漫漫，扬鞭打鼓请神仙。

这是写跳大神的衣着。

《神弦曲》：桂叶刷风桂坠子。

《帮兵诀》：老仙家啊，你听言，你的弟子有了事，你快起驾离深山。老仙家，你不来，我就搬，搬得风吹树叶落，搬得雨打秧禾残，搬得深山阴风起，搬得古洞冒青烟。

都提到了风吹叶落。《神弦曲》可能也是在描述神灵离开居所时的场景。

《神弦曲》：青狸哭血寒狐死。

《帮兵诀》：搬得猫狗不睡觉，搬得驴马骡子不安眠。搬得胡家不得劲，搬得黄家闹翻天，搬得白家浑身难受，搬得柳家连滚带翻，只搬得天昏地又暗，只搬得灰家不得安啊。[1]

写神灵从居所赶往跳神所在地点过程中的情景，有神异的动物躁动不安。

《神弦曲》：古壁彩虬金帖尾。

《帮兵诀》：荞麦开花一片白，老仙眼看就到来；谷子开花压弯腰，老仙好像到来了；高粱开花一撮毛，老仙影影绰绰来到了；玉米地里长黄蒿，老仙大驾来到了。你看那墙上堂口[2]直冒烟，烧香打鼓快接仙。

---

1 胡、黄、白、柳、灰是狐狸、黄鼠狼、松鼠、蛇、老鼠等动物神灵的代称。

2 堂口：民俗活动中粘贴在墙上的书写神灵名讳、绘画神灵形象的壁画。

想象中神灵到达跳神所在地点的情形。

《神弦曲》：雨工骑入秋潭水。

《帮兵诀》：老仙落座别着急，你听帮兵把话提。你或是灰，或是黄，或是蟒，或是常，或是哪吒三太子，或是托塔李天王，或是火神爷爷到，或是雨神娘娘忙，你或住陵，或住山，或住河来，或住滩，或住沈阳八大道，或是热河以里黑龙江这一趟川。

跳神者追溯神灵的来处，都提到了水。

《神弦曲》：百年老鸮成木魅。

《帮兵诀》：老仙你来到别找忙，屋里屋外坐稳当，你一来到神威大，鸡会飞，鸭会翔，猫狗兔子都竖脊梁。

神灵到来，通过动物的反应，侧面突出神灵的阵势。因为人是无法感知神灵的，所以需要借助请神者的描述和动物的异常反应来凸显。

《神弦曲》：笑声碧火巢中起。

《帮兵诀》：帮兵我，烧黄香，顶起来十二丈的盘长光。哈拉气（指酒），摆当央，草卷子（指眼），一丈长……老仙驾到放毫光！

写到不同寻常的火光。而且，在很多信仰中，都有在神灵附体时，通过火来进行礼赞、祭祀和沟通的习俗。

只不过，《神弦曲》雅一点，精练一点；《帮兵诀》俗一点，繁复一点。

这可能是因为，李贺那时候跳大神的，跟现在跳大神的，唱词的结构是高度一致的，而李贺又是模仿当时跳大神唱词的结构写的。也就是说，李贺这是一种模拟民间俗乐的行为，而不是泛泛地描绘跳大神的场景。

对照今天的《帮兵诀》，我们似乎可以更好地理解李贺的《神弦曲》每一句都说了什么。二者意象的相似性，似乎也不是偶然的。李贺的诗笔虽然飘忽奇幻，却不是毫无根据的，仍然是对群体诗学的改造。

可惜，我们没有更多的证据，这个猜想只能是一个脑洞了。

文中对《帮兵诀》的解释经过了王帅的修订，其中较为专业的解释均出自王帅，特此鸣谢。

中编

神魔小说在人间

第三章

《西游记》：孙悟空的三个化身和三个师父

中国神魔小说的顶流，要数《西游记》了。几乎每个中国人都熟悉《西游记》里的师徒四人，《西游记》让我们感到亲切。而作为一部经典的文本，《西游记》似乎还没得到足够的生发。你记忆中的《西游记》，很可能不是真实、完整的《西游记》。

《西游记》有好几层。有一层是非常热闹非常漂亮的，是适合戏曲表现的《西游记》。占据我们童年所有暑假的那个经典版的电视剧，属于这一层。有一层是非常奇幻但是可能有点吓人的，大概像张纪中版那个样子。这两个都是《西游记》，除了这两个《西游记》，还有很多很多的《西游记》。《西游记》像孙悟空一样，也有七十二般变化。

在《西游记》里，你还可以看见很多现实的智慧。作者在奇幻的设定下，塞进了很多世俗的智慧，这些也是非常好看的，是字面意义上的“魔幻现实主义”。

除了这些以外，《西游记》也是认真想讨论一些哲理的，主要是一些关于心性的学问。不用管这些是道教的还是佛教的或者是儒家的心学，心性是做学问的中国人共同关心的东西。人的心究竟是什么样的？这是中国的聪明人喜欢思考的哲学。

对中国思想史稍有了解的人，很容易看出《西游记》是在讨论心性。但是很多人真研究起来以后，又想得太偏了，对里面的炼丹之类的情节过于拘执了。其实，很多时候吴承恩就是拿这些名词来晃一下，逗你玩玩。而他真正讨论的东西，这些人又想不明白，看不进去。之所以会钻牛角尖，都是因为正经东西看不进去。

从这个意义上说，《西游记》的命运跟《红楼梦》也有点相似。《红楼梦》能出那么多稀奇古怪的索隐派，也是因为《红楼梦》很明显地看着字面之下有点东西，说话有很多弯弯绕绕，但是很多人把这些弯弯绕绕看得太机械，就钻牛角尖了。

跟《红楼梦》一样，也有很多人爱拿"《西游记》的作者究竟是谁"说事。我一点也不在乎《红楼梦》的作者是不是叫曹雪芹，《西游记》的作者是不是叫吴承恩，对我来说，作者只是一个名相，名字只是一个符号。如果《红楼梦》不是曹雪芹写的，《西游记》不是吴承恩写的，那就意味着《红楼梦》的作者不叫曹雪芹，《西游记》的作者不叫吴承恩，别的没了。我甚至可以把"《红楼梦》的作者"定义为曹雪芹，"《西游记》的作者"定义为吴承恩。

在明代以前，就有"唐僧取经"题材的话本和杂剧了。《西游记》首先是在这些故事的基础上写的，但是也做了很重要的加工。《西游记》肯定比《三国演义》《水浒传》更个人化，比《红楼梦》更群体化，至于在中间哪个点上，我不知道。

《西游记》的文本，看起来比《红楼梦》还是要杂乱一点，但比《三国演义》《水浒传》要整齐多了。这样一本书，可能是好几个人写的吗？我本来觉得不可能。但自从有一次跟几个文友玩了一个游戏，我开始有点动摇了。我们共同设定一个魔幻的主题“降妖捉怪”，设定一个统一的主人公，规定好基本的人设，一人分一个故事去写，规定好要用哪个民间故事的梗。最后写出来放在一起，居然也好像有某种统一性。当然，每个人的故事都是表现自己的思想。当时我就想，《西游记》是不是就这么凑出来的？

我的意思是，不必在《西游记》里找什么统一的思想，不必为了把所有故事都塞进一个主题而去牵强附会。我们读《西游记》，可以就事论事，只看每一个故事讲了什么，而不用非得在每一个故事之间建立联系。

好的，我现在把我心目中的《西游记》讲给你听，比如，讲讲我对《真假孙悟空》这个故事的解读。

唐僧撵悟空

唐僧、孙悟空、猪八戒师徒三人，是一个稳定的铁三角模式。

读《西游记》的人很容易就感觉到，孙悟空和猪八戒，有某种象征意义。孙悟空阳，猪八戒阴；孙悟空精神，猪八戒肉体；孙悟空精进，猪八戒怠惰。吴承恩也不断在用中国传统的五行体系给读者递话儿，说孙悟空是金，猪八戒是木。这个问题，大家都没什么意见。

然后按照强迫症的一般规则，既然有金有木了，咱们就得把五行凑齐了。于是大家就开始凑。按说，唐僧师徒四人，加上白龙马，正好一人占一行。可是大家偏不，非说孙悟空既是金又是火，猪八戒既是木又是水，和事佬沙和尚就是土，需要的时候，沙和尚也可以是水。唐僧是师父，不在五行之中，是元气，统摄着他们。白龙马是脚力，也不配在五行之中，但是有时候也是水。总之，弄得非常不整齐。

我现在想，我们可以对五行这个体系有新的理解。也不是什么新的理解，只是把五行简化一下，还原到阴阳中去。所谓的金，就是阳，代表人的精神，代表一个人强大、坚韧、向上的一面；所谓的木，就是阴，代表人的肉体，代表一个人更自然但也比较怯懦的一面；至于火，那是阳中的阳，比金更激进；水是阴中的阴，比木更怠惰；土是不阴不阳，在中间调和的。简便起见，我们可以不谈火、水和土，只谈金木，也就是只谈阴阳。

那么，孙悟空和猪八戒就是一体两面，孙悟空是向上的，猪八戒是向下的。哪个“一体”的“两面”呢？唐僧的。其实，唐僧取经，是独自上路的，三个徒弟和白龙马，都是他幻化出来的，代表他人格的不同侧面。其中，孙悟空和猪八戒，是比较重要的两个侧面，是他内心经常打架的两个小人，孙悟空是勤奋小人，猪八戒是懒惰小人。孙悟空和猪八戒的不同意见，代表唐僧心里产生的不同念头。

猪八戒是唐僧的本我，一路上，要吃的、要女人、要钱、要散伙的话，都是猪八戒说的。当然，猪八戒也有他的用处，他可以挑担子，他更有生活经验，可以安排唐僧在现实中的生活。有些时候，猪八戒的胆怯也成了谨慎，对唐僧是有好处的。也可以说，猪八戒代表唐僧的肉体。

唐僧和孙悟空，说谁是超我、谁是自我都行。可以认为，孙悟空是超我，代表唐僧想做而做不到的事。在孙悟空和猪八戒的拉扯之间，形成了唐僧的自我。也可以认为，孙悟空是唐僧的自我，勇猛精进。而唐僧是超我，作为师父管着大家，尤其是在孙悟空太过分的时候管着孙悟空。这个问题不重要，差不多一个意思。总之，孙悟空代表唐僧的精神。

这就可以解释，孙悟空懂得比师父要多得多，取经的意志也比师父还要坚定。一路上，唐僧也要指着孙悟空降妖除怪。在艰难的取经之路上，心里有一个孙悟空，可以让自己不那么累，不那么害怕。

唐僧、孙悟空、猪八戒这三个人，实际上各自代表一个人的不同方面。他们算是比较和谐的铁三角关系，不是互相斗争，而是互相照顾，矛盾相对比较少。当然，也不是没有暗暗的矛盾。因为一个人其实是经常自己跟自己置气的，嫌自己太怯懦，或者嫌自己太鲁莽。

至于沙和尚和白龙马，就不那么重要了。沙和尚主要是搭茬儿的。当这三个人的台词接不过来、做事做不过来的时候，就让沙和尚从中间过渡一下。所以沙和尚的个性相对没那么鲜明。如果沙和尚再忙不过来了，白龙马还可以偶尔幻化成人形搭把手，但是大多数的时候，就让它沉默着走路就可以了。

这种偶尔搭把手的角色，也是需要的。搭把手的角色，我们就可以理解为五行中的土，阴阳中的不阴不阳。需要他们搭手的时候，他们也可以偶尔扮演一下阴、木，甚至扮演一下阳、金都可以。对于他们，只要知道是搭把手的就行了，他们扮演什么都可以接受，不要过于深究。

孙悟空和猪八戒，就像一个家庭里的好孩子和坏孩子。父母总是喜欢好孩子的，但同时也总是更心疼比较差的孩子。父母会觉得，好孩子比父母强，即使没有父母也可以生活得很好，所以不用怎么帮他，甚至还应该对他严格要求；差的孩子虽然有千般不是，但毕竟是自己的骨肉，他没有父母就没法在这个世界上生活，只好靠父母多照顾他一点了。所以，从表面上看，父母反而对好孩子疼惜比较少，对坏孩子疼惜比较多，甚至委屈好孩子让着坏孩子、拉着好孩子一起帮坏孩子，也都是有的。每当有人埋怨自己父母偏心眼，明明自己做得很好了，父母还偏向不如自己的兄弟姐妹，我就安慰他说："你看，唐僧从来都是向着猪八戒的。"他就释然了。

一个人对自己也是这样。每个人其实喜欢的都是上进、优秀的自己，但是对那个懦弱、失败的自己，总是有更多的怜惜，总是宁愿为那个差的自己辩护，也舍不得去做那个好的自己。这也是一种唐僧偏向猪八戒的心理。但如果不克服这种心理，你就永远取不到真经。

有人说，孙悟空一个跟头就十万八千里，只要他想，一瞬间就能到西天佛祖那里，那他把经取回来不就完了吗？干吗还要老老实实跟着唐僧猪八戒一起，辛辛苦苦一步一步走呢？

孙悟空就代表我们的心。心是自由的，当我们想好的时候，一瞬间就能好，当我们想做圣人的时候，一瞬间就能成圣人。但是，我们为什么还没成圣人呢？因为我们的心受到身体的拖累，猪八戒的拖累。我们总是放不下对猪八戒的怜惜，放任自己身上负面的东西，总是为了对猪八戒的怜惜，委屈了孙悟空。唐僧的取经之路，就象征了我们每个人的人生之路，我们的每一天都在这么艰难地抗争着。

唐僧和孙悟空的师徒情，有很多感人的瞬间，但是唐僧对孙悟空，也做过很多气人的事。小时候我们看《西游记》，一看见唐僧撵孙悟空，就气得要哭。

唐僧一共撵了几回孙悟空呢？

一共撵了三回呢。

说到唐僧撵悟空，我们一般想到的是《三打白骨精》的故事。这是因为，《三打白骨精》里被打的人物形象最鲜明，唐僧撵悟空之前的情节也最丰富，最适合曲艺表现。但实际上，《三打白骨精》是唐僧第二次撵悟空，之前之后都有一回。

唐僧第一次撵悟空，是他刚把孙悟空从五指山下放出来，孙悟空打死了六个贼人，这成了给孙悟空戴紧箍咒的由头。唐僧第三次撵悟空，则是“真假孙悟空”那回。

一般来说，个体诗学的小说，应该有意识地避免出现重复的情节。比如说，你要写贾巧姐被舅舅和表哥坑了，就不要再写林黛玉被舅舅和表哥坑了。群体诗学就无所谓，可以拿着同样的情节来回写，因为可能下次讲这个情节的时候，就不是现在这拨观众了。你如果知道你写的东西要出书，就不能糊弄了，因为读者是拿着一本书从头到尾翻来覆去看的，如果看到重复的情节，读者会认为你在凑字数。如果写相似的情节，也可以，但要注意写出相似中的不同来，叫作“特犯不犯”。比如说，可以写三次元宵节，三次中秋，但要写出每一次的不同来，刚开始过元宵节什么样，鼎盛时候过元宵节什么样，衰落之后过元宵节又什么样，写出不同阶段的问题来，写出人物的关系随时间推移的变化来。

那么,《西游记》属于哪一种呢?三次唐僧撵悟空,是按群体诗学的要求来写的,彼此都大同小异;还是按个体诗学的要求,有意识地写出了三个阶段的不同?这三次撵悟空,是胡乱堆在一起的,还是有层次地安排在一起的?

我们主要对比一下"三打白骨精"和"真假孙悟空"。

"三打白骨精"的正式回目叫"尸魔三戏唐三藏"。"白骨精"实际上是"尸魔",是人的尸体成的精,所以叫白骨精。"尸魔"其实就代表了肉体给人带来的烦恼、拖累。不管是漂亮的小姑娘,还是值得同情的老头老太太,都是"尸魔"幻化出来的幻象,都不值得留恋。"三打白骨精"偏向于肉体,讲的是克服肉体的障碍。

"真假孙悟空"的正式回目叫"二心搅乱大乾坤",真假孙悟空打得天翻地覆,其实他们是两颗心。这一看就说的是"心"的事,跟讲"尸魔"的"三打白骨精"正好形成了对比。

可见,作者是有精心的安排的,《西游记》在这个问题上遵循的是个体诗学的原则。

《尸魔三戏唐三藏》安排在前面,《二心搅乱大乾坤》安排在后面,也代表了唐孙师徒相处的不同阶段。唐僧孙悟空的相处,也像是一段夫妻缘分,有相识之初的磨合,有熟悉之后的冲突,也有彼此习惯了之后的默契与厌倦。唐孙的三次"分手",恰好标记了这三个阶段。

"唐僧三撵孙悟空"这个题目,又与"贾府的三次元宵节"不同,因为它的主要人物是完全相同的,事件又不是常规的。同样的情节，在日常生活中并不会发生，却在同样的两个人身上发生了三次，我们就必须给出一个理由：为什么这两个人一错再错，从来不吸取教训呢？这必须得用两个人物的内在驱动力去解释才行，否则就显得不真实、没意思了。

孙悟空不仅被唐僧撵过三次，还被菩提祖师撵过一次。同样的事，在他身上发生了四次。他这个人怎么这么倒霉呢？还是他有什么短处，老要被师父撵呢？

如果一个人的命运总是循环，如果同一件事总是重复发生在他身上，就说明他身上有某种特质，导致这类事件的发生。在现实中，当然不能持受害者有罪论。但是在文学中，我们就应该探讨，这个人总遇到这样的事，是因为他有什么样的人设？

你可能想到答案了，因为孙悟空太厉害了。

悟空的命运

我们来仔细看一下孙悟空三次被撵的经过。这三次被撵，是由浅入深、逐层递进的，本质上就是我们修炼自己的精神的过程。

第一次讲的其实是主观认识和客观现实的关系。孙悟空刚从五指山下放出来，大家其实都会有个潜在的担心：这个人能靠谱吗？孙悟空曾经是一只野性未驯的猴子，还曾经大闹天宫，经过这五百年的改造，他变好了吗？真能听唐僧的话吗？从唐僧的角度，你在路上随便捡了这么个人，没有经过任何考核，还有前科，你能放心地用吗？

所以，就需要设计一个“收服”孙悟空的桥段。

孙悟空出来之后不久，就打死了六个蟊贼，这“六”个蟊贼是有象征意义的，象征人的“六识”，也就是五感加上意识。五感就是眼、耳、鼻、舌、身的感觉，是我们认识世界的途径，意识则是在五感的基础上形成的，一个综合的感知。但是，这“六识”都是会出错的，都是会被假象蒙蔽的。怎么才能破除这些假象呢？这就要靠多问问自己的心。

我们现在的微博，就是一个充满了假象的世界。好多账号会为了流量，或者其他什么目的，故意制造假象欺骗你，让你跟着他们发声，达到他们的目的。发现了这一点之后，你就会恐惧，我怎样才能识破这些假象，不被人牵着走呢？在没有能力——现场核实的情况下，你只需要在做出每一条评论之前，问问你的心。

比如说，有一个女生在微博上指控她的男老师侵犯了她。有很多人同情这个女生，但是也有一些声音在说，这个女生是个拜金女，以为老师有钱所以主动贴上去，或者她在诬告她的老师。这时候你就会困惑，到底哪个才是真相？

这时候，你问一问自己的心就会想清楚：无论如何，我是反对男性侵犯女性的，这跟这个男性是什么样的地位、取得过什么样的成就没有关系，甚至跟这个女生是不是拜金也没有关系。所以，我虽然没办法验证这个女生是否拜金，但是没有必要验证。我也不需要知道这个男人和这个女人具体是谁，只要反对这种行为就可以了。

万一女生是诬告，那也没有关系。因为我反对的是这种行为，从一开始就不是这个人。学生诬告老师的行为，我也是反对的。如果她是诬告，那么你只反对男性侵犯女性，她肯定是不能满意的，肯定要勾着你说别的。但如果你问清楚了你的心，你只反对男性侵犯女性，不涉及别的，就不会被诬告者利用。

又比如，一个记者报道了解放军战士抗洪的事迹，但是写错了一个字，这时候，就会有铺天盖地的指责，拿各种大帽子压下来：官方媒体犯错、虚假新闻、对抗洪救灾的功绩不尊重之类的。这几个词被有心人一组合，看起来还以为是抗洪救灾工作出了大乱子、官方媒体造假给压下来了，于是就有无数人跟着骂。但是这时候你问问自己的心，最初到底是怎么回事，就很容易发现，这件事不是他们说的那样，小记者只是犯了一个很小的错误。这样，别人再用多么有力的句式骂这个小记者，你也不会附和了。

用心去破除六识带来的蒙蔽，这个过程形象化了，就是让孙悟空打死六个蟊贼。

但是，用心去破除假象的时候，你会遭到谴责：明摆着事实在这里，你怎么能选择不听不看不信呢？有时候，这种谴责不是来自他人，而是来自你自己。所以，唐僧就谴责孙悟空了：你怎么可以把这六个人打死呢？

唐僧和孙悟空的所有矛盾都是这个模式。孙悟空打死了人，唐僧指责他不应该打死人。孙悟空有正确的大道理，唐僧有正确的小道理，公说公有理，婆说婆有理。

孙悟空的大道理是，这些都是蒙蔽你的假象，必须去除，不能受了他们的欺骗。唐僧的小道理是，你不受欺骗，把他们吓跑不就行了吗？非要把他们打死吗？你知道这条微博是假的不就行了吗？非要上去跟他们对线，非要骂得很难听吗？不会言多有失吗？

但是，不骂得过分，可以确保自己不上当、别人也不会上当吗？双方都有道理，也都有偏颇。我们现实中也是这样，很难说哪种观点是对的。我们只能尽量保证自己做得不过分。

这一次，是孙悟空和唐僧的第一次交锋，也就是心愿和现实的第一次交锋。这一次还没有猪八戒，所以是唐僧扮演了猪八戒。唐僧说了一句特别现实的话："此事若告到官，就是你老子做官，也说不过去。"我看了这句话就琢磨，为什么还要提出一个"你老子做官"来说？意思是如果不是打死了人，只要老子做官，就说过去了？这是什么封建社会人间真实!《西游记》就是这样，会在玄幻中突然来一句人间真实。

现在微博上也有唐僧这样的人。你说一句："哎，其实真实情况是这样的啊，你们别骂了。"就马上有人翻："你是哪个单位的？你老子是不是做官的？"好在，我们现在是光天化日朗朗乾坤，不用被这种人吓住了。

孙悟空的回答是："我老孙五百年前，据花果山称王为怪的时节，也不知打死多少人。"我没到你们公司上班的时候，不知道发了多少条这样的微博，从来都没出过事故。"我老孙五百年前"，这是孙悟空的口头禅。这样的话，看起来是在给唐僧摆事实讲道理，其实无形之中是在显示自己的力量。在孙悟空来说，他这是一种自我保护的心理。唐僧谴责他了，他就用这样的话来暗示自己，我是很厉害的人。而这样的话，对唐僧又形成了一种攻击性，实际上比孙悟空打死人的行为，更触动唐僧，让唐僧恼怒。

唐僧多说了两句，孙悟空就撂挑子了。吴承恩这里说孙悟空"一生受不得人气"。这句话是孙悟空的基本人设。这时候，孙悟空还没受过唐僧的约束，没有任何顾忌，不等唐僧撵他，自己就走了。如果不考虑任何约束，我们每个人内心的真实愿望其实都是这样的，不等老板撵我们，只要稍微受一点气，就撂挑子走人了。之所以还没走人，是因为我们考虑到了别的约束。

那么，问题怎么解决呢？解决的方法是孙悟空让一步，唐僧进一步。孙悟空跑到东海龙王那里去了。东海龙宫是孙悟空最初获得装备的地方，等于是他的“姥姥家”，所以，这个受了委屈的孩子，先往“姥姥家”跑，是去寻求心理安慰了。结果老龙王就劝他，你就学那个给老人穿鞋的张良，让一步吧。另外一边，观音菩萨给了唐僧一个紧箍咒，意思就是，你得管他管得紧一点。

在故事的开始，心让了一步，现实对心的控制加强了一步。只有这样，故事才会继续下去。人在少年的时候，总得先把心管得紧一点，对社会让一点步，避免无谓的损失，也吸收一点社会规则中的合理成分。

看起来，在这个故事里，孙悟空很委屈，我让了一步，师父反而管我管得严了一步，给我套上了枷锁；唐僧有点不厚道，人家都让一步回来找你了，你还给人家戴紧箍咒，箍得人家死去活来。我小时候看到这里就觉得特别意难平。其实，这个故事的意思是，心被现实束缚，得要心愿意被现实束缚才行。

但是，这样的解决方法，总归是权宜之计，随着时间的推移，随着心的强大，矛盾还是会爆发的。

三打白骨精这一次，则重点突出肉身的沉重，突出心与身的分离。这就是要处理自我内部的关系了，即自己的精神和肉体之间的矛盾。

之所以会遇到白骨精，是因为唐僧饿了，让孙悟空去化缘。如果唐僧不会饿，快快地过了这个岭，就不会有后面的事了。孙悟空看看没地方化缘，就去远处摘桃子给唐僧他们吃，所以和唐僧他们分开了一段时间。而白骨精是变成一个小媳妇，说要给唐僧师徒送斋饭，才得以接近他们。整个灾祸的缘起，都在一个“吃”字。“吃”实际上代表了肉身的欲望。

贪吃本来是猪八戒的人设，但是这里主要是由唐僧来吃的。唐僧不算是贪吃，但总归是肉体凡胎，不吃东西是不行的。唐僧要吃东西，要求也是合理的，但却招来了“尸魔”。

孙悟空走的时候不放心，画了一个圈子，让师父和师弟们一起待在圈子里，“你们就在此地，不要走动，我给你们摘几个桃子去”。这里有点奇怪，徒弟管起师父来了。其实，这里就代表，心灵把身体管起来了。平时都是身体在限制心灵，但是这时候，心灵在限制身体。

就好像，我的心灵知道我不能再胡吃海塞了，再吃就要生病了，决定要节食，这就相当于我给自己的身体画了个圈。不是我的心灵想去哪里我的身体不让去，而是我的身体想吃什么我的心灵不让吃。一开始，我的身体乖乖地待在圈里，早餐喝牛奶，中午吃燕麦。到了晚上，我就馋得受不了了，打开美团外卖，点了长颈鹿炖大象，这就是我的身体禁不住诱惑，走出了心灵画的圈，节食失败。

心灵管身体，管不住是一回事，但心灵是有可能管身体的，至少，有可能想管身体。

白骨精一共幻化了三个人设。第一个是个拿着斋饭的小媳妇。斋饭代表食欲，小媳妇代表性欲。唐僧在小媳妇面前还是把持得住的，因为他从小受的教育告诉他，“山下的女人是老虎”，他有这个警惕性。猪八戒就没把持住，先出了圈，差一点就吃了幻化的斋饭。后来孙悟空证明，那都是些垃圾食品。

但是，当后来白骨精又变成一点也不好看的老头老太太，装作受害者的父母出来的时候，唐僧就看不破了。抵御住漂亮的诱惑容易，抵御住可怜的诱惑就难了。总有人觉得，“这个人看起来这么可怜，我同情他总没有错”，然后就上当了。

郭沫若看完《三打白骨精》，特别痛恨唐僧，写“千刀万剐唐僧肉”，说唐僧就活该被妖怪吃掉。郭沫若有他的角度，但其实，唐僧只是犯了一个善良的普通人都会犯的错。唐僧扛得住饿，扛得住美色，但扛不住有人在他面前装可怜。魑魅魍魉要迷惑你的时候，不仅会装成好人，更会装成可怜人。

这时候要怎么办呢？还是问自己的心。孙悟空的眼睛仍然是亮的。如果眼前的可怜人让你直觉有问题，那就是有问题。直觉并不是非理性，而是更高维度的理性，是基于复杂的理性经验，一瞬间得出的综合结论。这样的结论，很难在情绪激动的情况下三言两语讲清，这时候，就得选择相信孙悟空这样经验丰富的人。如果身边没有孙悟空，你就问自己心底的孙悟空。

不好的小说，要写两个人闹误会，往往会写成“多说一句会死”。比如写唐僧冤枉孙悟空，就可能写成，孙悟空莫名其妙，偏不说“这是个妖精”。但吴承恩写的是，孙悟空一直在说，“这是个妖精”，只是他解释不清楚，唐僧不相信。

唐僧为什么不相信呢？因为他还没有领教过孙悟空火眼金睛的厉害。看一眼就能判断是不是妖怪，这个超出了他的经验范围。

还有一个很重要的原因是，唐僧不信任孙悟空。在他的印象中，孙悟空是一个一时兴起就可以打死好人的暴脾气。

那么，唐僧又为什么相信孙悟空是暴脾气呢？因为他觉得孙悟空有本事，而且会在心底隐隐地觉得，孙悟空的本事太大了。

我比较幼稚的时候，经常会遗憾，那些本事很大的人，为什么脾气都不好呢？谢灵运、李白，都被人说狂。他们如果不狂，下场是不是能好一点呢？后来我慢慢地长大了，就明白，不是有本事的人容易狂，而是有本事的人容易被扣上“狂”的帽子。

一个人有本事，就会有人不喜欢他。不喜欢他不能公然说不喜欢他有本事，就得找别的碴儿。如果他正好贪财，就说他贪财；如果他不贪财，就想办法说他好色；如果他实在不贪财也不好色，就说他狂。一个人是不是贪财好色，是可以客观衡量的，有就是有，没有就是没有，但是狂不狂，就没办法客观衡量，人是活物，总有自己的思想，总有高兴或者不高兴的时候，很难说一个人从来没有狂过。当然，一个有本事且不贪财好色的人，大概率是狂的。但也可能他并不狂，只是心里难免有过一瞬间的小骄傲。这时候，如果突然有人逮到他，跟他说“你太狂了”，他大概会惶恐地自我审视，然后承认自己是狂的，没有办法像否认自己贪财好色那样彻底否认自己狂。所以，一个有本事的人，最终的归宿必然是狂。

孙悟空显然是一个极端有本事、极端不贪财、极端不好色的人，所以，唐僧就会默认他脾气不好。

认为一个人脾气不好，其实是认为一个人有本事但不喜欢他，这种情绪叫什么呢？叫嫉妒。唐僧其实没有克服内心深处对孙悟空的嫉妒。嫉妒，特别是对下位者的嫉妒，和食欲、性欲一样，是一种生理本能，比食欲和性欲更难以克服。

也许在现实世界里，上位者嫉妒下位者的现象并不罕见。那么，在象征意义上，一个人也会嫉妒自己的心吗？

也是会的，因为比起现实的肉身，心灵是无所不能的。所以，人对自己心灵的直觉，经常是不太信任的。直觉经常是超出现实经验的，这时候，很少有人敢完全相信直觉。人会觉得，我想的是不是太脱离现实了？在现实里其实是达不到的吧？其实，直觉从来不会脱离现实，你觉得直觉脱离现实的时候，就是你在嫉妒你的直觉。嫉妒自己的直觉，也是人脱离不了的肉身欲望，也是拉着人往下走的负面力量。

这一次，唐僧直接写了贬书，把孙悟空开除了。但我认为，比贬书更伤人心的一句话是：“只你是人，那悟能悟净就不是人？”

孙悟空比八戒沙僧强很多，这是有目共睹的。但是唐僧为了说服自己放弃孙悟空，竟然把他贬到和八戒沙僧一个水平，安慰自己说，没了这个徒弟，有别的徒弟也是一样的。唐僧虽然有三个徒弟，孙悟空却是他的唯一。这一点，其实唐僧心里清楚，孙悟空心里也清楚。

从象征意义上说，就是心是不可替代的，如果忽视了心的声音，那是多好的物质条件都不能弥补的。当你把心和物质条件拉到一个水平上作比较的时候，就意味着你已经放弃了你的心。

所以，当猪八戒去请孙悟空回来的时候，就很简单，只要重新跟孙悟空确认，他是唐僧的唯一就可以了。猪八戒说是师父想他了，孙悟空戳穿他说谎，说一定是师父有难，需要他了。其实这不重要，关键在于说出孙悟空是唐僧的唯一。所以，孙悟空并没有真的怪罪猪八戒。孙悟空也从来没有指望师父会真的想他，只要有事的时候还是需要他，就足够了。

第二次分手的剧情，整个比第一次分手推进了一步。孙悟空打死蟊贼，还有点操之过急的嫌疑，打白骨精，可是一点错也没有。上次唐僧是最后获得了紧箍咒管制孙悟空，这次他可是拿着紧箍咒往死里念。上次孙悟空只是去东海龙宫姥姥家歇了歇脚，这次是回了自己的花果山，重整旗鼓，重新做自己的山大王去了。上次是孙悟空让步，唐僧加强管束，而这一次，是唐僧彻底向孙悟空低头认错了。现实的肉身向心灵低头了，认识到了心灵的正确与不可替代。这其实也是唐僧在修行之路上有长进了。

第二次分手，也把唐僧孙悟空矛盾的根本勾画出来了：不是孙悟空太急躁了，而是孙悟空太明智了。孙悟空本事太大，就会受到唐僧内心深处的嫉妒，从而不被信任。唐僧不是不能管束孙悟空，而是不能管束自己内心深处的欲望。孙悟空被师父一贬再贬的命运，源于他强大的人设，强大就是孙悟空的弱点。

幻化的师父

吴承恩特地写出来，真假孙悟空的故事，发生在端午节。之前两次分手，都没有交代时间，这里为什么特地说是端午节呢？当然不是因为端午是个安康的节日。

端午的本意就是“阳极阴生”。阳气最盛的日子，也就是阴气开始生长的时候。所以越是夏天，越有蚊虫；越是过好日子的时候，越有小人出来坏事。对应到人事上，就是人与人之间关系越好的时候，越是有嫌隙暗暗地滋长出来。唐僧和孙悟空的关系也是如此。

第三次分手，是和第二次分手对起来写的，讲的就更玄了，是精神的我与精神的我的矛盾，也就是我的一个念头和另一个念头的矛盾。

这一次，唐僧完全没有说肚子饿的事。唐僧说的是：“悟空，前面有山，恐又生妖怪，是必谨防。”已经完全没有了肉体欲望的问题，而完全是精神上的担忧，唐僧也没有想退缩，只是知道了谨慎。历经这一路的磨难，他已经完全认同了孙悟空的“山里会有妖怪”的理论。

而孙悟空也像一个精神导师一样，说：“师父放心。我等皈命投诚，怕甚妖怪！”孙悟空永远是最精进、最向上的那个。

“皈命投诚”也是一个信仰的态度。孙悟空让师父放心的理由，不是“前面的山里没有妖怪”，而是“我们已经皈依了我们的信仰”。有信仰的人，就不用怕妖怪。所谓信仰，不是信仰“我走这一条路就一定无风无浪”，而是“如果这是一条死路，如果这条路会让我死，那么我愿意死在这条路上”。愿意为了信仰死在这条路上，还怕什么妖怪呢？

唐僧虽然比孙悟空消极一些，但是这时候他讨论的问题，已经完全是在孙悟空的话语体系之下了。唐僧不再偏向猪八戒，而是偏向孙悟空了。这也表示，孙唐关系这时候好到了顶点。

就像端午这个节气一样，好到了极点，就该生嫌隙了。

好到极点能生出的嫌隙，反映的是两人关系中的本质问题。

这一次，孙悟空又打死了好多的贼人，包括一个好心布施的老汉，他的儿子因为也作恶，所以也被孙悟空打死了。这个情节，更像第一次分手时的情节。孙悟空打死的不是妖怪，而是作恶的凡人。而且，这一次没有再提“六识”的象征意义。而贼人的父亲，更是一个真的很善良很可怜的老头，也不是白骨精变的了。这一次，孙悟空有急躁的地方，不再像打白骨精那样百分之百师出有名了。

在打白骨精时候那么英明正确的孙悟空，为什么对凡人也下这么狠的手呢？他会不会是真的有点骄傲了？一路上降妖捉怪，立了那么大的功劳，他会不会也有点“飘”了，太沉迷于一棒子打下去的痛快了？

打死这些恶徒，不能说不对，但是一个人走向狂妄，正是从在这种无可无不可的问题上不再谨慎开始的。

这时候，唐僧又念起紧箍咒来，又把孙悟空轰走了。这次因为孙悟空不是百分之百地对，所以好像唐僧也不是百分之百地错。但是，唐僧的动机是百分之百的好吗？他真是想为这帮贼人申冤吗？

唐僧这时候其实在想：这一路上都是你对，尤其是上次打白骨精，你大对特对。这一路上都是你保护我，显得我这个师父特别没用。这次，你又犯最开始的错误了，这回可让我拿住了。

唐僧的潜意识里，已经厌烦了这样的师徒关系。

所以，当孙悟空打死贼人的时候，唐僧说了一句狠话，“他姓孙，我姓陈”，我们没有关系，如果惹上官司，没有我的事。

这里的唐僧也很可笑，这样一位高僧，竟然说这么世俗的话。这些话看起来是唐僧在惊惶之下说的，但是人在惊惶之下说出的话，恰恰是心底真实的声音。

师徒本来就像父子一样，更何况出家人早就抛弃了俗姓，师徒间分得那么清楚，“他姓孙我姓陈”，标明了我们不是父子，这也是很伤人心的。

这说明了唐僧此时隐秘的愿望，是希望能与孙悟空切割，与孙悟空分开。甚至是一种厌弃的切割：“他跟我没有半点关系，他都不配分享我的姓氏。”

从象征意义上说，孙悟空这颗永远高高在上的心，把唐僧拉扯得累了。唐僧不禁想，“我的心是我的心，现实中的我是现实中的我”，“我的心怎么会是我呢”？

我们小时候看的电视剧《西游记》，还没有后面的续集。《真假孙悟空》是续集的第一集。我们看《三打白骨精》的时候，还只有几岁，那时候我们代入的还是幼儿的分离焦虑，更多的是怕父母也这样不要我们了。而我们看《真假孙悟空》的时候，一下子就已经十几岁了，而且已经读过原著了。这时候，我们代入的更多是青春期的叛逆，我们开始发现，老师和父母也有不对了，我们特别痛恨被冤枉。

唐僧这次撵孙悟空，其实最可恶的一点在于，这是第三次。

俗话说“事不过三”。第一次撵，是双方都缺乏经验，唐僧还没意识到孙悟空的好。那么唐僧既然还需要孙悟空保他去西天取经，就应该接受第一次的教训，别再撵他了。因为撵了他，还得请他回来，瞎折腾。所以，第二次撵他，就很没有道理了。孙悟空其实回来得很勉强，回来是孙悟空情深义重、唐僧运气好，不回来的可能性也是存在的。这种情况下，还要撵他第三回，就是照着再也不让他回来去撵了。

这时候，孙悟空就有两个选择。一个是忍着这口气，像以前一样，静静地等着唐僧回心转意；另一个是从此不理唐僧了，甚至反过来报复唐僧。

就在这时候，另一个孙悟空登场了！

出现两个同样的人，这是鬼故事常见的母题。一开始，这两个人会同时出现在不同的地方，随着故事的发展，这两个人会碰面，出现在同一时空。比如说，有个“倩女离魂”的故事，说一个小姐爱一个书生，她就分成了两个，一个跟着书生走了，一个病了在家里床上躺着。

一般对于这样的故事，小朋友都会执着于一个问题，“哪个是真的”。其实，这样的故事，不是每次都会给你答案。这个母题，最初就是为了营造一种恐怖的效果：世界上有两个小姐，两个孙悟空，两个你妈妈。

比如说，有一个都市传说，说一个小孩在自家的楼上，听见妈妈在楼下叫他：“饭准备好了，下来吃饭！”小孩刚要下去，突然被一只手拉住了。他回头一看，是妈妈，楼上的这个妈妈跟他说：“别出声，那个声音我也听到了。”像这个故事，就到这里戛然而止，到现在也没人出来说，到底哪个妈妈是真的。

之所以人类会想出这个类型的恐怖故事，是因为人类内心深处有这样的渴望：我要是能既在这里又在那里就好了。因而会有一瞬间痴想：在我很想去而去不了的那个地方，会不会真的有一个我呢？随即，人就必须赶紧用理智打消这个念头，理由是：如果真有另一个我，万一我们在同一个时空相遇了，我们该如何相处呢？

之所以会幻想世界上有另一个我，是因为我们的身体受到限制，经常不能去我们的心灵想去的地方。所以，在这个类型的故事里，那个去了远处的“我”，是“我”的灵魂。而身体受到的限制，又来自身体的欲望。所以，我们幻想世界上有两个我，就是因为我们同时有两个愿望。

现在，孙悟空也有两个愿望，所以他分成了两个孙悟空。

“假孙悟空”是谁？吴承恩说他是个六耳猕猴，就有很多人在分析六耳猕猴是谁，说六耳猕猴来头不小。还有人说，被打死的是孙悟空，后半段跟着唐僧走的是六耳猕猴。其实，六耳猕猴就是孙悟空，是孙悟空另一个愿望的化身。吴承恩把真假悟空称为“二心”，就表明了，真假悟空代表孙悟空的两个愿望。他们都是孙悟空，两个都是真的，因为孙悟空的两个愿望都是真的。

所谓的真孙悟空，就是还对唐僧心存善念的孙悟空，他一开始是对唐僧存有恶意的；所谓的假孙悟空，就是恨唐僧的孙悟空，他一开始是试图跟唐僧和好的。吴承恩写了好心和坏心都是怎么来的，坏心是怎么被焐热的，好心是怎么凉下来的。好心中本来有坏心，坏心中本来有好心，它们转变的那一刻，就是两个孙悟空分裂的那一刻。

由坏变好的那个孙悟空，一开始没好意思再回花果山，更不好意思去老龙王那里。他再去找师父，师父又念紧箍咒把他赶出来了。但是这一刻他并没有黑化，而是去了观音菩萨那里。观音菩萨象征着比龙宫和花果山更深的本心。他跟菩萨说了自己对唐僧的恨，菩萨劝解他，说你也有过错。孙悟空开始软下来了，说就算我有错，也不该把我撵出来。这是他真正委屈的地方。他让菩萨把紧箍咒褪下来。褪下来，意思就是跟唐僧决裂了，不再受肉体的约束了。菩萨像离婚登记处的工作人员谎称打印机没纸一样，骗孙悟空说这个紧箍咒褪不下来。劝他说，你要是没消气，就在我这里多住几天。

孙悟空在菩萨这里住了几天，气就慢慢消了。这就是坏心变好了。很多时候，坏心是可以自己变好的。

由好变坏的那个孙悟空，也是去找师父，师父也是不理他。他就从此黑化了。

看师父，是好孙悟空和坏孙悟空分裂的节点。

从唐僧的视角看，这是刚才那个孙悟空又回来了——某种程度上，这也确实是刚才那个孙悟空又回来了。唐僧想，这个人怎么这么烦啊，怎么又回来了？就又撵他走。所以，唐僧第三次撵孙悟空，一共还撵了三遍。撵了三遍，终于把孙悟空撵急了。

在这里，孙悟空的世界发生了分岔。在一条岔路上，孙悟空第二遍被唐僧撵走，就没有再回来，所以没有触发"第三遍被撵"的剧情，结果仇没有那么深，慢慢就释怀了。在另一条岔路上，孙悟空又回来了，所以触发了"第三遍被撵"的剧情，触发了他内心最深的仇恨。

这就告诉我们，如果你跟你尊敬的长辈生气了，就躲他远一点，不要老去找他。不去找他，仇就不会结那么深，将来还能和好，这才是真孝顺。你老去找他，不是对他好，而是在跟他结怨。儒家说，"小杖受，大杖走"，如果爸爸打你打得厉害了，你要远远跑开，才是孝顺。当然，也许儒家这个理论本身就包含着儿子对爸爸的怨气。

孙悟空第三次来，还说错了一句话。他好心给师父倒了一杯水，但是嘴上却不说好话，他说：“没有老孙，你连水也不能够哩。”还是在表现自己有用、唐僧无能，这就是坏孙悟空说的话了。如果你平时为亲近的人做事，嘴里却说出了这样的话，你心里就应该明白，你现在是坏孙悟空附体了，在对你亲爱的人发动攻击。而自己有用、师父无能，也符合骄傲的孙悟空的想法，这句话，也是他潜意识的声音。

唐僧受到了坏孙悟空的攻击，果然就发怒了。他说，我就是渴死，也不喝你的水。这句话太过分了，有多大仇，让你渴死也不喝一个人倒的水呢？但另一方面，这句话也是坏孙悟空的攻击引发的。于是，坏孙悟空又把刚才那句话升级了，说：“无我你去不得西天也！”这也是孙悟空内心深处真正的声音。唐僧也把他那句话升级了，说，去不得就去不得。气得孙悟空彻底黑化，拿棒子把唐僧打晕了，把他的包袱抢走了。

这就告诉我们，不要觉得下面的人会无限忠于你。像孙悟空对唐僧这么忠心，也会有一棒子把唐僧打晕的一天。

仇结到这份儿上，其实就没法化解了，这次有十个猪八戒来说好话也不管用了。坏孙悟空彻底走上了黑化之路，只等着最后被好孙悟空打死了。

坏孙悟空回到了花果山。有趣的是，他并没有在花果山躺平当山大王，而是幻化出了一个唐僧，还幻化出了八戒、沙僧、白龙马，加上从唐僧那里拿到的文件，他就可以自己上西天取经了。

孙悟空幻化出了一个唐僧，这是什么意思呢？

如果不考虑法术，就用最现实的法子，那孙悟空离开唐僧以后，有没有可能幻化出一个唐僧呢？太能了！以孙悟空的本事，随便找一个老和尚跟他说："我要保你去西天取经！"不能说所有老和尚都会答应，但是准有老和尚会答应。那么这个老和尚就是孙悟空幻化出的唐僧。八戒、沙僧、白龙马，都可以用这样的方式很轻松地找到。只要孙悟空还在，围绕着孙悟空，重建一个取经团队，并不是难事。

从象征的角度说，这里说的就是"心若在，梦就在"。只要你还有那个取经的心，就算物质条件一时都没有了，再重新找到这些物质条件、继续取经，并不是难事。

孙悟空幻化出一个唐僧不难，但是唐僧要幻化出一个孙悟空就不可能了。他去随便找一个小和尚说："我要你保我去西天取经。"小和尚也会有答应的，但是没有能做到的。唐僧说"难道悟能悟净就不是人"，在现实中，他们还真"不是人"。悟能悟净都没法跟悟空比，更何况普通人呢？上次孙悟空能跟着唐僧，是菩萨帮了好大的忙。实际上，围绕着唐僧建立一个团队，基本上是不可能的。菩萨也找不到第二个孙悟空了。

心不在了，即使物质条件都在，事情也不可能成功了。

可能有人会问，这三个徒弟，不都是玄奘法师幻化出来的吗？唐僧怎么就不能再幻化出一个孙悟空呢？因为孙悟空就是玄奘法师的心。玄奘法师幻化，就是他的心在幻化，就是孙悟空在幻化。如果把孙悟空赶走了，一个没有了心的玄奘法师，就不再有幻化的本事了，也不再是那个玄奘法师了。谁有那个心，谁就会是取经成功的那个人，而不是非得哪个人才能取经成功。

既然孙悟空幻化出一个唐僧并不难，那么，现在的这个唐僧，会不会是孙悟空幻化出来的呢?

菩提祖师

我们小时候看电视剧《西游记》，都心心念念地替孙悟空怀念他的第一个师父，菩提祖师。《西游记》里的菩提祖师，《三国演义》里的貂蝉，堪称央视四大名著最动人的两处改编。这两处改编都是在女导演的指导下完成的，女儿对父亲的理解和同情，总是要细腻一点、深入一点，在她们的解读下，父子矛盾获得了救赎，转变为了父女柔情。

电视剧为菩提祖师加的一场戏，是孙悟空在五庄观闯了祸，那是他在取经路上第一次遇到困难，他跑去找菩提老祖寻求帮助。结果师父不见他，原来的讲经场也人去楼空。我们都替孙悟空难过，害怕自己有一天也被大人这样抛弃。这时候想起回去找菩提祖师，恐怕是一点女儿心思，傻小子都是一心向前冲，想不到这一层的。

真的，那么大一个菩提祖师，为什么后来再也没有露面了呢？天上地下，怎么好像谁都不知道他？这个问题，也引起了大家的种种猜测。

实际上，菩提祖师也是孙悟空自己的心。“斜月三星”就是一个“心”字，“灵台方寸”也是“心”的意思。孙悟空的一身本事，都是跟自己的心学的。菩提祖师其实也是孙悟空幻化出来的师父。

我有一个素未谋面的网友，去看心理医生的时候提到了我，心理医生跟她说，我是她幻想出来的。我听说了就觉得好笑，我一个大活人，怎么可能是别人幻想出来的？这心理医生不行。后来我突然明白了心理医生的意思——这个网友心目中的我，并不是真实的我。

岂止是网友，我们在看偶像、师长的时候，也是有滤镜的。我们眼中的偶像、师长，也不是他们真实的样子，而是我们理想的样子。他们也都是我们幻化出来的，而我们幻化出来的他们，跟他们本人无关。我们从师长身上看到好的东西，向他们学习，让自己变得更好，但其实我们看到的，是我们自己愿意看到的，是我们觉得好的。如果我们自己不觉得这样好，师长这样做了我们也看不到；有时候师长的本意不是这个，但我们觉得这样好，就把他往这个方向去想。所以，我们一点一点地变好，也是跟自己的心学的。

从象征意义上说，菩提祖师后来再也没有出现过，是因为孙悟空长大了，不需要再向自己的心学本事了，要到大千世界中去寻找自己的心了。

既然菩提祖师是幻化的，新唐僧也是幻化的，那么，一路跟孙悟空走来的唐僧，难道就不是孙悟空幻化的吗？

唐僧是把孙悟空从五指山下解放出来的人。解铃还须系铃人，能解放一个人的，只有他自己的心。唐僧也是孙悟空的心。

从唐僧的视角来看，孙悟空代表他的心，一个筋斗十万八千里，想去哪儿就去哪儿。从孙悟空的视角，唐僧也代表他的心，管束着他，不能想干什么就干什么。所以，虽然唐僧什么都做不了，但孙悟空还是要小心地呵护着这颗心。

既然都是孙悟空的心，那么菩提祖师跟唐僧有什么关系吗？

我一直替孙悟空特别委屈，他原来的师父本事那么大，突然就换了这么一个什么都不会的师父，还得恭恭敬敬地服侍他。唐僧什么都教不了孙悟空，怎么配做他的师父呢？孙悟空这么有本事的人，能死心塌地跟着他吗？

但是，有没有可能，唐僧就是菩提祖师？

首先，唐僧和菩提祖师从来没有同时出现过。自从唐僧出来，甚至在唐僧出来之前很久，天上地下就再也没有一个菩提祖师了。

唐僧是“十世修行的好人”，他从金蝉子被贬下凡，已经转世了十次。前九世也都去取经了，都在流沙河被沙和尚吃了。或许，菩提祖师就是唐僧的一个前世？

你可能会说：“菩提祖师是个道士啊，怎么会去取佛经呢？”但是其实，菩提祖师给孙悟空他们上课的时候，吴承恩是这么形容的：

“天花乱坠，地涌金莲。妙演三乘教，精微万法全。”

这些都是佛教用语，特别是点出了，讲的内容就是“三乘教”。这其实是一个佛教登坛说法的场面。让孙悟空听得会心、手舞足蹈的，是佛法的精义。后面菩提祖师确实列举了各种杂学，以及道教的种种方术，但孙悟空都说不学。那么菩提祖师半夜三更教给孙悟空的，可能是更高深的佛法。“七十二变”不是真的方术，而是超脱于名相的道理。孙悟空跟菩提祖师学到的，其实是万物的现象与本心并没有必然的联系，这样他就可以千变万化，幻化出大千世界了。

读《西游记》，千万不要执着于这个是佛、那个是道，天下的道理无非都是那么多。菩提祖师是个修行人，是金蝉子的一世化身，对大道有很深的理解，只不过他这时候还没有取得真经。在孙悟空离开之后的某一刻，可能他就踏上了取经的征程，但没有成功，葬身于流沙河。

金蝉子不屈不挠，一次次地转世归来，终于在第十世成了唐僧。这一世，他对大道的领悟力仍然非同一般，但没有修炼出任何法力。他再一次地踏上了取经之路。

孙悟空并没有进入轮回，没有失去跟菩提祖师的记忆，所以他在五指山下的时候，实际上一眼就认出了，来的人就是他的师父。他一看到唐僧就心生欢喜，绝对信任，并不完全是因为菩萨跟他打过招呼了。虽然眼前的师父法力尽失，但孙悟空是甘愿使出自己的一身本事，护送他去西天的。孙悟空不离开唐僧，也许是紧箍咒的功劳；但他平日里对师父尽心尽力的服侍，却不是紧箍咒可以解释的。所以，孙悟空会心甘情愿地承认，唐僧就是他的师父，再也不提菩提祖师的事了。在原著中，孙悟空再苦再难，也从来没有想过菩提祖师，因为他知道他的师父就在他的身边。

作为仙界的熟面孔，孙悟空是懂规矩的，他有“天机不可泄露”的思维习惯。他在认出了师父之后，没有点破，生怕因此再次失去师父。他不确定，这个已经转世为肉体凡胎的师父，还记得他吗。多半是不会记得的。但孙悟空的心里，一定还存着渺茫的希望吧。希望这个光怪陆离的神仙世界里有神迹出现，他的师父因为某种机缘，也是记得他的，只是忌惮天条，也没有说破。这一路上，孙悟空一定也是想了各种办法试探的。

而最能证明师父不记得他了的，莫过于师父撵他走，所以，唐僧这个行为，是很伤孙悟空的心的。

孙悟空离开唐僧没有什么不能过活的，只有唐僧需要孙悟空的地方，没有孙悟空需要唐僧的地方。甚至连紧箍咒，似乎也不构成威慑。唐僧从来没有在孙悟空不在眼前的时候使用过紧箍咒，唐僧遭了难，也是麻烦猪八戒千里迢迢地去请孙悟空，而不是念个咒给他通个信。当然，唐僧会说是自己爱面子。但是，爱面子爱得这么坚决，必有物理上的缘故。我有理由怀疑，紧箍咒起作用的范围，不超过我们家的 Wi-Fi。孙悟空其实也是知道这一点的。他几次被贬，要求菩萨帮他去掉紧箍咒，说是怕唐僧在万里之外给他念咒，这只是一个托词。他的真实意思是，要从此跟唐僧恩断义绝。当然，菩萨不能让他恩断义绝，一定会留着这个箍，作为回旋的余地。

唐僧要撵孙悟空，孙悟空就会想，既然师父已经不记得我了，那我又是何必呢？所以一赌气就走了。但是在离开师父的日子里，他或许又会生出幻想：师父撵我，倒也不能说明他忘了我了，毕竟一开始在灵台方寸山，他也撵我走了呢。

唐僧大概是真的不记得孙悟空了，但也许，一些残存的缘分，让他见到这只猴子就有好感。而他的慈悲心性，也会让他善待孙悟空。这一切美好的体验，也会让孙悟空心生幻想。

孙悟空也知道这些幻想是虚无缥缈的，但即使师父不记得他了，又怎么样呢？难道他就不保取经僧了吗？孙悟空知道自己本事大，知道自己有责任保护去西天取经的人，他不会放弃这个责任，这是一种中国人的担当。只不过，如果这个人是他的师父，如果他幻想着师父还记得他，会让这趟艰险的旅程美好一些。其实，换一个老和尚，他仍然可以幻想这就是他的师父。

当然，小说里写两个孙悟空打架，是保原来的唐僧那个胜了。一般在小说里，都得写“正义”战胜了“邪恶”。何况，《西游记》到这里还没大结局，要是给读者感觉半路换了唐僧，而且半路换了孙悟空，总不像回事。但是其实，无论哪个孙悟空打赢，他都会作为真正的孙悟空活下去，被打死的孙悟空就成为六耳猕猴。胜利的那个孙悟空保的唐僧，也会作为真正的唐僧，去西天取经，而没有人会想起另一个唐僧。这样，无论是哪个孙悟空打赢了，都会有人去西天取经，可以确保取经大业的完成。即使第一方案失败，实行其他方案照样可以成功，这也是一种“饱和式救援”。中国人喜欢搞这样的“饱和式救援”，做一件重要的事，一定会有多个方案，不会因为一个人的失败而导致整个计划进行不下去。

孙悟空有三个化身：孙悟空是他的自我，唐僧是他的超我，猪八戒是他的本我。而孙悟空又给自己幻化出了三个师父。那么，我们不妨再想一步，这三个师父，与他的三个化身有没有对应关系呢？或许，菩提祖师对应他的超我，令他仰慕、感激，永远在云天之上指引着他向上；最后幻化出来的这个“假唐僧”对应他的本我，是他最隐秘最阴暗的愿望，“我自己可以随便找一个唐僧，去西天取经”；故事里的“真唐僧”则是在超我和本我的拉扯中出现的，对应孙悟空的自我，是他在现实中真正要面对的师父。或者可以说，菩提祖师和“假唐僧”是真唐僧的两个方面，菩提祖师是能够指引孙悟空、管理孙悟空的唐僧，“假唐僧”是因孙悟空而存在、依赖孙悟空而生存的唐僧。

《西游记》当然不是一部打打闹闹的儿童剧，但也不是一部字字严肃的炼丹书。《西游记》是关于心的故事。心如何化生，又如何幻化出大千世界；心如何被束缚，又如何解放；心能到达的遥远的彼岸，以及与世俗肉身之间无奈的牵绊。取经之路，就是一条人生之路、心灵之路。带着这样的预期，我们可以回过头来，重新品味唐僧与孙悟空互相扶持而又互生怨怼的八十一难。

第四章

《封神演义》：中国人的灵魂谱系

我刚开始写《封神演义》这一章的时候，电影《封神》上映了。我疯狂喜欢这部电影，觉得它已经说了我想说的，以及我想不到的，所以曾经一度决定把这一章弃了。但我还是有三言两语想说，所以又把这一章捡起来，重新写。

我决定在这一章把电影《封神》的很多内容掺进来写。因为我觉得，这个电影已经足以加入武王伐纣这个宏大的神话叙事了。我们这个时代会这样讲这个故事，这个版本的武王伐纣会得到中国人这么热烈的共鸣，这有助于我们理解整个神话。

电影《封神》对原著的情节改动很大，夸张一点说，原著情节一点没有，但是人物设定全都突出了。我认为，这是最出色的改编。如果是在我四五岁初看《封神演义》小人书的时候接触这部电影，我会哭闹着说，“原著不是这样的”，显示我看过原著。我现在当然不会这样了。每一次改编，删去了什么，保留了什么，加入了什么，想说什么，都是有意义的。

《封神演义》是不怕魔改的，因为它本来就是魔改别人。武王伐纣，可以说是中华民族的古老神话了。在儒家的经典中，以及在同时代诸子百家的著作中，就能找到很多关于武王伐纣的叙述。这些老先生讲武王伐纣，当然不是讲这件事本身，而是充满了对武王、纣王和其他人物的评判，是为了传达自己的观念。这些经典的叙述，传诵了千百年，很多已经化为了中华民族的一种叙述模式。也许当时本来不是这样，但是后人用了自己更习惯的模式去理解；也许当时真是这样，但是后人在遇到其他事的时候，会把自己经历的事套到这个模板上去。所以，武王伐纣讲的是商周之际的事，但也是三千年来的事，它已经成了整个中华民族的一个神话。

《封神演义》在之前武王伐纣神话的基础上，又做了很多丰富，把它写成了一部神魔小说。里面的一些情节，是有点历史依据的，但是改动和新添的设定实在是不少。保有人设、重新设置情节，本来就是原著的精神。

《封神演义》为人们称道的一点是，它在老百姓心目中建立了一套完整的中国神魔体系。很多神仙叫什么、是干什么的，老百姓都是通过《封神演义》知道的，接受的也是《封神演义》的设定。这里面，哪些神仙一定要有，哪些神仙可以没有，谁和谁可以拉到一起、算成一组，都反映了中国老百姓一定的心理预期。中国人的梦里会出现谁、潜意识里有谁，我们都可以从《封神演义》中找到很多答案。从这个意义上说，《封神演义》也可以算作中华民族的心理人格谱系，确实是一部中华文化的“封神榜”。

但是，《封神演义》也是一部不完善的小说。这部小说给人的印象就是乱、重复，光看见神魔斗来斗去的。过去我们创作理论比较粗糙的时候，就光会往思想上抽鞭子，说它思想境界不高。电影《封神》砍了很多人物，合并了很多人设，做了人物间的对应关系，看起来就清爽多了，这个思路是对的。《封神演义》不如四大名著，就吃亏在人物模糊上。

在武王伐纣的神话体系中，《封神演义》是非常重要的一环，但是它并非创始者，也不是完成者。《封神演义》的故事情节不是什么金科玉律，完全还有再创造的余地。重要的是，《封神演义》贡献的一些人物形象，是值得我们思考和再利用的。

姬昌、姬发、姜子牙，都是儒家的圣人。在《封神演义》以后，他们变成了可亲可感的小说人物。这说明，中国人其实是很有娱乐精神的。当代的影视作品，又不断对这些人物做着精彩的再创造。比如，1990 年版的电视剧《封神榜》就让一系列的主要人物从书里走出来了。又比如，现在的电影《封神》对姬发、殷郊等形象有非常出色的创造，让我们今天的人可以共情，可以把他们当成自己的朋友，从而愿意去了解他们，了解伴随着他们走过的三千年中国文化。我认为这样的做法是非常好的，是我们今天应该做的事。

据说，一个人认真看完的第一部长篇小说，奠定了他的人生的基调。那我妥妥地是《封神演义》。我看完《封神演义》的小人书，就去找来原著看了，还是繁体字版的。配合着当时上映的电视剧，也能凑合着食用。当时大人都问我，你能看懂吗？我说，就像我奶奶讲的故事，虽然不太懂，但是也能听下来。

我奶奶说话有很重的南方口音，我听不太懂，但是我喜欢听她讲鬼故事。因为知道她大致说什么，所以不懂的地方也可以猜出来。主要还是喜欢，所以有兴趣猜。即使并没有看懂，也没有关系，这个过程很享受。我看《封神演义》也是如此。

所以我建议家长们，不必非让小朋友看他能看懂的书，可以让他试着挑战你以为他看不懂的大部头，也不必逼问他："你看了这么半天，到底看了点什么?"即使看不懂，也会是很大的提高。比如我看《封神演义》，其中的一些表达，就成了我慌不择语时会选用的表达。但是关键是，这书要有趣，要有刺激的地方，能吸引小朋友。小朋友能不断在书里获得吸引他的东西，才能排除万难，坚持猜下去。有人为了让小朋友显得"厉害"，就给他推荐很有名的书，但是这些书不能不断给出刺激，小朋友就看不下去，这样的推荐就不合适。

《封神演义》适合小朋友读，首先就在于它不断给出新的刺激，一会儿来一个新的神仙，神仙用一个新的法宝。这些在大人看起来可能觉得没意思、重复，但是正好满足小朋友的需要。

我小时候沉迷《封神演义》，周围很多大人都劝我妈，别让孩子老看这个，净是封建迷信，对孩子影响不好。当然，我妈奉行兼容并包的教育理念，没听他们的。现在回头看看，确实不能不说，《封神演义》奠定了我人生的基调。我这个人的接受模式一直很神话，一直在追求奇异、刺激，对神奇的事包容度很高。

《封神演义》适合小孩子看，还有一个原因是，它里面的善恶特别分明。里面分成西岐和朝歌两个阵营，西岐是好的，朝歌是坏的。帮他们的神仙，也分成阐教和截教两个阵营，阐教一般是好的，帮西岐；截教一般是坏的，帮朝歌。小孩子不用费力气分辨。

后来我稍微长大一点了，就开始嫌弃这样的审美。我知道了现实生活中不会有一拨人全是好的、一拨人全是坏的，也知道了现实中不会有绝对的好人、绝对的坏人。我知道了什么都好的圣人是人为制造的，什么都不好的纣王也是人为制造的。我开始欣赏混沌的美，像《红楼梦》那样没有大善大恶的美。

但是随着我又长大了一点，我开始发现，现实也不完全是《红楼梦》那样没有大善大恶的。天地之间终究还是有大恶，也终究还是有大善。纣王是真实的，武王也是真实的。世界上还是有一些最简单的善、最简单的恶。就像《三体》里说的，再怎么说“物理学不存在了”，两个铁球还是会同时落地，这就说明物理学还是存在。

《封神演义》就是最初教给我“两个铁球同时落地”的书。它不让我思考这样是好还是不好，它就直接告诉我，这样的人是好人，这样的人是坏人。我现在回头看看，发现它说的是对的。而好人也有很多种，坏人也有很多种。那些看上去迂腐的人，终究还是对的；那些看上去也不坏的人，终究还是坏人。《封神演义》早就用西岐朝歌、阐教截教教给了我们，什么人是好人，什么人是坏人，只是不给我们讲道理。《封神演义》赋予了我分辨善恶的直觉，只是分辨善恶的道理，需要我在人生中慢慢地感悟。

所以，《封神演义》就是我最初的神话，用孩童能够理解的方式，向我展示了这个世界的框架。这个框架，积淀了先民看待大善大恶的智慧，也凝聚了明朝人的生存智慧。最新的《封神》电影，则用时代精神，把这个框架勾勒得更明晰了。在这里，我就用我现在的眼光，把这个框架充实、丰满起来。

姬姓、姜姓和子姓

《封神演义》首先是一个关于周朝建立的神话，也就是一个讲述中华民族建立的神话。

《封神演义》里有一个别扭的地方，就是西岐的丞相姓姜，朝歌的王后也姓姜，但是他们好像没有什么亲戚关系。这两位姜，在碰面的时候不会别扭吗？也许在今天不是问题，但在上古肯定是个问题。

你有没有想过，你的姓是从哪儿来的？

森林古猿刚从树上下来的时候，肯定是没有姓的。后来它们形成了一个一个种群，再文明一点，就成了一个一个部落，再往后，部落和部落之间交流越来越多了，就有了区别的必要。

有的少数民族朋友会告诉你，“我们民族是没有姓的”，或者“我们民族只有贵族才有姓”，“我们民族的姓不重要”。汉族朋友一开始听到会惊诧，然后牢牢记住了“某某民族没有姓”的知识。但是看得多了，就会发现，藏族也没有姓，满族也没有姓，天南海北的好多民族都没有姓。

其实想想，这是多么自然的一件事，因为森林古猿刚从树上下来的时候，都是没有姓的。有姓才是奇怪的事。

自然状态的人是没有姓的，后来人开始需要标记谁是谁家的孩子了，才有了姓。那么，是什么样的人，最先需要标记自己是谁家的孩子呢？是刚刚出现的贵族。而没有财产也没有名誉要继承的人，就不太看重姓氏。所以，每个民族在“所有人都没有姓”的阶段之后，会出现一个“只有少数人有姓”的阶段。

启功先生说，他不姓爱新觉罗，不存在“爱新觉罗·启功”这个人。他说“爱新觉罗”是部落名，就相当于小区名。我觉得，把部落名说成小区名有点过了，说成单位名比较合适。我们今天对小区没有什么归属感，但是对单位是有归属感的。我在北大中文系工作，就会对外宣称，我是“北大中文系张一南”，或者“北大张一南”。我会不会把单位名字放在自己的名字前面呢？当然是会的，而且还是比较固定的。但是“北大”不是我的姓，因为它可以换。等到国图工作了，我就自称“国图张一南”了。我对同样自称“北大”或者“国图”的人，也是有认同感的，但是这个认同跟姓氏还是不一样的。

其实，也不必说部落名就不是姓氏，因为部落名终究会演化成姓氏。所以早期的姓氏，总还会带着部落名的特征。早期的姓氏，基本上是从部落名或者地名演化而来的。比如说春秋战国之际，同样一个人，在卫国的时候，就叫卫鞅，跑到秦国去，得到了商这个地方的封地，就变成商鞅了。这个“姓”，其实还有部落名的意思，可以换，同一个姓的也不一定是近亲戚。

还有一个说法：男子的姓不重要，女子才称姓。这个说法乍听起来很女权，好像有随母姓的意思。但是不要对这个抱有太高的幻想。仔细想想，什么叫女子称姓、男子不称姓呢？这个现象在之后几千年的中国其实一直存在，而且是从夫居的产物。就是在一个家族中，所有的男人都是一个姓的，而他们的妻子都是嫁过来的，有不同的姓。出于区别原则，男的不用姓来称呼，女的用姓来称呼。

比如在《红楼梦》里的贾府，所有男的都姓贾，如果叫“贾老爷”“贾少爷”，会站起来一片人。所以你就必须叫“政老爷”“琏二爷”“宝二爷”，叫名字才能分清谁是谁。而夫人们都不同姓，所以用她们的姓氏就可以区分，你叫“邢夫人”“王夫人”绝对不会弄错。而她们在贾家的时候，一定是称呼娘家的姓，如果叫“贾夫人”，就又分不清谁是谁了。至于她们自己的名字，则很少有人知道，因为她们是谁不重要，重要的是她们是从谁家嫁过来联姻的。

这些夫人的姓，当然是她们父亲的姓，而不可能是从母亲那里继承来的。那些老爷少爷在自己家里不称姓，也不说明他们不知道自己姓什么，他们的姓是会传给他们的儿子，也传给他们的女儿的。

所以，女子称姓，并不是一件女权的事。不过，这也说明，中国的女性，自古以来就是保有自己娘家姓氏的，不会因为结婚就改姓丈夫的姓。

但是，贵族的家族，是会繁衍壮大的。比如《红楼梦》里的贾府，基本还是一个核心家庭的状态，所以老少爷们儿在家里，只要称名字就可以了。如果这个家族继续壮大，最初的兄弟几人，每个人都有了三个儿子九个孙子，那就又会产生新的需要。大家需要知道，“你是哪一支的”？而随着家族的庞大，都称呼名字，也显得不那么方便了。很多时候，我更想知道“你是哪一支的”，而非你的名字。

于是，又出现了“氏”这个存在。所谓的“氏”，就是标记“你是哪一支的”。在《红楼梦》中，人们需要区分这些姓贾的男性，是荣国府的还是宁国府的，会称“东府的珍大爷”“西府的琏二爷”，这个“东府”和“西府”，就相当于“氏”。贾芸是比较远的亲戚，已经不在两府里了，就称“廊下的芸哥儿”。这个“廊下”，也等于是“氏”。在贾府里，称呼爷们的姓没有意义，但是称呼爷们的氏就有意义了。而夫人们因为用她们自己的姓区别开了，就不必再称氏了。这就是为什么有个说法，男子称氏，女子称姓。

时间长了，不同的分支各自壮大，彼此之间越来越疏远，各房头的“氏”就可能各自独立出来，不同的“氏”之间不太能感觉到彼此是一家人了。在比较原始的上古时代，这些“氏”就会成为新的家族标志，行使原来“姓”的功能。我们今天认为的“姓”，在上古的概念里其实是“氏”。我们今天的不同的姓，就是上古的不同的氏，可能是来自同一个真正的姓的。比如吕姓和谢姓，就本来是吕氏和谢氏，大家原来都是姜姓，三千年前是一家。

因为封建社会女性的名字不重要，只有姓才重要，所以到新中国成立登记户口的时候，会出现很多有姓没名的女性公民。为了给她们上户口，就只好把她们丈夫的姓和娘家的姓叠加在一起，称为“某某氏”。比如我要是没有名字，就只好写成“王张氏”。这个叫法的完整版其实应该是“王门张氏”，意思是老王家家门里的那个姓张的，“张氏”的意思就是“姓张的”，这个叫法本来没有任何性别色彩。如果是某个姓王的先生家有个姓张的入室弟子，其实也可以叫“王门张氏”。只不过，因为读书的男人一般都有名字，他们不会这样被称呼罢了，事实上女的更容易被称为“某某氏”。

这个叫法当然不是新中国发明的，而是从明清时候就存在。但实际上，在新中国以前，这个叫法并不会被广泛使用。那时候的女性大门不出二门不迈，一辈子很少有场合会被正式称呼。她们一辈子都局限于丈夫的家里，有点身份的就叫“太太”“王夫人”，普通女人就是“赖大家的”“小黑子他妈”“二大娘”了。除非是惹上了官司，需要“抛头露面”，才会被叫一次“王张氏”，那是多数女性人生中并不会遭遇的厄运。

新中国成立初期被叫作“某某氏”的一代人，其实是唯一会被以尊重的口吻这样称呼的一代人。在她们之后的女性，都有自己的名字；在她们之前的女性，都不曾被当作一个人。

“氏”这个字并没有天然的女性色彩，只是表示“姓这个的人”。学术界有一种叫法，比如有一位学者叫“张老三”，如果一篇文章里要反复引用他的观点，总是提着“张老三”叫来叫去，好像不礼貌，所以再提到他的时候，就会说“张氏认为”，意思是“这位姓张的认为”。更夸张一点的，干脆就不说“张氏”，只说“氏”，“详见氏著《晚唐齐梁诗风研究》”，这样。我不赞成这种风气，半通不通的，我觉得一律叫“先生”就好。这里就没有这位学者是女性的意思，多数情况下，这位作者会是男性。

在只有少数人有姓的阶段，有姓的人都可以认为是贵族。有姓的人少，分支也少，与其他地区的交流也少。那么，在一个地区，或者一个文化下，同一个姓的人，都会是有点关系的。姜王后和姜子牙毫无关系的现象，是很难出现的。《封神演义》里既有姜子牙，又有姜王后，这说明他们来自两个时空，其中一个是不存在的，是《封神演义》造出来的。

《封神演义》造出来的是姜王后。

我们并不知道纣王的王后姓什么。反而是武王有个姜王后，因为姜子牙就是武王的老丈人。姬姓和姜姓不仅联合起来灭商了，而且在周朝建立之前就联姻了。

中国有许多创世神话，其中一个便是“炎黄子孙”。在“炎黄子孙”的神话里，炎帝和黄帝的部落联盟了，通婚了，繁衍出了我们。黄帝的部落姓姬，炎帝的部落姓姜。

那么，你觉不觉得太巧了呢？建立周朝的夫妻俩，正好一个姓姬，一个姓姜，一个是黄帝后人，一个是炎帝后人。难道他们真的是真命天子、天作之合？

有没有可能，炎黄神话就是周朝人讲给后人听的呢？他们说我们的天子就是黄帝的后人，我们的王后就是炎帝的后人，我们的姻缘几千年前就注定了。接着，天子姓姬，黄帝自然就姓姬了；王后姓姜，炎帝自然就姓姜了。就像后来的汉朝，天子姓刘，天就姓刘了。

黄帝和炎帝是看不见摸不着的，而看得见摸得着的，是建立周朝的姬和姜，他们是我们的祖先。

姬发成为周天子后，就把姬姓和姜姓的子弟分封到各个诸侯国。日久天长，姬姓和姜姓太多了，在各个诸侯国都繁衍出了新的分支，就出现了取氏的问题。也就是说，大家要给自己取新的姓，最常见的就是用所在国的名字取姓。

比如，原来的姬姓分出来的姓氏，《百家姓》里的“周吴郑王”，就都是从姬姓分化出来的。据说，王就是武王的后人，周就是周公的后人，吴就是他们逃到吴地的大爷的后人。郑呢，则是分封到郑国的姬姓国君的后人。原来的姜姓分出来的姓氏，最典型的有吕、尚、崔、谢、申、许等。吕、尚是姜子牙的直系后人，申公豹也是跟姜子牙一家的，《封神演义》的作者许仲琳也是姜氏。

现在也还有姓姬姓姜的，他们是没有分化的姬和姜，也就是觉得没必要取新的姓氏，倒也不说明是谁的嫡系。

当然，实际的问题要复杂得多，人在取姓的时候总归是很随意的。要想知道你的姓是怎么来的，还需要更仔细的分辨，以你们家人自己认为的为准。

商朝的王族则是姓“子”。周朝把商朝的王族也安置了，给了他们一些封地。子姓的后人，有的取了跟商朝国号有关的字做姓氏，比如殷、商、汤等，也有用诸侯国名做姓氏的，比如萧、林、宋等。据说，林姓就是比干的后裔。

除了商朝的王族，周朝给尧舜禹的后人也都分封了，他们后来也各自取姓，不过这个话题离《封神演义》就远了。

姬发下了一条伟大的命令，叫“同姓不婚”，这样，每一个姓氏都必须轮流跟不同的姓氏结婚。姓姬的不能再娶姓姬的，当然首选是娶姓姜的，但是也可以娶姓子的，以及别的姓。这么一来，就一下子促进了部落间的融合，大家都是你中有我、我中有你了。姓氏就没有太大的意义了，只需要留作一个笑谈。

因为这项制度，我们每个人，不管姓什么，血液里一定有姬姓的基因，也一定有姜姓的基因。哪怕你的祖先里有不是华夏人的，只要他们跟华夏通婚了，你也一定会带上姬姓和姜姓的血脉。

开创这个局面的，就是《封神演义》的第一主角，也是电影《封神》里那个意气风发的少年，他就是我们的祖先。

商朝的时候，子姓统治着中原，姬姓则生活在西岐，也就是今天的陕西、甘肃一带。在子姓的眼里，姬姓也不是“华夏正统”。有人听见这个，就会想象，姬姓是“游牧民族”，天天放羊、打猎。

即使是今天，中国也不是所有少数民族都是“游牧民族”，很多少数民族也是农耕民族。当时，西岐的姬姓，也是一个农耕民族，并且是以种地见长的。子姓耀武扬威的时候，他们就在偏远的西岐踏踏实实地种地。这种看起来不太炫酷的活动，成为后来他们做大事的经济基础。周朝看似突然崛起，但并非崛起得没道理。

姜姓也在这个地方，跟姬姓一起种地。可能姜姓除了种地，也放羊。很多人都说，姜姓和羌人有很大的关系。所谓羌人，就是介乎汉人和藏人之间的存在。那时候，还没有汉人，也无所谓藏人。总之，姜姓的老家也在西北。

所以，《封神演义》说姜王后家在东鲁，这在商朝是不可能的。姜姓在东鲁，是姜子牙被封到齐国以后的事。这里纣王是提前抢了姬家的姜王后。

除了商王朝和西岐，当时定然还有各种各样的部落。《封神演义》把这些部落都解释为“诸侯”，其实，“诸侯”的概念是周朝以后才有的。“诸侯”是天子分封的，而商朝未必有分封的能力，恐怕更多的还是各部落占山为王，是更原始的模式。这种模式，后来的人很难想象了，解释为“诸侯”，就更好理解一些，特别是让同样王爷遍地走的明朝人好理解一些。

西岐有一个相邻的部落，称为崇。崇是向着商朝，跟西岐作对的。西岐要反商，一定是先拿向着商的部落开刀。所以，《封神演义》把崇国的国君设定为比纣王低一级的反派，称为崇侯虎。电影《封神》把崇侯虎的儿子崇应彪写得很出彩，更加深了大家对这个崇国的印象。

南伯侯的领土，大致象征后来的楚国，也就是中国南方的广袤地区。当时北方开发比南方容易，所以北方的文明就比较密集，大家对北方的了解深刻，分区也就细。南方的大多数地方，在北方人的认知里还是蛮荒的所在，所以就把那么大的地方都归在一起，不再细分。

当你想要让你的读者了解一个纷繁复杂的群体的时候，就要归并、选代表，这是一种有效的写作方式。《封神演义》从“诸侯”中选出了四个代表，分别用东西南北加以标记，这是一种符合中国人思维的归并方式。电影《封神》也更强调了这四个代表。

西岐和崇国因为原来是邻国，所以不太好区分。《封神演义》给出的区分是，西岐仁义，而崇国像商纣一样不仁义。这是明朝人的理解。但是这样一来，崇国和商纣的区别又不清楚了，所以崇侯虎总是有点面目模糊。电影《封神》也进一步精确了崇国的定位。西岐和崇国的区别变为，西岐接受了农业文明，也就是当时的先进文明，而崇国不接受先进文明。这是我们这个时代给出的理解。这样，崇国和商纣的区别也就更清楚了，商纣的不仁义，是一种文明腐朽后的衰落；崇国的不仁义，则是一种还没有接受文明的野蛮。我喜欢这个改编。

周朝灭商以后，子姓成了遗民。原来身份高一点的，仍然能得到分封，身份低的小贵族，反而跟着吃挂落，可以想见过得比较困苦。据说这些小贵族都去做买卖了，所以后来管做买卖的人就叫“商人”，我估计他们是不是拿着家里传下来的值钱东西去卖了。商人遗民也会受到歧视和嘲笑。子姓被描述为一个不太聪明的状态，我想大概跟他们是旧贵族、守老礼有关系。

殷郊与哪吒

电影《封神》一上来，姬发就说："殷郊是我最好的朋友。"作为看过原著的，我当时心里"咯噔"一下，第一反应是，怎么还能这么搞？这魔改大了。

毕竟在原著里，姬发跟殷郊都没说过话。

但是我稍微一转念，就意识到："原来是想说这个！行！可以！我喜欢！"

《封神演义》讲的是弑父的故事，改朝换代的故事。姬发本来不是太子，最后却做了天子；殷郊本来是太子，最后却做不成天子。用他们做成一组相对的人物，有利于观众理解剧情，也有利于推进情节。把这两个人放在一起，让他们做最好的朋友，可以增加戏剧冲突。

当然，根据主题的不同，我们也可以在封神故事里选出别的人物来与姬发相对。主创选了殷郊，说明他们认为这一组矛盾是最重要的事。

姬发代表了一个上升的文明，殷郊代表了一个没落的文明。当旧的王朝覆灭，在某一刻，这两个文明总要相遇，这日月交辉的奇景，是普通人一生中很难见到的，是很有戏剧张力的。而当两个有血有肉的人背负着各自的文明相遇的时候，他们会如何相处呢?

明朝是一个唐型王朝，周朝是一个宋型王朝，[1] 我们不知道商朝是什么样的，但是照着明朝想象商朝，是很合理的。许仲琳生活在明朝末年，他已经能很真切地感觉到亡国的危机，大概能想象到明朝是怎么亡的。但是他毕竟没有真的见到明朝的灭亡，总有些想象会不准确。比如说，他就把殷郊的地位想得太低了。

在原著中，殷郊的地位比武王低很多。杀殷郊的时候武王求情，唯一的动机就是君臣大义，武王觉得对殷商王朝有愧疚。这是许仲琳能想象的全部了。事实上，武王是推翻商朝的人，更是取代商朝的人，周文明是商文明的继承者。周文明不是拔地而起，而是在商文明的基础上发展起来的，周武王一定是一个接受商文明程度很高的人，本身就是一个商朝的贵族。

兴周灭纣，是保存了文明，不是毁灭了文明，是为了保存文明才不得已而为之的。姬发对旧的文明一定有很深的理解，充满了留恋。当天下人把他奉为共主，当他开创的文明掩盖了前面的文明、成了后世文明的起点，他的内心深处，一定为那个被全盘

---

1 “唐型王朝”和“宋型王朝”是我对大型王朝进行分类的方法。“唐型王朝”包括商、汉、唐、明，开创性较强，君权较强，后期陷入分裂，亡于内部矛盾；“宋型王朝”包括周、晋、宋、清，取代唐型王朝而产生，继承性较强，贵族较强势，后期偏安，亡于外族入侵。同类王朝的演进历史多有可类比之处。

否定的旧文明，留下了很高的一个位置。

许仲琳没有见过王朝的灭亡，他对武王如何接纳一个旧的文明，想象是很有限的，他甚至可能都不会想到有这样的事。1990年版电视剧的设定就要比原著好一些，大概是编剧见得更多、想得更多一些。但是，比起现在的人，或者其他某些时代的人，还是不够大胆。他们想象，也许武王能接受的是前朝的女人吧。所以，电视剧安排武王娶了商朝老丞相商容的女儿，虚构出来的人物是商青君。商容是小说里创造出来的人物。商姓是子姓后来分化出来的一个分支，许仲琳给老丞相取名商容，暗示他也是殷商王族。事实上，武王的王后是姜姓，是姜子牙的女儿。许仲琳没有提到这一点，似乎没有考虑到姬姓的血脉和谁融合的问题。电视剧则想象，武王的王后是子姓。电影《封神》重点写了姬发和殷郊的友情，当然就更好了。姬姓和子姓的融合，是值得令人想象和期待的。

原著中，商容为了保护殷郊和他的弟弟殷洪，在纣王面前撞柱而亡。电影《封神》砍掉了商容这个角色，但是安排殷郊撞了柱子，或许也是在致敬商容。

历史上纣王有几个儿子，我们是没办法知道的。有明确历史记载的只有一个儿子叫武庚，武王建国后，分封武庚于殷，作为继承商朝的代表。后来武庚坚持叛乱，被杀了。这个武庚，就是《封神演义》中殷郊的原型。

站在武庚或者殷郊的角度，他确实是两难：是帮自己的亲爹，帮自己从小依赖的血亲王朝，还是帮仁义之师，帮注定会胜利、代表了文明的一方？他一定会有很多挣扎、痛苦，会做很多前后矛盾、反复无常的事。大乱世下，这是一个值得聚焦的人物。

《封神演义》中没有武庚，殷郊还有个弟弟殷洪。这本来是个很好的设定，可以把一个人分成两面，代表两种选择。遗憾的是,《封神演义》没有用好这个设定，还是简单地让这兄弟俩都走了武庚的老路，就显得人设重复。1990 版《封神榜》改变了殷洪的人设，把这两个人分开了，让殷洪坚持帮助西岐而死，这也是一个不错的改编。

电影《封神》干脆又把殷洪去掉了，而利用殷郊法身是三头六臂的这个梗，来表现他的矛盾心理。这在审美上更进步，也符合现代人的理解。

在《封神演义》里，还有一个令人不能忘怀的人物，哪吒。哪吒剔骨还父的故事，是我们每个中国人内心过不去的一个结。每当感受到原生家庭的压抑，我们就会想，还不如像哪吒一样，剔骨还父算了。

哪吒剔骨还父的故事，本来不是中国故事。中国讲究的是“身体发肤受之父母不敢毁伤”，把这个作为“孝之始也”，把保护自己身体的本能和尽孝道的道德理想联系在一起。当我们要用身体去做什么事的时候，我们就需要想，这个身体是父母给的，不能浪费了。但是，当不够慈爱的父母把“孝”片面理解为子女对父母的绝对服从，要求子女完成他们不合理的指令的时候，他们就会要挟说，“你的这条命都是我给的”。这就给人造成了压力。

所以，当剔骨还父的故事传入中国的时候，中国人仿佛找到了一个情绪的出口。剔骨还父本来是一个佛教故事。在本来的故事里，哪吒是一位出家修行的王子，据说，他在登坛说法的时候，有当场割下来一块肉还给母亲、割下来一块骨头还给父亲的壮举。按照佛教的教义，这个故事主要是说，人的身体就是一个幻象。当然，这样一来，附加在人身上的荣华富贵、伦理亲情也都成了幻象了。这些西方的出家人为了加深听众的印象，使用的这个教学方法，也够恐怖血腥的，很有当时中国人心目中异域宗教的意味。

可能哪吒太子自己都不会知道，他的这个表演，多么击中中国人的心事。中国人一直是把自己的血肉与父母的恩情捆绑在一起不得解脱的，这时候突然来一个外国和尚，告诉你，还有这样的操作，大不了连血肉也可以不要。虽然极少有人真会这么干，但是大家心里都得琢磨一下，都不会忘掉这个外国和尚。

这个剔骨还父的哪吒太子，其实是个大人，是一位得道高僧，他在中国神话里变成后来的小哪吒，是和另外几个形象重合了。一个是佛教的莲花童子。如果你把骨肉都还给了父母，谁来做你的父母呢？谁带你来到这个世界呢？佛教就想象了一个嘴硬的办法：我可以从莲花中生出来，让莲花做我的父母。当然，现实世界中没有人从莲花中生出来，这是极乐净土才会有的待遇。所以，有很多佛教图画反映这个景象：一个小孩子坐在才开的莲花里，代表他刚刚降生于净土；或者蜷缩在莲花未开的花苞里，等待着降生于净土。哪吒太子本来不是莲花童子，但是将剔骨还父的人和以莲花为父母的人联系起来，也是合理的。这样，哪吒太子就往生极乐，变成了一个小孩子。

莲花童子既然没有父母，也就没有了俗世的羁绊。《封神演义》写，哪吒没有三魂七魄，不在轮回中，遇到叫魂的法术，是叫不着他的。较真起来，哪吒不是没有三魂七魄，只是没有血肉，太乙真人把他的三魂七魄（至少是三魂）放在莲花里，再造出了他。所以按说叫魂对他是有效的。但是这里就是在表现人们的一种向往，再也不受拘束。

其实，不能忽视的是，中国的哪吒，身上还有一层身份，就是“婴鬼”。

“婴鬼”就是婴儿或者年纪很小的孩子夭折后成为的鬼，“婴鬼”这个概念，至少西汉的时候就有了。人们本能地会觉得，小孩子变成的鬼魂，会格外凶。大概是因为大家觉得，他们没有享受到人生，所以会格外遗憾；也觉得大人们抛弃了他们，对他们格外愧疚。

中国哪吒的战斗力很强，就是因为他是一个婴鬼。有时候，某个熊孩子的破坏力太强，我们也会说他是个“小哪吒”。“小哪吒”是很难哄好的。哪吒被封为“三坛海会大神”，这个封号即使听不懂，也显得很厉害的样子，这就表达了中国人对很能闹的小孩子的敬畏。

《封神演义》里的哪吒故事，已经比较完整了。中国人在这个故事里更多地不是敬畏能闹的小孩子，而是代入了哪吒，这个故事承载了中国人对原生家庭的种种不满。

哪吒一生下来，就被父亲当成妖孽、祸害，只有母亲出于生物本能，对他有更多的怜爱。现实中的父子关系，往往并没有儒家理想的那样温情脉脉。一个少年，没有经过十月怀胎，突然就成了一个父亲，肩负起种种责任。这时候他看这个孩子，就是一个怪物，一个祸害。父亲对孩子，是可能有这种攻击性的情绪的。

还好，哪吒马上获得了一个逃处，就是师父，太乙真人。师父不把他当妖孽，认为他有成仙的根骨。师父比他的父亲更像是他的父亲。《封神演义》里的人都有师父，师父成了好父亲的形象，成了父子矛盾的避难所。

在哪吒剔骨还父之后，他的灵魂第一反应是去求助师父。师父帮他想了办法，再造了身体。直接把莲花当成父母，毕竟过于抽象，很多时候，你打起架来，莲花不好帮你的忙。所以中国人就改良了一下，说那个把莲花做成你的身子的人是你的父母。虽然你把骨肉还给了父母，但总有人会再赋予你一切，甚至生命。

哪吒在成为莲花童子之后，本来可以跟父亲相忘于江湖，依靠着师父，好好过日子。但是，他的父亲还不放过他。

哪吒给母亲托梦，让母亲在翠屏山给他修座庙，让他的灵魂能接受香火供奉。这是一个有点感人的情节，哪吒死了也忘不了母子深情，也要眷恋人间。但还原到故事原型，这是一个典型的婴鬼信仰。人们对夭折的小孩子心怀愧疚，或者不舍，再或者怕他捣乱，就把他当神供奉起来。

但是，哪吒的父亲李靖听说了，竟然要毁去哪吒的庙。他对儿子的仇恨，真是骨子里的。

当然，现实中，李靖这么做也有他的道理。因为祭祀哪吒这样的婴鬼，属于“淫祀”，是不为儒家礼法所容的。中国历代的地方长官，都负有破除“淫祀”的义务。李靖作为一方总兵，当然也要以身作则，尤其是这个婴鬼还是他的儿子。

这就好像，你跟父亲闹掰了，但是不打算再跟他理论了，拿着你的大学文凭远走高飞，跟母亲借了一点钱，在他乡买了一所小房子，打算过自己的安生日子，结果你父亲千里迢迢赶来捣乱，毁了你的房子，还闹到你单位去。你并不有求于他，但是他连你凭自己的能力过好自己的生活都不允许。这样的父亲，是多么讨厌！

所以，哪吒恨得拿着火尖枪就追李靖。这就是婴鬼作祟了。

之前有一个电影，讲哪吒跟李靖和解了，说李靖把哪吒养这么大也不容易，因为哪吒这样的小孩，确实也从小不让人省心，李靖夫妇让他活下来，已经付出了很多包容和爱心了。当时像我这么大的人，看这个电影都看得泪流满面。因为那段时间，我们这些人都过得比较好，纷纷都在翠屏山买了房，打算跟父母和解了，所以很容易想起父母的好来。后来，大家好像就不太提这个电影了，因为和解并没有那么容易。只有剔骨还父的哪吒还是永恒的。

哪吒的故事很感人，但是说了这么多，这个故事为什么会在

《封神演义》里呢？这跟兴周灭纣的主题有什么关系呢？

因为兴周灭纣就是一场盛大的“弑父”。

纣王就是天下人共同的父亲，姬发“吊民伐罪”，就是代表天下人弑父。在这场弑父之战中，没有一个人是容易的。他们很多人失去了生命，与邪恶的旧王朝同归于尽了，这就是真正的“剔骨还父”，埋葬了旧王朝，自己也牺牲了。活下来的人，也势必要失去很多，失去亲人、挚友，失去曾经的光荣、信仰，他们经历了精神上的死而复生，他们的一部分灵魂，也还给了精神上的父亲，给旧的王朝陪葬了。

哪吒的故事，就是兴周灭纣的缩影。

按中国传统的说法就是，哪吒父子的事见出父子伦常已经不存了，由此见出殷商的君臣伦常也不存了。

在每个投奔西岐的人身上，都可以看到一场剔骨还父。

所以，电影《封神》把电影的主题提炼为弑父，是符合原著精神的。把中国人都在期待的哪吒的戏份，全都移到殷郊身上，也是一个不错的巧思。殷郊是最应该弑父的人，但是在原著中弑父的戏份显得单薄，这样的移植，也是对原著的一个很好的梳理。至于哪吒和殷郊的法身都是三头六臂，则应该是一个巧合。

武庚叛乱平息后，周朝把殷商遗民微子分封在宋国。宋国是大诸侯国，是公国，跟姜子牙的后代一个待遇。可见周朝对愿意降服的殷商贵族，是很厚道的。

《诗经·小雅》中，有一首《白驹》：

皎皎白驹，食我场苗。絷之维之，以永今朝。所谓伊人，于焉逍遥？

皎皎白驹，食我场藿。絷之维之，以永今夕。所谓伊人，于焉嘉客？

皎皎白驹，贲然来思。尔公尔侯，逸豫无期。慎尔优游，勉尔遁思。

皎皎白驹，在彼空谷。生刍一束，其人如玉。毋金玉尔音，而有遐心。

这首诗，据说是武王在宴会上挽留殷商的旧贵族的说辞。因为白色是殷商崇尚的颜色，骑白马来的人，就是殷商的人。

洁白的小马啊，来到我的庭院中吃嫩草。我要把它拴住，让今天永远不过去。那个人啊，就在这里逍遥吧。

洁白的小马啊，来到我的庭院中吃高草。我要把它拴住，让今天永远不过去。那个人啊，就在这里做客吧。

洁白的小马啊，一下子就跑过来了。你是做公做侯的人，现在逍遥自在了吧。不要再玩乐了，不要再离开我了。

洁白的小马啊，终于跑到空空的山谷里去了。我给它献上一束青草，马上的人完美得像玉一样。不要吝惜给我来信啊，不要有疏远我的心。

诗写得款款深情，见出武王对殷商旧贵族的真情厚谊。

善待前朝贵族，也成为中国改朝换代时的传统。

纣王与妲己

《封神演义》中的父亲和母亲形象，就是纣王和妲己。纣王是父亲形象的极致，是所有人的父亲，也是推翻的对象。妲己其实不是母亲的形象，只是暴君父亲形象的延伸，是假的母亲。

《封神演义》一个很进步的地方，就是对暴君的彻底厌弃，支持人们推翻暴君。实际上，这也一直是中国文化的传统。

辛亥革命结束帝制后，难免有一部分转不过弯来的中国人，还不适应，还想要皇帝，或者类似的存在。就因为这个，总有人喜欢说："中国人就是不能没有皇帝。"这话说得不公平。全世界的资产阶级革命，不是非要抛弃皇帝不可的，英国、日本都至今还保留着皇帝，但是中国人，那时候干干脆脆地抛弃了皇帝，后来再也没有人复辟成功过。说这样的一群人不能没有皇帝，实在是太说不通了。抛弃皇帝，是中国人民的选择，也是当时中国士人的选择，中国文化的选择。

在还没有真正的皇帝的时候，孟子已经提出了"民贵君轻"的振聋发聩的观点。孟子说，人民比社稷贵重，社稷比君主贵重。这就意味着，如果需要，君主是可以被抛弃的。两千年的儒家，一直讲着民贵君轻，一直讲着武王伐纣。虽然，这两千年的皇帝也经常有不讲理的时候，但是他们总是要对士人做点什么妥协，才能在这个地方生存下去。在中国，没有人能“万世一系”地做皇帝，一个王朝腐朽了，出了昏君，就有人起来推翻这个王朝，建立新的王朝，这都是从武王伐纣开始定下的规矩。直到最后，有人告诉中国人，可以不要皇帝，中国人就果断选择了不要皇帝。在我看来，中国文化里从来就有不要皇帝的基因。

从《封神演义》对纣王的严厉谴责，就可以看出来，中国人是多么不喜欢皇帝，多么不喜欢暴君。

纣王后来被封为“天喜星”，专管人间快乐的事。这么坏的一个人，怎么会成为“天喜星”呢?一般的说法是，当你做什么都快乐的时候，就该像纣王一样完蛋了。我不喜欢这个解释，我认为快乐是无罪的。我想，纣王成为“天喜星”，是因为我们不可以尊敬他，他必须被消遣、被娱乐化。

中国人决定千秋万代地记住，暴君是不能要的。但是，如果我们板起脸来跟孩子说“暴君是不能要的”，这又好像是新的暴力，你在说这句话的时候本身又成了一个暴君。所以，我们要把暴君娱乐化，要调侃他，让孩子们永远对他尊敬不起来。对于其他我们决定否定的人也是一样，我们要娱乐化。娱乐比说教有用，而且不容易形成新的暴君。《封神演义》就是把纣王娱乐化了。这个智慧，也应该传下去。

纣王的形象，是一个坏的父亲，一个暴君，一个绝对坏的人。可以想见，周朝的时候，纣王作为前朝的君主，会被描述为最坏的人。孔子的弟子子贡就曾经说过："纣之不善，不如是之甚也。是以君子恶居下流，天下之恶皆归焉。"纣王也没有那么坏，只是大家把所有的坏都放在他身上了，所以君子不能待在这种让大家都骂的境地。我们今天说一个人很"下流"，指的就是这个"下流"，意思是道德的最低点，谁都可以骂。

按我的理解，子贡说这个话，没有"纣王不坏"的意思。只是纣王这个形象已经成了一个典型，骂他绝对没有错误，所以，每个人、每个时代的人认为什么样的人是坏人，就会怎样描述纣王。就好像武王的形象已经成了一个好的典型，夸他绝对没有错误，你认为什么样的人好，就可以怎样形容武王。

三千年前的纣王和武王，究竟是什么样的人，已经不重要了。重要的是，你关心的人，会怎样来形容纣王和武王。借着他们对纣王和武王的形容，后来者可以认清坏人和好人的特征。

纣王是一个绝对的反面形象，但不等于一个无逻辑的反面形象。之前我半大不大的时候，会把二者混淆起来，称之为"扁平人物"。按照我当时的看法，"扁平人物"是不够高级的，世界上不可能有这样纯坏的人。

后来我慢慢长大了，发现世界上也不见得没有这么坏的人。甚至，纣王作为一个中国坏爸爸，还很典型。

我嫌弃《封神演义》写纣王写得不好，就等于是对着一个明朝人说："你懂什么暴君！"其实明朝人要写一个暴君，真是太方便取材了。明朝最不缺的就是暴君，没有人比明朝人更懂暴君。《封神演义》是明朝人写的，所以写的根本不是商朝的事，而是明朝的事。明朝人就算是见不到皇上，有暴君在上头，上行下效，小环境的老大、家里的父亲，也难免会是暴君。纣王的荒唐，可能是有非常现实的原型的。我没见过，可是明朝人很熟悉。

我们设定纣王是最坏的人，意味着，在每一个选择上，他都会选择比较坏的那个。或者说，他的动机永远是坏的。我们不用考虑，这时候让他发一下慈悲，或者在考虑问题的时候为别人考虑一下。我们可以说："他是纣王啊，他这么做是可以理解的。"纣王是少有的可以极端坏的人物。

但是这不意味着，可以随便拿任何坏事放到他身上缝合一下。"暴君"二字，本身就是一个人设。他是君，意味着他已经掌握了最高的独裁权，不再受任何制约。君是暴君，意味着他的性格绝对强势，不用考虑他害怕谁、为谁考虑的可能性。在这样的设定下，我们来做思想实验，一个人在暴君的位置上，会成为什么样。

纣王非常坏，但他不是无逻辑的，他遵循的是一个暴君的逻辑。暴君首先也是一个君，他也是一个《三体》里的面壁者，他的初衷，也是跟罗辑或者姬昌是一样的，"我要让我的家人幸福"。只不过，在他身上发生了什么事，掺进了什么不好的东西，才让他从姬昌变成了殷纣。

纣王最大的特点是什么呢？郭德纲给他找的特点是，谁的话他都听，谁说的都是"对"的。郭德纲的这个直觉很好，纣王确实有这个特点，现实中的坏爹也确实经常有这个特点。

但是，谁的话都听，这不是从谏如流吗？这不是优点吗？为什么这个特点会把所有事搞砸呢？我们还需要挖得更深，纣王为什么谁的话都听呢？

我给纣王找的逻辑是，他是一个欲望大于理性的人。

什么是人性呢？总有人把人性等同于贪婪、自私、怯懦，又有一些人，不能容忍人身上有一丝动物性。在我看来，所谓人性，就是动物性和神性的混合体。动物性就是人与其他动物一样的地方，而人与其他动物都不一样的地方，我们可以叫它“神性”。所谓动物性，其实就是欲望；所谓神性，其实就是理性。人是被动物性和神性拉扯着的，也就是被欲望和理性拉扯着的。这种拉扯就是人性的本质。每个人在欲望和理性的拉扯中做出的选择都不一样，每个人身上动物性和神性的比例都不一样，所以人性就有了无数种表现。

有一句话，据说是柏拉图说的：“理性胜过欲望就是贵族，欲望胜过理性就是奴隶。”我不懂古希腊，不知道这句话在传到我耳朵里之前是什么样子，但我觉得这句话非常有道理。我想，这里的“贵族”和“奴隶”，大概就相当于我们说的“君子”和“小人”，是指一种人格。

乍看起来，这个“贵族”的标准好像有点不近人情。为了理性，居然要压制自己的欲望吗？意思是贵族就都得清心寡欲吗？那这个贵族不做也罢。

其实，所谓的理性，也不过是趋利避害，是一种更远的欲望。理性强的人，并不是徒劳地苦着自己，而只是看得远一点，能在看不见的地方趋利避害。理性弱的人，无非是只能在眼前趋利避害，不能在看不见的地方趋利避害，即使你告诉他远处是什么样的，他也不会真的相信。所谓抵御不住眼前的诱惑，就是并不真的相信远处是这样的。

经济学有一个基本假设：人都是理性的，都是趋利避害的。乍一听，这个基本假设太不基本了，我们在现实中见过太多不理性的人了。但是其实，我们评价一个人“不理性”的时候，是指他的选择不符合自己的长远利益，而在他做出决定的当下，一定有什么好处在诱惑着他，或者有什么坏处在吓唬着他。就好像一个人为了逃避一只老鼠，掉进了一个大火坑，看上去他没有成功地趋利避害，但实际上他在逃避老鼠的时候，是在趋利避害的。人都是趋利避害的，只是有的人不能正确地趋利避害。

还有一些有大智慧的人，比如伯邑考，可以为了别人的利益牺牲自己。伯邑考也不是不懂得趋利避害，而是看得更远。他把跟自己一样的人和自己看成一个整体，发现牺牲自己对这个整体是最合算的，不但合算，还可以获得某些非常的利益。他牺牲自己，是在为这个整体趋利避害。

所谓人都是理性的，是指，有的人会“宁可牺牲自己，也不出卖组织”，也有人会“与其牺牲自己，不如出卖组织”，但绝不会有人“宁可牺牲自己，也要出卖组织”“只顾牺牲自己，忘了出卖组织”。

纣王也不是没有理性的人，他也不是不想做一个好皇帝，只是他的欲望战胜了理性。而他之所以谁的话都听，是因为每一个说话的人都代表一种欲望的诱惑，而他的理性战胜不了任何欲望。

周围人的建议，并不代表理性，而只是代表欲望。每一个人劝你的话，都代表一种欲望。而最终做出这些决策，需要权衡这些欲望的轻重，由此做出的决策，才是理性。

殷家和姬家不同，他们对世界毫无顾忌，有的只是坐拥江山的信心。传的代数多了，已经忘了面壁者最初的样子。他们把满足一切欲望视为理所当然，所以，暴君总是和欲望联系在一起的。

一个男孩子，特别是一个要做皇帝的男孩子，总是被鼓励有很多的欲望，所以才被要求从谏如流。你能听从得多，才会拥有得多。但是，你不能什么都拥有，不能什么都听。听得太多，想要的太多，欲望就会战胜理性。皇帝断送江山，不是因为什么都不听，而是因为什么都听。而一个好皇帝，不仅要从谏如流，还需要从各方面的声音里，分析出每个人的欲望，从而做出最有利于自己的判断。什么都听不算什么，最后能做出正确的判断才是本事。

这就看出来，明朝人很会写暴君。如果是一个从未见过暴君的人，可能会想象，暴君就是像熊孩子一样，谁的话都不听。但是许仲琳写，纣王谁的话都听，不仅听奸臣的话，甚至也听忠臣的话，只是最终还是会听奸臣的话，因为奸臣的话更切中他内心阴暗的欲望。纣王可能一直以为，自己在兼听则明。

古代设计的帝王的冠冕，前面要有一排长长的珠串，挡住他的眼睛，意思是让他不要看；左右要有两根长长的带子，挡住他的耳朵，意思是让他不要听。乍看起来，这样的要求非常不好接受，一个明君，怎么能不看不听呢？那不是昏君吗？其实，就是昏君才什么都看、什么都听。我们不会比古人更懂皇帝。

纣王这个人，整个就是欲望的化身。在整个故事里，他总是有各种各样稀奇古怪的欲望，然后穷奢极欲。但是他是皇帝，他的地位应该是理性的化身。皇帝穷奢极欲，就把王朝推向了灭亡。这是《封神演义》的叙事，也是中国一般的叙事。

纣王欲望战胜理性的特点，从他朝拜女娲时候就表现出来了。

有人说，《封神演义》特别厌女，女娲这样的女神是可以带来灾难的，一切灾难都是女神降下来的。

可是看看纣王朝拜女娲时候的表现，他不应该被女神降下灾祸吗？

别说女娲是女神，你平白无故到一位女士的家里，突然起意，说我要把你娶回家，伺候我睡觉，这不值得人家抽你一顿大嘴巴子吗？抽你属于中华民族的公序良俗。这能叫女人给你降下灾难吗？这就是你自己给自己降下灾难，因为你没有管理好自己的欲望。带来灾难的不是女人，而是欲望。只不过，在男性写作的小说里，女人是欲望最直接的代表。

更别说，女娲还是神，在《封神演义》里，神性就等于理性。你看到女娲，看到的应该是理性，应该产生对上天的敬畏，但是纣王居然从神像身上都看到了欲望，这就说明，他的欲望严重超过了理性。女娲惩罚他，代表他因为欲望超过理性而受到了惩罚。

女娲其实是纣王欲望的第一个象征。但是她不能用亲自嫁给他的办法惩罚他，所以就派出了一个分身，妲己，代替自己去嫁给他，以达到惩罚他的目的。妲己是纣王欲望的第二个象征，也是最主要的象征。

一个人的配偶，代表了这个人的欲望。当然，配偶本人在自己的世界里有自己的生活，是一个完整的人。有的人的配偶很好，代表他的欲望也很干净，有的人的欲望就很难看了。配偶太多和配偶太差，都显得很难看。但如果能把难看的欲望限制在自己的私生活里，也没什么问题，就怕把难看的欲望拉到公共领域，跟事业搅在一起。

电影《封神》的幕后访谈里说妲己是纣王的欲望放大器，这是对的。但是也许更妥帖的说法是，妲己就是从纣王的心里生出来的，是他的欲望的化身。不只是妲己，纣王身边的每一个人，都是他一种欲望的化身。

电影《封神》用妲己代表了纣王的一切欲望，甚至让妲己帮助他夺取王位。但其实，妲己只能代表一种欲望。妲己代表什么欲望呢？被保护的欲望。

是的，强大如纣王，也有被保护的欲望。因为每个活人都有被保护的欲望。而且越是强势的大爹，这个愿望越无法实现，因为这个世界上已经没有人能保护他了。

纣王也想有个父亲疼爱他一下，也想有个哥哥帮他挡挡拳头，但是这都不可能了。纣王当上大爹之后，会抱怨自己的原生家庭，说自己的父亲不好、哥哥不好，但更现实的问题是，他们都不在了，都不能保护他了。这时候，他会把这种怨恨投射到童年时代，说自己从来没有受到过保护。纣王这样的人，是不会承认自己脆弱需要保护的，他只会说，我足够强大，所以没有父兄的保护，也长到这么大了。

被罩着的愿望不能实现了，就会变成另一种更隐晦的愿望，被托着的愿望。对于一个不被保护的人，如果你能接住他，安慰他的一切伤痛，肯定他的一切犹疑，那么你就会成为他最喜欢的人。如果你想抓住一个男人或女人的心，无论是获得他的爱情还是友情，都无非是两条路径，一个是在上面罩着他，一个是在下面托着他。在传统社会，一般默认是托着男人、罩着女人。当然，如果你能罩着男人、托着女人，更会收获意想不到的效果。

纣王是一个传统社会的男人，他强大到顶尖，就失去了让人罩着的可能性，只能让人托着。妲己实现了他的愿望，是实现了他让人托着的愿望，也就是为他舔舐伤口。纣王是一个欲望大于理性的人，妲己满足了他最大的欲望，也就掐死了他的理性。

除了这个根本的问题，武王列举的纣王罪状里，值得说的有两条：一个是听女人的话；一个是听新人的话。

乍看起来，这两条也都挺好的，算不上缺点，甚至应该是优点，显得纣王很讲平等。所以，怪不得有人会认为，纣王其实是好得不得了的人。但是，这两条确实是致命的缺点。对普通人来说不是缺点，但对帝王来说就是缺点了。道理很难跟小孩子讲清，因为离小孩子的生活经验太远了。所以，儒家的经典，以及《封神演义》，就恶狠狠地跟小孩子说："反正你就记住，这样的人是坏人，是特别坏的人，长大了遇见一定要躲开。"正是因为这样的人乍看起来是好人，才需要严正的告诫。

先说听女人的话。古时候的女人，不是现在的女学者、女强人，她们没有受过像样的教育，终身被关在家里。她们获得的地位，与她们的能力无关，而主要是依靠性缘关系，也就是取决于她们的男人是谁。她们的男人是谁，跟她们的血缘有一定关系，而更多的是更偶然的因素。这样的人，如果对她们的男人工作上的事发表意见，是很可怕的。古人说不要听女人的话，是指不要听非专业人士的话，不要听只跟专业人士有性缘关系的人的话。今天的女性，受到良好的教育，有自己的专业，但是也不好到丈夫的专业领域去指手画脚。至于女人在自己的专业领域发表意见，那是要听的，这时候，她们相当于古时候的男人。女人自己的专业领域，她们的丈夫当然也不好发表意见，这时候，丈夫就相当于古时候的女人。

像妲己这样的女人，又与好好过日子的女人不同，用流行的话说，她是一种"小妈"人格。现在批判小妈是一种流行的风气，但是我们在笑骂之余，又觉得有点不安。对于一种我们不喜欢但不犯法的人格，这样是不是有点太刻薄了？万一她们也有真爱，也有自己优秀的地方，怎么办？

但是，我们又分明感受到，妲己这样的形象还是有典型性的，现实中确实有这么一种令人讨厌的女人，数量还不少。女人里有没有坏人呢？当然会有，就像男人里会有坏人一样。

后来我琢磨了一下妲己，觉得“小妈”其实是一种人格。这种人格虽然大概率会做第三者，大概率会攀附不爱的老男人以达到提升阶层的目的，但这种人格是一套内在的性格特征，就是靠性缘关系而非自己的实力提升阶层。当然，她们也很善于伪装，把自己凭借两性关系得到的一切，伪装成凭借能力得到的。

小妈人格在任何时代都是存在的，但只有在不正常的时代才会泛滥成灾，这就是小时候《封神演义》告诉我们的，妲己是不祥之兆。小妈本身能造成的社会影响是有限的，说妲己有本事颠覆一个王朝，这是不符合事实的。事实是，当一个王朝要灭亡的时候，就会出现妲己。妲己是一种“症状”。

1987 年版《红楼梦》有一个设计很有意思：凡是正房，戴的凤钗都是正的，即使是邢夫人这样出身寒门、心眼儿不好的正房，凤钗也是正的，而“小老婆”如果戴凤钗，都是戴的斜凤钗。这个区别，在真实的历史上是没有的，正凤钗和斜凤钗，都不过是一种装饰风格。但是在艺术作品中，这个区别被赋予了意义。像尤二姐这样一位出身良家、没有作过恶的侧室，也是戴一个斜凤出来的。我后来领悟到，这是老一辈的顾问天团的幽默，他们那一代人，对“小老婆”实在是太厌恶了。

有经验的正直的人厌恶小妈，不在于她们“破坏家庭”“道德败坏”之类，而是因为她们是一种征兆。老人们在提醒我们，如果再看见这样的征兆，一定要警惕。但是其中的道理，他们不好再讲了，只好给我们看一看凤钗。

这种不祥之兆，就像是虫子。如果满地都是虫子，说明这个地方有大问题，大概率是房子都腐朽了。但如果一个地方一条虫子也没有，也不是什么好事，大概率是像科普读物《寂静的春天》里那样，农药用多了。虫子让人类不舒服，但彻底没有虫子的地方人也没法住。

小妈是不道德的，不值得美化，但一个社会如果连一个小妈也容不下，也是可怕的。那意味着，有很多有“小妈”嫌疑的无辜女性，都受到了打击，人们的生活方式也受到严密的监视，变得无趣。一个好的社会，应该能容纳一定的不高尚、不美好。只是，如果不高尚、不美好的事物太多了，也说明这个社会走向了没落。

小妈能够成功，全靠大爹的抬举。小妈是作为大爹的延伸而存在的。反对小妈，不是反对女人，而是反对大爹。

妲己这样的小妈，能做的事很有限。她们要是真那么智勇双全，就去干点更有意思的事了。妲己最大的本事，就是“进谗言”了。我们看到妲己在不停地进谗言，而不论是在《离骚》这样的文人文学里，还是在《杨家将》这样的俗文学里，“小人进谗言”都是永恒的主题。

小妈，以及男性小人，为什么那么喜欢进谗言呢？因为喜欢听坏话是人的本性，几乎是本我中的欲望。我们都知道背后说人坏话不好，但是只要两个人或者几个人聚在一起，大家就开始不自觉地说某个不在场的人的坏话了。说坏话，是一种心理上的“投名状”，只要在一起说过某个人的坏话，就好像建立了某种亲密的关系似的。

其实下位者聚在一起，也喜欢说上位者的坏话，这也是一种心理“投名状”。只不过，大家在说上位者的坏话时，意识不到这是坏事情，反而会产生一种正义感，而且，这也确实很难产生什么现实的危害，不妨视为一种无伤大雅的增进团结的活动。如果是平等的人，聚在一起说某个同学或同事的坏话，这就涉嫌霸凌了，就不太好。而如果上位者聚在一起说下位者的坏话，或者某个下位者在上位者面前说其他下位者的坏话，上位者还听了，这就会造成很大的危害。

一个人成为上位者以后，说坏话的机会就大大减少了，这时候，如果还能有人跟他说点坏话，会给他带来很大的潜意识的愉悦，但是这时候，能说的坏话只能是关于他的下位者了，这就不太道德。我们都知道，一些不学无术的人，可以靠巴结上位者获得好处。但是怎么巴结呢？大家总会想象，他们怎么送钱送礼了，但是其实，其中少不了的一种手段，就是跟上位者说别人的坏话。跟上位者说坏话，不仅能直接打击到同僚，而且直接就能引发上位者的愉悦。所以小人是一定会进谗言的。

你只要成为一个小小的上位者，比如班主任，是一定会有人来跟你说坏话的。这时候，你只需要知道他是在讨好你，对他的话，千万一个字都不要信，哪怕看起来再真实。只需要像古代帝王一样，或者像对网络上陌生人的评论一样，闭上眼睛，堵住耳朵。一旦去分析、去核实，你就上当了，就走向了昏君暴君。

什么样的人会听信谗言呢？这时候“苍蝇不叮无缝蛋”的俗语就有效了。你相信一句谗言，其实是因为，这句话踩中了你原本就有的欲望；你会相信手下人有错，是因为你潜意识里希望手下人是不完美的；你会相信这个人犯了这个错误，是因为你原来就怀疑他会犯这个错误。纣王能相信那么多谗言，是因为他对大臣们的怀疑原本就太多了。

而妲己作为女小人，又会比男小人更复杂一些。复杂的小人不会直接说，某某做了什么坏事。而是会非常大度地说，某某虽然有什么什么缺点，但是不妨碍他是个好人。实际上，这个缺点完全是妲己编的。但是纣王会对此深信不疑，并且说：“妲己不会诬陷你，她还替你说好话呢。”所以，当你听到妲己句式的时候，也不要天真地认为，这句话不会是诬陷。

再说任用新人的问题。我们一般都会代入新人，觉得用新人有什么不好呢？保证阶层上升的渠道，这是好事啊。这主要是因为，在后来的几千年中，我们实行了察举制和科举制，以越来越完备的制度，保证了较低阶层中的高素质人才可以加入统治阶层。所以，至少在许仲琳的时代，暴君任用的新人，不是指寒素清白人家聪明正直的孩子，而是指“突然出现”的人。

在一个朝廷中，忠诚度最高的人，不一定是皇亲国戚，但一定是从很年轻的时候就受到朝廷恩惠的人。二十岁上下的年轻人，凭借自身的天赋和努力，“朝为田舍郎，暮登天子堂”，从此他的一切都是朝廷给的，他的整个青春时代都是按照朝廷制度正常迁转，一直在接受培养和历练，一步一个脚印走出来，这样的人，忠诚度高，品行正直早已得到考验，也知道应该怎么干事，是应该任用的人。如果这样的人，他的父辈和祖辈也是这样的人，已经用一生证明了自己的忠诚，也积累了更多的工作经验，那就更是锦上添花的事。

需要提防的是，一个人与朝廷发生关系的时间不长，就得到了过快的升迁。他得到超常的升迁，并不是因为做了什么了不起的贡献，而是因为迎合了皇上的某种欲望（其中必不可少的是进谗言）。这样的人，嘴上所称的忠诚，都是为了自己的利益。

不仅皇上，我们每个普通人的交际圈，其实也分为“世家”和“新贵”。从小就跟你玩耍的人，甚至上一辈就开始要好的人，相当于“世家”。也许他们在人生中与你渐行渐远，但是他们与你的交情是基于一些纯洁的美好记忆，没有什么利益驱动，那么在涉及利益的事上，如果需要有人搭把手做个证什么的，还是应该依靠这些人。后来认识的人，相当于“新贵”，不排除一些人跟你共同经历过考验之后，会成为新的生死之交，但是对于认识不久的人，他说话越是合你的心意，就越是不要把跟利益有关的事交给他。一个认识不久的人，就能完全符合你的心意，大概率不是因为他是你的灵魂伴侣，而是他有意迎合了你的欲望。你可以仔细回想一下，就会发现这个人说的让你高兴的话，并不是什么精神层面的深度交流，而只是稀里糊涂地说你对、说你好，中间一定夹杂着说别人的坏话。如果这样的人，马上要求你把大的利益托付给他，那就几乎一定是骗子了。

有时候，你很难知道一个人说了什么让另一个人顺耳的话，但如果你看到一个有点权力的人身边突然换上了一批新面孔，就要警觉起来了。

孔子说“唯女子与小人难养”，得罪了不少现代女性。我们也不用曲里拐弯地解释，只需要知道，古代的女性和现代女性是不一样的。古代的女性没有专业人士，只能依附大爹的权势而存在。知道廉耻的女性，只能选择不对自己不了解的领域发言。想要对自己男人的专业领域指手画脚的女性，只有女小人，所以她们和男小人的生态位是一样的。

无论是女小人还是男小人，都是大爹欲望的延伸。所以，当权力集中在皇帝手中，王朝又几经传代而腐朽，就会出现后宫干政，以及依附于后宫的外戚专权，还有后宫干政的变相宦官专权。这些现象的本质，都是皇权太大了。后宫、外戚和宦官作的恶，账都应该记在皇帝头上。孔子说女子与小人难养，其实是在说大爹的欲望难养，也就是大爹难养。

作为一个皇帝，或者一个极小的空间内的上位者，上策是不要搭理男小人和女小人，不接受他们的抚慰。要清楚，你渴望的抚慰，只是在失去了头上的大爹之后寻求的心理补偿。但是，上策从来不会被采用，这样压抑自己的心理需求，也许太难了。那么，中策就是，把糖衣吃下，炮弹退回去，在这些小人身上寻求慰藉，但是从来不听他们说了什么。如果还是做不到，那么下策是，至少不要赋予这些突然出现的、说坏话的人以权力，至少不要让他们拿到能捅死你的刀柄。

所以，一个人成为暴君的征兆，就是像纣王这样，听看上去宽容的女小人的话，听突然冒出来的男小人的话，谁的话都听。

除了这些绝对负面的欲望，皇上，或者任何一个人，还有林林总总的欲望。朝堂上的每一个人，都代表了皇上的一种欲望。电影《封神》说纣王率领了八百质子，那么他就可以有八百种欲望。这些欲望，谁和谁也不一样，但是也不是不能勉强分类。一般来说，一个朝堂，或者一个人的内心，可以分成两派或者三派。一派是向上的，对于美德、进步、帮助他人的欲望，向上的欲望基本上是可以存在的，当然也可能会太不接地气。一派是向下的，对于懒惰、享受、侵害他人的欲望，向下的欲望往往危害很大，但是也很难彻底消灭，甚至有时候还能带来现实的好处。如果说还有第三派，那就是一些不上不下的欲望，比如追求稳定的欲望。我们在写作一场复杂的斗争时，也可以尽量把人物归并为这样的两派或三派，以便读者看清楚。

这些不同的人，代表着皇上的不同欲望，他们共同存在于朝堂上，就会形成党争。与后宫、外戚、宦官一样，党争也是封建王朝不可避免的现象，其实也是皇帝欲望的外化。我们经常能看到，朝堂上的每一派、每一个人，都在争夺皇上的宠爱，就像宫斗剧里的后宫争宠一样。其实，朝臣争宠也好，后宫争宠也好，都是皇上的不同欲望在交战。如果我们把争宠看作一种智力的斗争，认为谁的权术高明一点谁就胜利，这就不够高级。如果我们把争宠看作皇帝自己的内心斗争，会更深刻一些。

我们看到，帝王一般不会消灭党争中的某一派，总是在维持着党争双方的平衡。这其实不是什么需要努力学习的帝王术，而是帝王的本能，人的本能。因为人是不会消灭自己的任何一种欲望的，总是试图满足尽可能多的欲望。帝王会让党争的双方同时相信，他们这一派是帝王最爱的，因为，帝王确实割舍不下其中的任何一方。

如果实在是末世中最昏庸的帝王，是有可能消灭掉党争中的向上一派的。这就像一个人彻底地堕落，放弃了上进。从来没有一个帝王会消灭掉向下一派，因为从来没有人能够消灭自己的懒惰与贪婪。帝王消灭向上一派，也只会是暂时的，很快他就会发现后果严重，试图挽回。当然，这时候想挽回，一定是太晚了，王朝已经遭受重创，回天乏术了。

党争也是王朝衰落程度的指标，一个像纣王这样的强势皇权的末世，朝廷上一定存在着激烈的党争。

就像许仲琳所处的明朝一样。

阐教与截教

《封神演义》历来为人诟病的一点，就是写神仙斗法太多，看上去是无意义的情节。我们小时候，就喜欢看这些神仙打来打去的热闹，但是也不太分得清谁是谁。那么，这些神仙到底谁是谁呢？神仙斗法真的是无意义的情节吗？

《封神演义》里的神仙，也分为两派，一个叫阐教，一个叫截教；一个是帮武王的，一个是帮纣王的；一个的祖师爷是元始天尊，一个的祖师爷是通天教主。但是他们到底谁是谁，我们总是傻傻分不清楚。这些名目，真的是随机造出来的吗？

元始天尊和通天教主，是一个师父教出来的。这个师父我们给他一个名字，叫作鸿钧老祖，意思是比元始还元始，比通天还通天。他们其实还有一个同门师兄，叫作太上老君。太上老君这么高的地位，居然上头还有一个师父，比太上还太上。太上老君、元始天尊和通天教主，合称为“三清”。

“三清”的名目我们很熟悉，至少看过《西游记》里，师兄弟三人变成“三清”的样子。而一路读这本书过来的读者，看到我在这里提“三清”了，应该会突然生出一点新的想法。是的，恭喜你学会抢答了，“三清”其实是同一个人，可以看作同一个人的本我、自我和超我。

“三清”是同一个人的说法并不新鲜，“一气化三清”是道教的基本设定，“三清”本来就是一体。而我们引入本我、自我和超我的概念，可以更好地分清“三清”。

中国人一般还是认为，“太上老君”就是老子，是真实存在的历史人物。老子可以看作“三清”的自我。“元始天尊”是老子的超我，是向上一路的。所谓“元始”，就是元初的大道，是先于人的个体而存在的。还有一位，在《封神演义》里叫“通天教主”，跟实际上道教“三清”里的灵宝天尊没有关系了。在这里，“通天教主”是老子的本我，是向下一路的，或者说，是代表人为了接近大道的修炼之途。“通天教主”听起来很厉害，但是其实他要达到“天”，需要去“通”。我们平常说一个人有“通天的本事”，一般这个人就还不是“天”本身，他只是能认识很多上层的人物，但自己不是上层的人物。“通天教主”也代表了一个相对较低的存在，而不是“天”本身。中国人善于给一切不太满意的存在取一个好听的名字，让外行看不出哪个好哪个不好。

至于鸿钧老祖，其实是不存在的，是一个虚无的位置，他的存在只是为了说明“三清”是一体的。

通天教主的门派叫作“截教”。截教的最大特点是，允许动物或者其他不是人的东西成精，号称什么“被毛戴角”的都可以修成正果。所以，《封神演义》里凡是不是人的东西成精，它一定是截教的。当然，截教也不全是“被毛戴角”，也有人，比如闻太师就是人。元始天尊的门派叫“阐教”，跟截教相对，他就是不允许“被毛戴角”的成精。阐教的所有人都是人。像姜子牙这么干净的人，肯定是阐教。阐教不仅都是人，而且一般还是出身不低的人，大多是商朝的官宦子弟。武王伐纣就是武王带领着一帮商朝的官宦子弟把纣王推翻了，就换了一个皇上，大臣还是那些大臣。

听起来，好像感觉截教好一点，因为截教不讲出身。我们每个人谁也不敢说自己是王子出身，所以总是会代入比较低的出身，我们就会觉得，截教接纳我们的可能性比较大。更何况，截教看起来还有很多可爱的小动物。但是，截教偏偏是帮纣王的。看上去很高冷、可能会欺压我们穷人的阐教，却是帮武王的。这就太令人纠结了。我们小时候弄不懂，主要是不想懂。

然后，许仲琳又硬逼着我们记住：有小动物的那个是坏的，没有小动物的才是好的。

这里的关键在于，截教的这个“被毛戴角”，指的不是家庭出身，甚至也不全是科举出身，而更多的是指人的心地、人的本质。

中国人在说一个人的本质的时候，思维和用语并不是很清楚的。有一句口头语，“是人不是人的都弄进来”。这里说的“不是人”的这种人，是综合他的性情、学识、资历和家庭背景，做出的一个整体判断。如果这个人很讨厌，中国人会把他的家庭背景也翻出来，一并攻击，而如果喜欢这个人，就不会攻击他的家庭。

当世道不清明的时候，就会有很多小人被提拔到他们不适合的位置上。小人之所以是小人，不是因为他们出身微贱，而是因为他们心地不好。这时候我们骂一句，“什么被毛戴角的都上来了”，是说他们的心地不好，不学无术，履历很水，不是针对他们的原生家庭。

小时候，我觉得许仲琳对苦苦修炼的小动物们很不公平，但还是记住了“被毛戴角”这句骂人话。

阐教则都是人，实际上是说，都是一些心地清明的人，都是君子。君子就会帮姬发，对面那些被毛戴角的就会帮纣王。

阐教的首席代表，就是姜子牙，他是君子中的君子。姜子牙本来是要做神仙的人。所谓神仙，就是君子中的君子。元始天尊说，姜子牙的天分浅，做不成神仙，只能到人间去出将入相。这话听起来实在是太凡尔赛了。这说明，在明朝人的意识里，已经有，或者说仍然有，一种比帝王将相优越的存在。这种“活神仙”，拥有很高的智慧，也拥有很高的自由。他们不是被臆想出来的，而是有着现实的原型。可能真的是山中修行的道士，但更可能是悠闲的下级文官，甚至是像唐伯虎一样，没有官职，靠卖文为生就过得逍遥自在的民间文人。许仲琳本人，也应该是“活神仙”一类的人物，所以他说当不上“活神仙”才当帝王将相呢，也是嘴头子上过过瘾。

放在现在，姜子牙就相当于这种人：一心想做学术，但是做到一半，做不了学术了，就到政府部门去，结果做出了很大成绩。所以最后他可以封神，但是封神榜上没他，因为神仙就相当于学术系统，他是行政系统的，不再是神仙了。明朝没有现代学术制度，但是也有类似的观念。《封神演义》里，不断有在山上修行的神仙下山来帮助武王，就相当于读书人步入仕途。

姜子牙并不想放弃学术生涯去做丞相，这不是真的因为丞相是个苦差事，而是因为姜子牙是个纯粹的人，是个追求做神仙的人。想做神仙不想做丞相的人，一旦做了丞相，就是好丞相。就像后来姜子牙的后代谢安，万不得已从东山别墅出来，做不成神仙做了丞相，结果做了个好丞相。这跟庄子说的不想做国君的人是好国君，是一个道理。姬家人是不想做国君做了好国君，姜子牙是不想做丞相做了好丞相，所以说他们是绝配。

阐教中人，大多是姜子牙这样的神仙，大多是君子。君子一旦出来为武王效力，就能利国利民。

那么，阐教中就没有坏人、截教中就没有好人吗？当然是有的。

比如闻太师，就是截教中的好人。闻太师虽然是保纣王的，但是他并没有帮着纣王欺压百姓，他保纣王的动机，是认为这样是恢复国泰民安的最优路径。

比如申公豹，就是阐教中的坏人。申公豹是姜子牙的师弟，但是他非常想做宰相。他想做宰相，元始天尊偏不让他做，说他资质不行。这也说明，神仙去做宰相，也是有门槛的，并不是末位淘汰的神仙就可以做宰相的。申公豹虽然入了名门正派，但是非常羡慕人间荣华。这样的人，也是不会有大本事的。师父发现他心术不正，也会不敢教他，怕他坑死自己。

这就是中国人的辩证思维了，好人的门派里也有个把坏人，坏人的门派里也有少数好人，就好像太极图的阴阳鱼，白鱼有个黑眼睛，黑鱼有个白眼睛。但是，阐教绝大多数是好人，截教绝大多数是坏人，不能用一句“也不一定”轻轻带过。

这样我们就可以看出，所谓的阐教和截教的斗法，就是把朝廷中的党争投射到了幻想中。阐教就是君子党，截教就是小人党。小人党净是些“被毛戴角”的东西，只是偶尔有个别好人，出于某种原因误入；君子党往往是要做神仙没做成的人，但也不排除混入了个别追求荣华富贵的人，把局面搅乱。这其实是中国党争的生动形容。

阐教和截教斗法，就隐喻了党争的过程。当然，这个隐喻很虚了，我们要是把每一回合的斗法都附会上党争中的某一个事件，就又没意思了。

阐教和截教斗法，虽然阐教也有牺牲的，但一般都是截教被杀。所以弄得大家都挺同情截教的了，通天教主也会出来，替自己的门人鸣不平。其实，阐教总是战胜截教，这某种意义上只是美好的愿望，在实际的党争中，君子党恐怕很难是小人党的对手。不过，也可以理解为，君子党的主张最终是会胜利的，因为人类总是向往美好的。

阐教象征君子党，西岐则象征推翻腐朽王朝的外部军事力量，在现实中，二者是没可能合流的。但是，党争是王朝腐朽的现象，起义是推翻腐朽王朝的力量，君子党的主张则为建立的新王朝指出了文明的方向。阐教帮助武王，这一奇幻的想象，把两种不同的正义力量叠加在一起，竟然成功营造了感受上的真实。

另一个理解角度是，在一个人的内心，也存在着阐教和截教的斗争。阐教是向上的念头，截教是向下的念头。这样的话，阐教把截教杀死的可能性会更大一点，当然也不一定。

《封神演义》中有一个设定，凡是死在兴周灭纣过程中的，无论阐教截教，都可以上“封神榜”，被封作神仙。这听起来也是一种让人打不起精神的混乱善良。在我看来，“封神榜”可能是对应“党人碑”之类的存在。末世的昏君在打击君子党的时候，经常会给他们搞一个名单，凡是在名单上的，包括他们的后代，永不叙用，这是一种严厉的惩罚。但是，因为受到打击的都是君子，所以在这个名单上，反而成了一件荣耀的事，仿佛是给这些人封神了。

这种荣耀，其实带着浓厚的悲剧色彩，并不是傻乎乎的快乐原则。

当然，在封神故事里，是截教的人死得多。虽然杀死截教的人只象征着祛除自己内心向下的念头，但毕竟在意念中杀了人，也是令人不安的。所以，要给被杀死的人也都封上神位。这也象征着记录自己曾经战胜过多少不好的念头。

上了“封神榜”，就可以有一个永远的位置，这听起来是什么固定编制，让我们今天疯狂向往编制的人羡慕不已。但是，《封神演义》里的那些神仙，好像并不愿意上“封神榜”。这是自然，因为谁也不愿意死。因为对这些神仙来说，“封神榜”上的“固定编制”，只是一个安慰奖，如果不是遇上这场浩劫，他们本来可以有更好的神仙日子。武王和姜子牙没上“封神榜”，总被说成是什么遗憾的事，其实是他们都活下来了。

就像党争中的“党人碑”，虽然是一种荣耀的象征，但是如果可以，还是不要上的好。

顺便说，皇上信誓旦旦地说，这些党人的后代永不叙用，也不用害怕，因为他的王朝永远管不到党人的后代。一旦出现了这样的事，就意味着这个王朝马上要亡了。而且，在王朝灭亡之前，朝廷总是会给这些党人平反，做最后的挣扎。

阐教和截教，都是讲师门的组织。我们小时候，先看《聪明的一休》，再看《西游记》，再看《封神榜》，后来又看金庸，所以默认了这个世界上有一种叫“师父”的存在。这个“师父”，是另一个空间中的父母，可以在父母照顾不到的地方为我们提供保护。其实，在我们生活的世界里，“师父”是不存在的。我们这代人心里有个“师父”的概念，以及学会了师兄、师叔、太老师这样的称谓，都是跟这些文学作品学的。在《封神演义》里，同一个教派的神仙，彼此之间都是师父和弟子，或者师兄弟、师叔侄之类，是一个特别有凝聚力的大集体。

电影《封神》设定，八百诸侯都把儿子送到殷寿这里做质子，这在原著里是没有的。但是在原著里，儿子们也都没有待在亲生父亲身边，而是都跟着自己的师父在山上学道。直到他们长大了，他们的父亲有难了，需要他们的帮助了，他们才下山来加入父亲的阵营。如果私自提前下山，还会受到师父的责怪。

“师父”是一种父亲之外的父亲形象，而且是比父亲更好的父亲。师父对弟子，永远没有父亲对儿子那样的戒心。像哪吒这样被父亲嫌弃的孩子，却可以得到师父的欣赏；他跟父亲发生矛盾，可以逃到师父那里去。师父教给他们本事，让他们成为更好的自己。当他们长大后，父亲往往是需要他们帮助的，而师父总是给他们提供帮助。所以，孩子们对“师父”，会有一种非同寻常的感情。这本来是儒家的父子该有的样子。

在上古和中古的志怪传奇中，是没有这样的“师父”形象的，“师父”形象，是明清小说特有的，其中的原因很多。

首先，可以想见，是宗教发展了，宗教中的师父和徒弟变得更常见，宗教组织内部的互助也越来越有力。但这毕竟离普通老百姓的生活太远，似乎还不足以明显影响通俗小说。

其次，儒家的情况有了很大变化，“师”在儒者的生活中变得越来越重要了。韩愈自高身份说“古之学者必有师”，实际上，在上古时代，“有师”只是极少数尖端贵族的行为。汉魏六朝虽然一直有“师承”，但是“师承”几乎还是一种“家学”，“有师”仍然是贵族的专利。恰恰是到了韩愈写《师说》的时候，“师”有了一个大推广。到了宋朝，你的本师是谁，就开始变得比你的父亲是谁重要了，甚至出现了“荫门生”的现象。这种现象，到了明朝是有增无减。宋明的党争，经常是与师门有关的，老师和学生天然是一党，不和老师一党会被视为叛逆。这正像《封神演义》里表现的，你是帮武王还是帮纣王，很大程度上取决于你的师父是阐教的还是截教的。明朝的师生之间，大概也会有这样一种高于父子的感情吧。明朝文人对师徒关系的想象，也跟这不无关系。

再次，韩愈说的“巫医乐师百工之人”，倒是真的一直有师父的。读书可以自己读会，手艺没有师父教是不行的。俗话说，“教会徒弟，饿死师父”，手艺人的师徒之间，必须有很强的道德和情感维系，才能保证师父信任徒弟，肯教徒弟。明清小说是通俗文学，他们的读者不再是极少数贵族，而更多地要依靠“巫医乐师百工之人”来打赏，所以当然要用他们能够理解、能够共情的世界观来创作。甚至说书人也不是文人，而是郭德纲这样的表演艺术家，他们也是一种手艺人，也遵循师徒道德。他们在讲故事的时候，当然也会加入自己的理解和吐槽。我想，师承关系在明清小说中显得重要起来了，讲述人和受众的下移，可能还是最重要的原因。

师徒关系，仍然是一种封建的关系，有很强的人身依附性。但是，师父毕竟给了孩子另外一个选择，是能够抗衡封建父子关系的一个重要力量。封建社会后期师徒关系的崛起，是父权的变异，也成了父权的另一个出口，是一种新型的人际关系。《封神演义》里关于阐教与截教的想象，也记录了那个时代的师门观念。

姬发三兄弟

与殷郊相对的姬发，也有矛盾心理吗？当然有了！殷郊的矛盾心理，只有作为姬发矛盾心理的镜像时，才有意义。姬发才是这个大时代第一个需要聚焦的人。

姬发是兴周灭纣的人，这个人物在中国文化史上是有符号意义的。一个能推翻一个旧王朝、建立一个新王朝的人，要背负巨大的矛盾。他是新王朝的建立者，必将成为众矢之的，必须献祭自己；但他又是新文明的承载者，必须保存自己，否则以后什么都谈不上了。他接受过良好的教育，也必须让天下人看到一个最仁义、最文明的领导者；但他又需要破坏旧文明，不得不表现出很强的攻击性、破坏性。

在一个人身上，很难兼容这些特性，所以就得把周朝建立者的形象分成多个不同的形象。传统的儒家叙述，是分成文王、武王和周公。文王是睿智的老者形象，洞悉一切；武王负责征伐；周公负责承载文明，在成功后制礼作乐。《封神演义》不知道为什么，没有写到周公的形象。按说，周公在中国的神魔传说中，也是很有地位的。1990 年版《封神榜》制造了一个伯安，是武王的弟弟，反面形象，算是符合艺术规律的，但是多少有点落俗套。

电影《封神》有意无意间，把雷震子利用起来了，这是个好创意。雷震子是《封神演义》里的一个有趣的人物形象，他是一个长雷公嘴的能飞的人，给读者留下了深刻印象。他是文王在去往朝歌的路上收养的养子，文王的第一百个儿子。但是，在《封神演义》中，我们感觉雷震子跟武王没有什么紧密的关系，只是武王麾下的一员悍将而已。

电影《封神》给了我一个启发。其实围绕着武王，可以构建一个新的人物群，也就是伯邑考、姬发、雷震子三兄弟。伯邑考代表姬发的超我，雷震子代表姬发的本我。伯邑考和雷震子的形象，都是在《封神演义》中正式出现的。《封神演义》给姬发安排这样一个哥哥和这样一个弟弟，可能是下意识的，却是合理的。

《封神演义》里的武王形象，有点弱了，只是一味地正面，没有矛盾，没有成长。这也是中国古典小说中正面领导人物的通病。武王是一个承载了一切美好的形象，就像纣王是承载了一切丑恶的形象。这本身没什么错，但是武王天然不如纣王容易出彩。特别是古人，只是把姬发当圣人供奉着，不敢去揣度他的内心。姬发作为中华民族记忆中一个祖先神式的人物，在今天仍然值得我们重新诠释。

姬发，以及姬昌和周公，是儒家的圣人。儒家在描述他们的时候，与其说是在转述史实，不如说是在描绘心目中理想的人、理想的家庭。我们今天又该怎样描述这些圣人呢?

这个家庭，肯定是不需要儿子剔骨还父的。一个不需要儿子剔骨还父的家庭，会是什么样的家庭呢?

我想象，这个家庭的父亲，姬昌，是一个非常理性的中国人，可能像《三体》里的罗辑。姬昌做西伯侯，在他的领地内是说了算的，相当于这个地方的面壁者或者执剑人。一个脑子比较好的中国男人，生逢乱世，所幸可以在一个小范围内说了算，他的选择应该就是像早期的罗辑那样：我知道我管不了天下的洪水滔天，我只希望我和我的家人能幸福地过完这一生。实现不了另说，但他最初的出发点是这样的。

我在《三体》中看到罗辑这个愿望，受到了很深的震撼。我之前从来没想过，一个人的愿望可以是希望另一个人幸福。我不是说这个愿望不合理，只是我作为一个女儿而非父亲，从来没有设想过这样的可能性。基于这样的设定，很多我之前想不大明白的事，一下子可以想明白了。

一个对世界怀有深深绝望而希望家人幸福的父亲，是不会对孩子有任何要求的。当他看到新的小生命降生，就会像姬昌看见雷震子一样，觉得上天有好生之德，就让这个小东西活下去就好，长成什么样无所谓。而不是像李靖那样，潜意识里觉得这是一个会威胁到自己的妖孽，从而在“严格要求”的幌子下，对孩子展开种种攻击。

我们看见一个成长得很好的孩子，总会以为他受过怎样严格的管教。其实，培育一个生命，是最需要无为而治的，成长得好的孩子，都是因为父母对他毫无希望，只有生命最本真的爱。姬昌的儿子，应当就是在父亲无为的状态下长大的，他的本我，是毫不被寄予期望的雷震子。雷震子后来长得很强大，很有本事，但也怪模怪样的，其实就象征了一种从未受到拘束的本我。只有生命中有这样一层无拘无束的底色，他们后来的种种美好、文明、理智，才会牢固，才是真实的。

一个体现出儒家精神的家庭，是以幸福为目标，而不以功利为目标的。不以功利为目标是父慈子孝的原因，不是用礼教压制欲望的结果。儒家的道德不是从说教、管束中出来的，而是从幸福自由的生活中生长出来的。因为父不指望子孝，子不指望父慈，所以才可以父慈子孝。如果父指望子孝，子就会指望父慈，再加上父要求子出人头地，子最终不会成为孝子，而只会剔骨还父。

伯邑考这个形象，确实是一种有魅力的人设，在原著中就非常出彩。小孩子第一次看到伯邑考的故事，总是会被深深地震撼。原来这个世界上有如此惨烈的牺牲，而牺牲又可以这样睿智；原来会有如此美好的人类，美好的人类又会如此容易地湮灭。小孩子就此懂得，要做开天辟地的事，最先被献祭的是最美好的人。中国没有基督教世界那样的神话叙述传统，但是伯邑考的故事，会给小孩子很强的心理冲击。

伯邑考的形象，很大程度上承载了原来周公的功能，是儒家道德的完美体现。过于完美的道德，会妨碍做事，无法完成商周鼎革，所以伯邑考或者周公，需要作为武王的辅助者出现。这种完美的道德，只能是一种理想，一种高悬在头上的目标准则，也就是武王的超我。许仲琳把伯邑考封为北极紫微大帝，所谓北极，就是高悬在头顶，给人们指明方向的，就是超我的作用。

伯邑考是伐纣之役中西岐献祭的第一人，他也代表了伐纣之役中西岐献祭的所有人。成功者把所有献祭者举过头顶，也成为中国的一个传统。

还原到心理原型，我们还应该考虑到，伯邑考这个形象之所以可以写得很出彩，是因为他踩中了中国人心底的一个重要的人设：早逝的长子。

在过去的时代，出于种种原因，总有很多年轻人会走在父母前面。他们有可能很小，也有可能已经成年了。按照中国人给扫地机器人都要缝小裙子的性格，后面不管有了多少弟弟妹妹，父母在感情上也放不下这个夭折的孩子。父母会对他们感到愧疚，也会放大他们的优点，忘记他们的缺点。从弟弟妹妹的角度说，他们会知道自己本来还有个哥哥。他们会觉得，自己分享了本应属于哥哥的资源，会觉得愧疚；他们也会幻想，哥哥如果还在，可以给自己遮风挡雨；如果早逝的哥哥曾经给他们留下印象，他们会记得的也是哥哥的好，会把逝者当作自己幸福童年的一种象征，当作精神上的故乡。

这些早逝的孩子，是父母和弟弟妹妹们不能忘记的存在，也是父母和弟弟妹妹们不敢提及的存在。从某种意义上说，他们也类似一种婴鬼，只不过，这里体现的不是对婴鬼的畏惧，而是对婴鬼永远无法完成的爱。他们代表了一种错过的可能性：如果他们还在的话，也许这个家会是另一个样子。

与此同时，还有一些哥哥并不曾早逝。中国的长子是很有责任感的，他们可能为父母和弟弟妹妹付出了很多，这样的人物设定，也是令人感到温暖的。这种温暖，是中国人在日常生活中就可以感受的，而如果放大为神话，则是儒家理想中的温暖。在这里，长者对幼者，强者对弱者，不是蛮不讲理地欺负，不是死板地讲规矩，而是更多地考虑自己能做什么，肩负起自己的责任来，保护幼者、弱者。这时，儒家的礼教展现出温柔的一面。而那种逼得人剔骨还父的所谓“儒家”，并不是真的儒家。

还有一个问题是，伯邑考的名字，以及他为什么要献祭。

相信你已经看到了很多科普，知道“伯邑考”并不是这位早逝的长子的名字。我倾向于认为，这三个字都不是他的名字。“伯”是表示他是大哥，“考”是表示他是周人死去的男性祖先，拥有相当于先父的地位，这两个字都肯定不是人名。我认为“邑”也不大会是人名，而应该是谥号或尊号之类。“伯邑考”的意思是，“死去的那位大爷爷”，是姬氏子孙对他的称呼。伯邑考不一定留下了子孙，即使有，也不可能做天子了，姬发的子孙要祭祀他，就需要一个“伯邑考”这样的名目。类似的变通方法，在后世平民的宗族中是不难见到的。在最早的文献里，也并没有“伯邑考”，或许这个名目本来就是稍晚时代的人根据自己的生活经验构建出来的。

这位“伯邑考”没有留下自己的名字，是出于避讳的需要。

对于这位特别值得尊敬的兄长、长辈，姬发和他的子孙们是不敢直呼其名的。姬发没有跟子孙说过这位大爷爷的名字，那么子孙也就无从知道了。这种有点过分的避讳，也许是一种伤痛的表现。

也有人说，上古时代，本来就有献祭长子的习俗，所以伯邑考被献祭是有合理性的。这么一来，伯邑考的故事也就显得没那么动人了，还很愚昧。

确实，东西方很多民族在早期，都有献祭长子的习俗，这些被废弃了的野蛮习俗，变形后保留在了神话中。有人认为，之所以要杀死长子，是因为原始时代长子的血统不能得到保证。

但是我认为，无论伯邑考的故事里有没有这样的因素，这个故事能震撼我们的原因，完全不必找到那么远，而是跟我们现实中的经验相关。

从洪荒时代直到现在，大概小孩子总是免不了打架的。小孩子打架，长辈不便插手，但如果一个孩子有一个半大不大的哥哥可以替他“出头”，他就会安全多了。这个小孩子回忆起被哥哥保护的日子，也会觉得很幸福。

这些我都是听人说的，我不知道，我是独生子女。

有一次，微博上的人们赞美起这个哥哥保护弟弟的传统，突然有人提了一个振聋发聩的问题：“那老大怎么办？”另一个网友回说：“老大就是挨打的命。”

我觉得这个解释合理，生为一辈人中的老大，挨打的时候是没有哥哥替他“出头”的。当弟弟为哥哥的神勇欢呼时，没人在意哥哥小时候是怎么过来的。这或许是“献祭长子”的更现实的版本。

如果不是升斗小民家，而是有点什么要继承的富贵人家，这种问题只怕是更加严重。这时候威胁长子的，不只是邻居家的孩子，而主要是家族的旁支，孩子的叔叔辈。

当一个家族谈得上“继承”的时候，就势必存在“父死子继”与“兄终弟及”的矛盾。儿子是父亲的纵向继承人，弟弟是哥哥的横向继承人，那么，小叔叔和大侄子之间，就会存在潜在的利益矛盾。一般人恐怕还是更愿意把资源留给儿子而非弟弟，那么，这位叔叔就会嫉妒侄子，觊觎他将要继承的遗产。当父亲死亡或者衰老，叔叔就很有可能仗着年龄和辈分的优势，向侄儿发难。当然，发难的主要目标，是下一辈中的长子。这时候老大挨的打，可比小伙伴的打闹厉害多了，是真的可能要命的。来自叔叔的威胁，也比原始时代的“血统存疑”问题要现实多了。一个家族要平稳传承下去，要么就是能有效防范叔叔的威胁，要么就是长子格外扛揍。长子如果扛不住，可能就被献祭了。

如果我们假定，商周之际的人已经不是蒙昧的野蛮人，而是有理性现实考虑的人，那么，如果纣王发现姬昌的威信渐高，对自己形成了威胁，他的最优选择，也是向尚未完全站稳脚跟的姬昌长子下手。

据说，商王族还经常是兄终弟及，而周人已经严格实施父死子继了。我认为，不必把这个分别看成什么特别刻板的制度，或者什么不可更改的民族性。更可能的是，商王族的父子兄弟之间斗争比较激烈，如果完全按照丛林法则的话，叔叔打败侄儿的可能性是很大的。

而周人采用了更理智的方法，保证更稳定的交接。传说，姬昌的两位伯父，为了姬昌将来能继承王位，主动把继承权让出来，自己跑到吴地去，剪了头发、文了身，做起了野蛮人，成了后来吴人的祖先。这个传说当然是极度强调了周人的谦让。而要保证父死子继，必须有一代又一代的叔叔做出很大的让步才行。对贵族的传承而言，稳定是最重要的。继承的时候搞弱肉强食，势必会造成血亲的内耗，是非常不经济的。比起傻乎乎的商人，周人显得要理智得多，显得很会过日子。

商王和姬家本来不是一个阶层，纣王和姬家的长子本来没有竞争关系，纣王像对自己的侄子一样，对姬家的长子下手，是很不体面的事，这也说明了姬家此时实际的势力。纣王和伯邑考实际上已经有了潜在的竞争关系，这是纣王一定要残酷地对待伯邑考的内在原因。

大家迷恋死去的伯邑考，还有一个原因，就是伯邑考是姬发的替身。

实际上，在艰辛的伐纣之路上，承受了最多压力的是姬发，姬发才是新时代真正意义上的长子。人在承受了过多的压力时，就会激发出寻死本能，难免会想："太辛苦了，还不如死了算了。"这么想，不代表真的会去死，只是想把眼前的辛劳和悲伤暂时丢开。姬发选择了担当，那就要活下去，所以他会分裂出一个伯邑考的人格，代替自己逃避。在痛苦得受不了的时候，姬发会幻想自己就是伯邑考。

与此相关，在象征意义上，伯邑考的死，也是一种弑父。姬昌对伯邑考的希望，是替他管理好西岐，担当起家与国的责任来。这个担子太重了。而伯邑考死了，就不必再承担这个担子了，反而是姬昌蒙受了重大的损失。但是姬昌没办法责怪伯邑考，因为他不是不成器，不是逃跑了，而是死了，而且还是尽孝而死的，是因为做好孩子好死的。被寄予厚望的孩子死了，也是一种剔骨还父，只不过这种剔骨还父过于温柔、过于悲伤，看上去不像一种攻击，只给父亲留下无法言说的内伤。

姬发没有死，但是他要完成伐纣的大业，很多时候也得背叛父亲。比如说，父亲一定是不希望他背起以臣伐君的罪名的，一定是不希望他去冒这个险的。姬发伐纣，就意味着听父亲话的那个孩子死了，他身上作为伯邑考的那一部分，也剔骨还父了。他在有意忽略父亲的部分遗嘱时，也会生出幻觉，认为自己是违背父命却尽孝而死的伯邑考。

伯邑考、姬发和雷震子，三兄弟是一体的，伯邑考和雷震子都是极端化了的姬发。所以，他们之间不必再存在权力的争夺。

代表了儒家理想的西岐，因为一切都是基于理性的，初衷是让一家人幸福，所以他们不会想争权夺利。对外不想争，所以姬昌对孩子们的要求不会很高，他会对孩子们说：“你们差不多就得了。我好歹是一方诸侯，家里有余粮，饿不死你们。但是我毕竟自己也不是大王，所以你们也不用做得特别好。”对内，他们也不想争，因为他们不认为当这个家长是什么好事。在末世中的一小方追求幸福的净土里，当家长不意味着任何好处，只意味着责任。所以，姬昌不会介意儿子取代自己，伯邑考不会吝惜让出唾手可得的爵位，姬发也不会想争哥哥的爵位。庄子曾经说过，有一个国君，因为父兄接连在宫廷斗争中被杀，所以坚决不想做国君，逃到深山老林里去，最后被国人搜到，抬出来做国君。庄子说，这样的国君，才会是好国君。姬家人就是这样的国君。

儒家的理想人格，是不争夺名利的。有人以为，这种不争夺名利，是靠压制自己的欲望，进而会认为，不争夺名利是不符合人性的，或者是虚伪的。其实，不争夺名利，是出于高度的理性，是因为认识到了争夺名利是一件不合算的事。知道争夺名利不合算，万不得已要出来做事的时候，才能成为一个好的做事的人。如果没想明白这一点，只靠压制自己来表现自己高尚，那是假的。

《周易》也是西岐的家学。所以，西岐这一家人，是充满了忧患意识的。《周易》的精髓就是“易”，就是变动。因为知道世界上的事总是有变动的，所以就对可能的不利变动有足够的预期。当不幸真正到来时，他们就会习惯于顺应变化。不仅是在心态上接受变化，而且在行动上也会果断采用最适应新形势的策略，力求把损失降到最低。以臣伐君本来不是常态，但是在商朝已经走到穷途末路的形势下，兴周灭纣其实是损失最小的策略。后来的儒生喜欢讨论武王伐纣是否符合儒家的教义，这就是没有真正理解儒家的精神。

在现实中，迷信“算卦”是一种不理性的表现，但是《周易》不是迷信算卦，在我看来，《周易》的精神恰恰是一种非常理性的精神。《封神演义》中的算卦，形式上虽然接近我们理解的算卦，但是在小说设定中是代表一种理性的精神。小说中几次出现这样的情节：姬昌或者姜子牙算了卦，听的人觉得太难以置信，所以选择不信，结果最后应验了。这其实代表了一种观念：在一切如常的外表之下，世界可能已经起了你意想不到的变化，这时候，算卦的结果看上去就会很不符合事实，但是，算卦的结果是正确的。而在《封神演义》的世界中，最大的悄无声息的变化，就是商朝已经腐朽，姬发才是新的天下共主。

这样的故事桥段，形式上似乎很像西方的“神谕”故事：先知得到神谕，一般人不相信，最后事实证明神谕是对的。这两种故事是有共同点的，共同点是人类对于戏剧性的追求，以及对预知未来的兴趣。但是二者也有不同，因为神谕和算卦的精神内核是不同的。神谕是恒定不变的，而《周易》的筮占揭示的是变化的趋势。在这个意义上较真的话，《封神演义》中的算卦并不是宿命论，而恰恰是对“变化”的敬畏。

在《封神演义》中，算卦代表预知未来的能力，而预知未来，其实源于一种高度理性的能力，即对当下的现实表现出的趋势做出精准的分析。在将乱之世，这种分析，往往是与眼前的直接的感性认知矛盾的。相信眼前的表象，不相信算卦，在这里代表了相信感性而不相信理性。《封神演义》认为，这是要倒大霉的。而西岐掌握了算卦的技术，代表着掌握了理性。

我说文王最初的理想就是让一家人幸福，你可能会想，我是不是把文王想得太懦弱了？文王这样的人，不应该一开始就胸怀天下吗？其实，儒家一直是先修身齐家，再治国平天下的。越是一开始以一家人的幸福为目标的人，当局势变动，一家人无法再幸福下去的时候，越是可以担当起天下来。那些在承平之世就大呼治国平天下的人，真正遇到考验的时候，反而是受不住的，因为他高呼的这些不是他真正的信仰。

当幸福的可能性不复存在，原来以幸福为追求的人，就会爆发出惊人的力量，并且用他一贯的理性驾驭这种力量，将自己最后的理想坚持到底。伐纣传说中的姬发，正是这样的人物。

伐纣的姬发，表现得非常坚定。他在一路上遇到了很多困难，很多不祥之兆，但是他好像都能视而不见，若无其事地把这些轻轻拂去，继续前进。没有人知道，他承受了多少痛苦和恐惧。

伐纣之初，姬昌就去世了。姬发做了一件特别坚强的事，“载木主而东征”，不办丧事，把父亲的牌位放在车上，带着去东征。姬发这时候已经不在乎自己是不是继承了爵位，他要做的就是完成伐纣的大业。

东征的路上，他遇到大风吹折了他的旗杆，天火烧了他的房子，这都是极大的不祥之兆。我想，一个还会算卦的人，遇到这些兆头，不可能心里一点不打鼓的。但是姬发就当作无事发生，继续向前走。孤竹国的诸侯之子伯夷、叔齐来劝他，说你以臣伐君是不义的，姬发非常感动，说“这是义人啊”，然后命令左右把他们叉出去，继续往前走。姬发心里未必是没有动摇的，但是他的全部表现就是坚定地往前走。这种超稳定的精神状态，其实已经是一种近乎癫狂的精神状态了。而在做大事的最后关头，只有这种近乎癫狂的稳定，才能让人承受住此时纷至沓来的世所罕见的打击，把要做的事做完。

在心理原型层面，姬发是用雷震子的生命力，把一切不能承受的痛苦都推向了伯邑考。

姬发是中华民族记忆中第一个真切可感的帝王。之前的帝王都像神仙一样缥缈，像我们曾祖以上的祖先一样，我们确定他们存在过，但对他们没有印象。而我们对姬发是有印象的，就像对我们的祖父是有印象的，我们会乐于给姬发编很多质感真实的故事。我们遵从的礼乐文明，是从姬发兄弟开始的。从这个意义上说，姬发才是现实版的"人文初祖"，是轩辕黄帝在人间的化身。

正因为如此，儒家在讲述姬发的故事的时候，在他身上投射了很多理想的人格。姬发的形象，是中华民族理想中的自我形象。姬发的人格结构和人格特质，也是我们每个人所共有的，可以看作我们人格系统中的主体形象。

怎样灭亡成汤江山

女娲是派妲己来灭亡成汤江山的。这是一个象征性的神话叙述，代表人类放出了心中的欲望，灭亡了成汤江山。后来商朝灭亡，女娲处死了妲己。这也是一个象征性的神话叙述，代表人类消灭了心中的欲望，天下就太平了。

但是，这个象征性的神话叙述投射到现实，显得不太完美，好像女娲派妲己去做事，妲己完成了任务，女娲反而甩锅给她，把她坑了。对这个情节，大家也有很多吐槽了。

有人提出一个问题：如果你是妲己，你要怎样完成灭亡成汤江山的任务？

我回答说：什么也不干，天天撸串儿看歌舞，反正到了时间，成汤的气数自己会尽的。在此期间尽量和大臣搞好关系，弄个好人缘。

当然，这样妲己也得死，因为她象征了不正当的欲望。

好了，说正经的，如果需要把一个封建大王朝一点一点地拆掉，应该是怎样一个顺序呢？也就是说，一个封建王朝的结构是怎样的？支撑它的柱子有哪几根？

商朝的制度显然跟明朝是大不一样的。《封神演义》里说的那些官名，大多是商朝不可能有的，都是代表了明朝人对朝廷运行机制的理解。《封神演义》里的朝廷结构，大体是以明代的朝廷为基础，做了一些抽象和简化。《封神演义》中商朝灭亡的过程，其实是明朝灭亡的过程。

一个朝廷的崩溃，其实表现为留不住人了。朝廷得罪了士人，让士人寒了心，因而逐渐失去它的吸引力。老的重臣逐渐凋零沉默，有活力的青年才俊不再愿意为朝廷效力。也许没有一个妲己用那些残忍的手段杀死他们的肉体，但是他们的灵魂已经被朝廷残忍地杀死了。

妲己拆纣王的家，主要有三条线：外朝、后宫和武将。跟一般的宫斗思维不同，是先拆的外朝，拆差不多了才拆后宫，最后到了武将。

妲己第一个对付的，是司天监。司天监杜元铣第一个发现妲己是妖孽，所以第一个反对她。这在神魔小说是题中应有之义，但是在今天的现实中就不太好想象了。但可以想象的是，司天监怎么解释天象，也是要参考外朝大夫的意思的。能传出天象不利的说法，实际上说明臣民对君主的信任度降低了。

写司天监杜元铣，也是为了引出谏议大夫梅伯。杜元铣说妲己是妖孽，纣王要杀杜元铣，梅伯看见了，就进去进谏，为杜元铣说话。由此可见，司天监和谏议大夫是一条战线。

“谏议大夫”大概就是“御史大夫”的镜像，代表最高级的言官。御史系统是监督君臣的，虽然不用干什么具体的活儿，但是理论上权力很大，不是什么“没有实权的小官”。“御史大夫”是跟丞相、太尉并列的“三公”之一。梅伯一开始就被干掉了，好像显得是个小角色，实际上，他在朝廷中的地位也是很高的。“谏议大夫”是封建王朝的一根柱子，也是妲己要拆掉的第一根柱子。

“谏议大夫”的工作就是发现王朝的不良苗头，所以他们会是最早跟妲己短兵相接的。同时，“谏议大夫”毕竟“没有实权”，他们能够挺立在朝堂上，是因为他们是王朝的脸面。一个王朝如果还要脸面，就不敢对言官下手。但如果王朝不要脸了，那么言官们就失去了一切威慑力，成了最容易被对付的人。所以，一个王朝的腐朽，总是从言官被打击开始的。反过来说，当我们看到言官被打击了，就知道，这是王朝衰落的最初症状。

《封神演义》把梅伯的死法写得很惨，“炮烙之刑”成了我们的童年阴影，这也是《封神演义》系列酷刑中的第一个。我们小时候对梅伯的印象，就是一个光膀子的人被活活烧成了灰，弄不清他是干什么的。其实，梅伯应该是一个非常清贵、非常优雅的形象。在电视剧《知否》里，京城第一美男齐衡就是走御史序列的，一个从八品升到四品的中下层御史，就已经优雅清贵成这样了。梅伯作为齐衡的最高领导，身份应该是十分尊贵的，是不能随便光膀子的。《封神演义》用“炮烙”来形容梅伯的被杀，是因为杀害言官、杀害清流，是一个王朝非常惨痛的事。

所以，见到纣王要杀梅伯，丞相商容就告老还乡了。丞相理论上是“三公”之一，但事实上还是百官之首。从秦朝以后，皇帝一直忌惮“丞相”这个可以跟皇帝抗衡的角色，一直不会好好地设置这个官，总是让一群人分享丞相的权力。所以，在中国的大部分历史上，并不真的存在“丞相”这个官。尽管这样，历朝历代的人，总还是会一眼就认出来，谁是“丞相”，谁是实际上最大的那个官，因为总得有这么一个官。所以，皇帝还要继续看这个实际上的“丞相”不顺眼，想办法弄各种人来再分他的权，也不让他当一品官，一品官都弄成一些老臣、皇族这样的吉祥物。但是这也都没什么用，“丞相”还是那个人。

商容不仅是丞相，还是先王留下来的老臣，这就对纣王又多了一层约束力。但是，他看到纣王把梅伯都炮烙了，就知道商朝是气数已尽了。这时候，他选择了告老还乡，而不是硬拼。他知道，气数已尽的时候，硬拼只是白白牺牲。

明朝灭亡的时候，满朝官员没有一个肯为抵抗李自成拿出一分钱来。这并不是说，皇帝是好皇帝，是因为官员太腐败了才招来了李自成。而是说明，能为皇帝拿出一分钱来的人，早就被杀的被杀、隐退的隐退，现在站在朝堂上的人，都不是应该做大臣的人。一个大王朝，都是在最终灭亡的很久之前就已经实际灭亡了，灭亡的症状就是失去了所有的人。

对付了梅伯和商容，妲己才开始对付姜皇后。到现在为止，妲己还只是一个美人，皇后则是可以跟皇上平起平坐的，妲己在姜皇后面前，坐都不能坐，必须站着伺候她。这看起来十分封建，十分不平等。但是许仲琳让我们记住，这样的不平等，对镇压妖孽来说是必要的。

皇后与美人，或者说妻与妾，其中的巨大悬殊，是在皇帝和丈夫的权力已经被过分纵容的情况下，对他们的一点制约。如果真要平等，按说严格一夫一妻是最好的，丈夫最好不要纳妾。但皇帝丈夫在正常的夫妻情感之外，还有一些小欲望小需求，而他又恰好有过大的权力，他就会满足自己的这一点过分但不多的欲望，给自己找一个小女人。这时候，如果他的权力确实大，管不住了，正常人就只好退而求其次，要求他把这个过分的欲望控制在一个很小的范围内，永远不让这个小女人侵犯正妻的权利。既然你最初的借口就是，“这只是我个人的一个小小的欲望”，那么你至少必须一直让它只是小小的欲望，不能干扰主业，更不能干扰别人的正常生活。保证正妻的权利，是因为权利本来就是正妻的，妾本来是不应该出现的。这制约是冲着大爹的，不是冲着小妈的。

妲己对姜皇后的恨意，不是一个女人对另一个女人的平等的嫉妒，而是过分的欲望对美好事物的觊觎。妲己想成为姜皇后，不是追求人格的平等，而是在谋求一个自己不能胜任的职位。

妲己谋害姜皇后，是跟奸臣费仲联合的。古人心目中的宫斗，一定是要交通外朝的，因为嫔妃自己是没有力量的。外朝的君子都被打压了，能跟妲己串通的小人才能乘虚而入。所以，宫斗是要在外朝的清流君子被打击之后的。

妲己以为自己是跟姜皇后一样的人，但是有些人注定是不能一样的。小人打击注定比他高贵的人，一般是用诬陷的手段。妲己诬陷姜皇后想要刺杀纣王、让自己的父亲东伯侯当皇上。这听起来难以置信，但是纣王信了，这说明，他原来就这么怀疑。小妈的诬陷能得逞，一定是因为大爹早就这么怀疑了，这就叫“苍蝇不叮无缝的蛋”。当然，大爹这么怀疑，不代表正人君子这么做了。

纣王审问姜皇后，又对她施以酷刑，剜了她的眼睛，炮烙了她的双手。姜皇后坚持，没做过的事就不能招认。为什么姜皇后不妥协一点呢？因为她知道，妥协也是没有用的。

这时候，纣王开始动摇了，开始怀疑自己是冤枉了姜皇后。而妲己抛出了一个奇怪的理论：已经冤枉了姜皇后，就宁可冤枉到底，也不要得罪了天下诸侯。所谓“得罪天下诸侯”，就是在天下诸侯面前认错，让天下诸侯看不起自己。纣王就听她的了。

这里同样不要理解为，纣王还有一丝良知，都是妲己坏事。纣王的话代表纣王的理性，妲己的话代表纣王的欲望，纣王又一次让欲望战胜了理性。这时候，给姜皇后平反是纣王的最优解，但他选择了不认错。

这就告诉我们，皇上是不可能认错的。总有人会幻想，皇上冤枉了你，你想办法跟他说清楚不就好了？其实，皇上即使觉得你冤枉了，也是不会认错的，因为他怕被人看不起，而且他觉得别人看不起他就会打他。所以，他永远会选择，让你冤枉到底。

纣王杀死了原配妻子，这代表他杀死了一部分自己。原配妻子是你在少年时选择的，那是你头脑最清楚、最贴近自己直觉的年代。少年时选择的人，是自我的一部分。当一个中年人抛弃了自己少年时爱的人，就是和自己少年时的智慧和直觉告别了。运气好的话，也许是你成长了，但是大概率，你是变老了。

纣王杀了姜王后，还要杀殷郊殷洪。这时候，是黄贵妃保护了他们。黄贵妃是朝中大将黄飞虎的妹妹，相当于《甄嬛传》里华妃的那个角色，权势仅次于皇后。在古人的意识中，华妃和皇后是没有矛盾的，华妃是要代替皇后保护皇后的孩子的，要害皇后的是来路不明的美人妲己。

黄贵妃劝殷郊殷洪，你们到前朝去评理，大臣们会保你们的。黄贵妃这个女性的形象，非常正面，她勇敢正直，又聪明冷静。她戏份不多，但非常耀眼。黄贵妃所代表的这种女性之间的互助，比纣王和姜皇后的夫妻情要可靠多了。对殷郊殷洪来说，这个毫无血缘关系的“姨母”，也要比亲爹好多了。说许仲琳厌女，黄贵妃第一个不服。

纣王还有一个杨贵妃，看连皇后都被害成这样，就悄悄自杀了。许仲琳让她姓杨，不知道是不是想起了唐朝的杨玉环。杨贵妃死得有点窝囊，不像黄贵妃那么刚，但她同样是正直、智慧而决绝的。

从殷郊一面看，他是弑父者；从纣王一面看，他杀了自己的儿子。弑父是潜在的自然之道，杀子可是绝对的逆天而行。殷商覆灭的过程，表现为留不住人，越来越多的人离开纣王，越来越重要的人离开纣王。现在，他连自己的儿子都留不住了。

孟子说：“寡助之至，亲戚畔之；多助之至，天下顺之。”这两句话，就是《封神演义》的主题。所谓“亲戚畔之”的“亲戚”，不是我们今天说的七大姑八大姨，而是父母和子女，是指直系的骨肉至亲。一个人无道到极点了，连他的父母子女都会背叛他。如果连直系亲属都背叛你，那就不是背叛者有罪，而是被背叛者无道。

那么，是父母背叛子女的多，还是子女背叛父母的多呢？一般都是子女背叛父母。父母很少有机会背叛子女。所以，如果你的子女背叛了你，就说明你是孟子说的“寡助之至”。不是我们常说的，“一个人连自己的父母都能背叛，还能对谁好”，因为一个人背叛父母可能有很多原因；而应该说：“一个人连他的子女都背叛他了，他还能做成什么事？”

当然，在现实中，我们身边经常能见到被子女背叛了的人。这只能说明，“寡助之至”的人还是很多的，人其实是很容易落入“寡助之至”的境地的。只不过，一个平头百姓，“寡助之至”也没什么，也很正常。只是一国之君，如果都到了“亲戚畔之”的份儿上，就说明他是“失道寡助”，没有不亡国的道理了。

而与此相反，“得道多助”，“多助之至，天下顺之”。如果一个君主极端有道，就不仅是“亲戚”，而是“天下”都来“顺”他了。那这个来顺他的“天下”是谁呢？就是从别人那里跑出来的“亲戚”。殷郊跑到武王那里，就成了武王的“天下”。“亲戚畔之”的人常有，只是“天下顺之”的人不常有。

“亲戚畔之”，就是把自己的儿子变成不是自己的儿子；“天下顺之”，就是把不是自己的儿子变成自己的儿子。谁更“得道”，就看谁能把别人的儿子争取成自己的儿子。传说周文王有一百个儿子，今天的人就要吐槽了，说文王有一百个儿子，纣王只有两个儿子，你说纣王好色？其实，“文王百子”，意思不是文王能生，而是文王能把别人的儿子争取过来。比如雷震子，就不是文王生的，是他争取过来的。

一个王朝发生宫斗，废了皇后、太子，这说明腐朽的程度又加深了，王朝又断了一根柱子。

话说殷郊殷洪跑到大殿上，群臣保他们，纣王还是要杀了他们。这时候朝中的两员大将，方相和方弼，就起义了。成汤这座大房子，拆到了武将这根柱子。有一部分武将，也是早早地放弃了腐朽的朝廷。方相和方弼，保护着殷郊和殷洪逃出了朝歌。

殷郊跑到了东鲁，想寻求姥爷东伯侯的支持。这说明，《封神演义》也跟《红楼梦》一样，把姥姥家看成最有力的支持。殷洪则去南方，算是作为备份，保存一份力量。之所以是殷郊去东鲁，是因为他是太子，更重要一些，所以他走希望更大的一条路。

当然，最后殷郊殷洪还是被纣王抓了回去，绑到了断头台上。这时候，又是师父来救走了他们，重复了哪吒的剧情。当一个好人受到迫害的时候，有可能会有神仙来救走他们。这也成为中国社会的一条规律。

之后触发的剧情，就是纣王囚禁文王。文王象征最好的人，纣王囚禁文王，是最坏的人囚禁了最好的人。文王又是诸侯，诸侯可以对应封疆大吏，也就是最高的地方官。整治了最高的言官，整治了后妃太子，就要整治地方官了。得罪了地方官，王朝就又断了一根柱子。

也可以把文王想象为更远的诸侯，也就是少数民族地方的总督。得罪了这些远方的诸侯，是很有可能引发起义的。事实证明，明朝也确实是这么亡的。

周人就是跟商人不同的部族，比商人更后起一些。但不能认为，后起的民族就是野蛮的。周人就是一个文明的民族，后来建立了比商文明更伟大的文明。这些臣服于中央的少数民族地方，本来就是在中华的版图之内的，他们早就接受了先进的文明，尤其是他们的贵族。他们也不是外来者，而是华夏过继的儿子。当天子衰落了，他们也可以起来，跟华夏文明一起走下去。中华文明就是不断改朝换代的，草莽英雄可以做皇帝，后起民族的贵族也可以做皇帝，只有华夏文明是永恒的。

接下来，妲己继续对后宫下手。只要为姜皇后的死感到悲伤的，就被她视为异己，推到虿盆里去。为姜皇后悲伤的宫人，不一定都是有勇气反对妲己的，但是妲己的打击范围就是这么广。与此同时，妲己也会培植党羽，把琵琶精、雉鸡精都弄到宫里来，把看出她们是妖精的平民相士姜子牙轰出朝歌，把他送到西岐去。

妲己在鹿台招了一群妖精，骗纣王说，他们是仙人。这有点唐型王朝后期皇帝求仙问道的影子。求来的当然只能是一帮妖道，因为神仙就不是干这个的。这还可以映照到前朝：前朝本来应该是网罗天下君子的，现在君子都走了，即使再招上来人，也都是一帮妖精了。但是这帮妖精也可以聚在一起，假装是清流，做出很风雅的样子。

比干发现了这个问题，就让黄飞虎追到了妖精们的老窝，轩辕坟，把它们一把火烧了。这代表，朝中最后的君子力量，给了小人党最后一击。妲己也因此恨上了比干和黄飞虎。

妲己先是害死了比干。比干是亲王，也是商容之后新的宰相，是王朝最重要的人。就像我前面说过的，黜退亲王，也是王朝衰落的一个重要的标志。比干，以及之前被打倒的商容、梅伯，都是子姓，都是纣王的血亲。比干这样的人，是真心爱着这个王朝的，所以后来的屈原对比干很有共鸣。

原著中比干的死很戏剧性。他把心剖出来，并没有马上就死，而是好好地出了门，回家去。只是在妲己幻化的农妇说出"人无心则死"的时候，他才突然一痛，落马而死。这是象征着，这种亲王，一般不会被直接杀死，往往是遭到贬黜之后，郁郁而终。所谓郁郁而终，往往就是谁说破了一句什么，戳中了他的痛处，让他精神崩溃了。他如果能做到一律不看不理，还是有可能一直活着的。比干本来也是可以走回家的，只是他从此就成了一个没有心的人了。

然后，妲己就对付黄飞虎，办法是逼死了他的妻子和妹妹。妲己以探望黄贵妃的名义，把黄飞虎的妻子贾夫人骗进了宫，让纣王对她实施了性骚扰。妲己先是跟贾夫人套近乎，跟她姐妹相称，假装纣王不在，这里没有男人，跟她一起喝酒。喝到一定程度，纣王突然出来，要跟贾夫人喝酒。这种性骚扰的手法，今天还在用。许仲琳这么写，应该是明朝也有这种事。许仲琳对这种套路是很明白的，没有说贾夫人去别人家喝酒是不检点、勾引男人，而认为这是无道的男人的伎俩。

贾夫人宁死不屈，从摘星楼上跳了下去。纣王又把闻讯赶来的黄贵妃也从楼上扔下去摔死。这件事其实不是妲己干的，是纣王干的。这样，黄飞虎只能铁了心地反出朝歌了。

黄飞虎是成汤最重要的一员猛将，他归了西岐，成汤又断了一根柱子。从黄飞虎反出朝歌，武将线展开了。虽然因为情节的需要，黄飞虎在后来的斗将中几乎没赢过，就像孙悟空在取经路上也没赢过。

之后，小说就陷入了漫长的斗将。西岐灭了同为成汤属国的北崇，算是对成汤宣战了。朝歌不断派出将领征伐西岐，一一被西岐打败。有人说，朝歌有这么多人好派，为什么非得像葫芦娃救爷爷一样一个一个来送死，不能一拥而上把西岐灭了吗？其实，这些武将身份不同、来源不同，是好几茬儿武将了。只有前一茬儿打光了，没有办法了，才会让后面的储备力量上。

一开始，是张桂芳这样的普通将领。张桂芳已经号称是朝歌武艺最高强的武将了，他出马，相当于殷商的军事力量一拥而上了。打来打去，打光了以后，才能让闻太师上。闻太师是最高的军事统帅，相当于太尉，不到军队打光了，是不能让他上的。

闻太师之前还一直在打北海。所谓“北海”，隐喻的是北方的异族势力，比如犬戎、匈奴、鞑靼、瓦剌之类。北方有一些势力，是在中华文化之外的，他们一直是中华文化的劲敌，是中华军事力量防守的主要对象。

闻太师在绝龙岭殉国后，商朝实际上就没兵可用了。这时候，才请邓九公出来。邓九公实际上是退了休的大将军，所以他是不能跟闻太师一拥而上的。只有闻太师没了，实在不行了，才能劳动他出山。

结果，邓九公也没能征服西岐，还投降了西岐，而且还带去了女儿邓婵玉。

邓婵玉这样一个武艺高强的千金小姐，到了西岐嫁给了其貌不扬的土行孙。这一点总是让我们很难受，邓婵玉这么好一个姑娘，就是给人做奖品的吗？还是土行孙这样一个人，恶心谁呢？

其实，让土行孙娶到邓婵玉，也是当时人的一种幻想，是新生的文明继承旧文明的一种象征。现在的电影好像准备把土行孙拿掉，直接让邓婵玉跟姬发谈恋爱，意思其实是一样的。我觉得这是个好办法。

没有了邓九公，纣王只好依靠骨肉的力量了。当然，之前那些子姓的文臣，姜文焕、黄飞虎这样忠心耿耿的外戚，都死的死、走的走了。他设法让殷郊殷洪回到了他这边，但他们也死在了战场上。太子殷郊还死得很惨，以一个巨大的法身被挤在群山中间，被犁死了。这个景象，非常像一个巨大王朝的完结。太子死了，也说明成汤气数已尽了。

之后，还有梅山七怪出来。他们虽然不是人，但也不是正经的截教弟子，他们就相当于“乡勇”，本来是老百姓，是有点拳脚的小混混，被王朝临时征用了。连这样的人都用，这个王朝也就完了。

最后，妲己还在朝歌祸害到老百姓头上，砍渡河人的腿，剖孕妇的肚子。王朝覆灭的最后，是每一个人的灾难，不仅是贵族的灾难。

从《封神演义》的整个故事线就可以看出，对一个王朝重要的人有言官、丞相、皇后、太子、外戚、亲王、大将，失去了他们，就意味着王朝失去了运势。在王朝的最后，退休的将军和民间武装也是可以拿来用一用的。

《封神演义》是立足于明朝写商朝的故事，他写的是商朝的故事，更是明朝的故事，也是中间几千年的故事。也许许仲琳无意于去影射什么，但是他下意识的流露，已经包含了中国历史演进的种种规律，透露出中国人的思维方式。《封神演义》的故事，在中华几千年的历史中，一直循环上演着。

下编

蒲松龄的魔幻现实

第五章

《聊斋志异·婴宁》：傻丫头真的傻吗

蒲松龄的《聊斋志异》，是清代的几部文言小说里我最不喜欢的一本。我更喜欢纪晓岚的《阅微草堂笔记》和袁枚的《子不语》。

特别是刚上大学那会儿，我想着我可是北大中文系的啊，可不能跟一般人一样啊，哪能喜欢《聊斋》呢？在我看来，《聊斋》就是村里一个穷书生写的。华北农村的穷书生，我小时候也见过，大概能想出来是个什么样子。何况《聊斋》还不好说是蒲松龄自己写的，很多是他听来的故事。等于是一个村里的穷书生，带着一帮还不如他的村里的穷人讲故事。讲的故事，很多都寄托了他们在贫穷生活中的想象。其中有一个我很不喜欢的地方，就是他们自己过得不如意，就爱往女人身上转嫁压力。现实中的女人不让他们转嫁压力，他们就把那些满足不了的欲望、需求，寄托在幻想出来的女人身上，也就是那些女狐狸精、女鬼之类的。《聊斋》里的很多女鬼、女妖精，都是被创造出来伺候这些不如意的男人的。她们长得又漂亮，又百依百顺，又能干家务，又能给男人平事，还没有丈母娘要男人伺候，不需要她的时候她就走。说老实话我觉得这样的人物设定特没劲，幻想出这样人物的那些男人太贪婪了。作为一个“学院派”，那时候的我觉得这种绝对的人物形象是不美的，是低级的。我肯定是不想成为这样的女人的。

但是我对蒲松龄写的那些完美女鬼的看法后来也改变了，让我开悟的是一部现代小说《镇魂》，后来改成网剧了。里头写了一个完美男鬼沈巍，基本上就是完美女鬼的性转版，又漂亮，又温顺，又会干家务，又能出来平事，没有爹妈，后来也走了。按照我的理论，这种人物设定是低级的，没意思的。但是《镇魂》说服了我，我觉得这小说还挺好看的，我还挺迷沈巍这个形象的。于是我就把原来说的话收回了，开始反思。当然这种形象还是不高级的，但是人要那么高级干吗？不就看个小说吗？我喜欢沈巍，因为我自己也是一个女书生，过得也不怎么如意，没比蒲松龄高级到哪里去。陪在我身边、一起喜欢沈巍的，是一帮过得比我还不如意的女生，就相当于那些比蒲松龄还不如意的男性。那我们喜欢沈巍有什么问题？这里面又没有实际的男性受到伤害。既然这样，蒲松龄想象那些完美女鬼，也没有问题，也没有实际的女性从中受到伤害。不能因为我喜欢沈巍，或者蒲松龄喜欢那些女鬼，就说我们人品多么低下。当然，不爱看沈巍和女鬼的人就不看呗。所以结论是，我现在可以理解蒲松龄的心情了，但我会选择去看沈巍，而不会去看《聊斋》，更不会去学里面的女鬼。

但是《聊斋》里有一个女性，我是愿意学的，就是婴宁。

什么是“中式恐怖”？

我一开始就说，我这本书是来说聊斋的。我们小时候看的电视剧《聊斋》，乔羽先生给它写的歌词就叫《说聊斋》。“说聊斋”是个民间的说法，有句流行语叫，“都是一个山上的狐狸，你跟我说什么聊斋”。凡是讲鬼故事的，都可以叫“说聊斋”，不一定是说蒲松龄写的故事。这也说明了一般人对聊斋的印象，聊斋就是讲鬼故事的。我们今天的课本，又不好意思不选《聊斋》，又怕里面有封建迷信，最后就勉勉强强地选了一篇莫名其妙的《狼》，因为它不是鬼故事。其实要说封建迷信，那篇《狼》从动物学的角度看也未见得科学。

要我说，这么在意真的没必要。谁还不知道这个世界上没有鬼呢?《聊斋》写鬼，也不是为了宣传这个世界上是有鬼的，都是在借着鬼的幌子，讲人间的道理。就像《说聊斋》里唱的，“牛鬼蛇神倒比正人君子更可爱”。

我们现在还流行一个词，叫“中式恐怖”。一说“中式恐怖”，中国人脑海里都能有个印象，是什么样的，都有哪些元素。但是，“中式恐怖”的本质是什么呢？怎么概括？好多人一想就想歪了，顺着那些恐怖元素，都拐到批判封建上去了。这是我们几十年语文教育的一个问题，大家都太关注“写什么”，不关注“怎么写”。大家都不会从“怎么写”去思考问题。封建是“写什么”的问题，不是本质问题，中国古代就是封建社会，怎么可能不涉及封建呢？外国封建社会的恐怖难道就不涉及封建了吗？如果我们只从“写什么”去找文学的特色，肯定是找错方向的。

“中式恐怖”的本质特点是什么呢？我认为就是表面一套、内里一套，这一点非常中国，是中国人说话做事的风格。一个中国的鬼故事，往往表面上有一套完整的、勉强可以说得过去的逻辑。在真正的鬼出场之前，我们会觉得哪里不对劲，但是觉得可以接受，可以忍。直到鬼出来，我们才恍然大悟，原来这一切都是因为“有鬼”，这时候再回头去看，才发现你感觉到的一切不对劲，都是在闹鬼。所以，一个典型的中国鬼故事，必须得读两遍。

婴宁的故事，也符合这个规律。很多情节，表面上看可以有一个解释，而我们读到后面，会发现潜藏在下面的另一个解释。

婴宁这个人物，一般说她是个“傻丫头”，核心词是“傻”，道家、返璞归真一类的说法也被搬过来形容她了。第一遍读这个故事的时候，我们也确实可以接受这个设定，她是个“傻丫头”。

傻丫头这个人物设定，是讨喜的。大家都喜欢婴宁，蒲松龄显然也喜欢。婴宁这个故事，不是一般的民间传说，可以看出更多的蒲松龄个人创作的成分。我觉得从某种意义上说，婴宁是蒲松龄心目中的一个理想人物。

蒲松龄喜欢傻丫头，我现在也可以理解了，因为我也喜欢傻小子。比如说，我喜欢郭靖。《射雕英雄传》就是一个傻小子的故事，我是百看不厌。傻女婿和傻媳妇，都是民间故事的母题。为什么会有这样的母题呢？大家不要想得太暗黑，其实就是傻小子傻丫头讨人喜欢。人不是越精就越讨人喜欢的。

这里说的“傻”，不是智力低下。郭靖绝对是高智商的人，要不他怎么学的绝世武功？这种傻，是一种人品特质。我喜欢人的取向非常单一，就是武艺高强的傻小子。婴宁这个形象呢，就是一个讨人喜欢的傻丫头。

但是，婴宁真的是傻吗？要我说，婴宁是个绝顶聪明的女孩，像黄蓉一样聪明。说婴宁“傻”，也解释得通，但是很多地方会有点奇怪。其实在“傻”的下面，还有一层聪明，下面的这一层，解释起来会更通畅一些。

故事的开头，先介绍了故事的男主角，王子服。这个王子服是山东人，跟蒲松龄一样。古代时，山东人自己内部又分齐国和鲁国，互相之间并不怎么认同。王子服是山东莒县人。莒县在春秋时属于莒国，莒国这个地方离齐国是比较近的。按鲁国人的说法，齐国人是弯弯绕绕比较多的。

这个王子服非常聪明，十四岁就考中了秀才，相当于十四岁就大学毕业了，这一点让蒲松龄非常羡慕。但是这个“聪明”，是智商高的那种聪明，相当于郭靖的武艺高强。这小子傻不傻呢？我们往下看。

这个小秀才，十七岁了还是单身。按说念书好的男孩，是不太可能晚婚的。在比较保守的环境里，男孩如果有机会，是不会放弃结婚的。这个王子服为什么十七岁了还是单身呢？他有个娃娃亲，但是未婚妻死了。这个未婚妻的存在就是为了解释，这个小秀才为什么十七岁了还是单身。小秀才他爸也死了，这又省了个事。也没有兄弟姐妹，家里就一个妈妈。

这个王子服，是那种很宅的学霸，平时他妈不让他出去玩。这种人一般都是走哪儿都不认识，买一瓶汽水不知道退瓶的那种。他还有个表哥，是他舅舅家的孩子，姓吴。这个小吴可能是个比较正常的孩子，出去浪得比较多。这一年的三月三，小吴带着王子服去逛庙会，俩人走两条线去了，把王子服撂下了一会儿，这就出事了。

这个王子服，看见一个特别漂亮的姑娘。有多漂亮呢，郭德纲说叫“一想之美”，你想的什么样人好看，她就长什么样。主要是具体长什么样不重要，这个姑娘肯定是特别好看。这个姑娘穿得挺好的，一看就是一位小姐，她身后还跟着一个丫鬟，跟白娘子一样，这都是女鬼女妖精的标配了。

这位小姐手里拿着一枝梅花，一边走，一边“笑容可掬”。这时候她不是哈哈大笑，是没声儿的笑，可能是刚跟丫鬟说完一个笑话，也可能是自己刚想起一件有意思的事，美不滋儿的。这个表情很特别。你去街上看看，有几个人是一边走路一边“笑容可掬”的？肯定也有，就是少，“笑容可掬”的那些人，面相肯定好，看着肯定舒服。

王子服一看，这个姑娘真好看啊，就看呆了，盯着人家姑娘看。你琢磨一下这小子这样儿是精是傻吧。按照中国的礼仪，盯着人家姑娘看，是不好的。我估计王子服这么盯着姑娘看，除了因为姑娘长相美以外，也是因为姑娘的表情美。一个走在路上就能“笑容可掬”的姑娘，一定是无拘无束的。王子服是个家教很严的男孩，越是家教严的男孩，越容易被这种无拘无束的姑娘吸引。这种盯着姑娘看的小小子，总是显得傻乎乎的。

姑娘也看见他了，就走过去几步，跟丫鬟说：“你看看那个男的，盯着人看呢，跟要耍流氓一样。”她也知道这少年是喜欢她。她呢，也不讨厌这个少年，对这个少年也有好感，就把手里的花扔到地上，跟丫鬟说说笑笑地走了。

把花扔到地上，这个动作也很暧昧。这小伙子要是有心呢，就把这花捡起来，说“姑娘，你东西掉了”，这就搭上话了。因为人家姑娘对你一点意思没有，你也不好就上去搭话。其实看见喜欢的姑娘，就上去搭话，姑娘没表示也没关系，只要你态度够好、够尊重就好。但是如果说两句后发现不合适呢，也不能算是人家姑娘主动追求你。实在不行，姑娘可以说那花是不小心掉地上的。

王子服把这枝花捡起来了，可是他还是没敢上去搭话，就这么眼睁睁看着姑娘走了。这一走，可能这辈子就再也不会遇到了，那时候也不兴上微博找人。就是这样，王子服也没敢追上去搭讪，这是一个特别中国男人的表现。他就痴痴呆呆地想着这个姑娘，把这个花收到袖子里了。就冲这件事，你说这两个人谁比较傻吧。

如果不是传奇故事的话，这个故事到这里就结束了。世界上的很多故事，都是到这里就结束了。

王子服回到家里，就看着这花，越想越窝囊：我当时怎么就没追上去呢？这是要后悔一辈子了。他就得了相思病，瘦得都不行了，卧床不起，吃药也没用。他也不敢跟他妈说，就天天躺床上看着这个花，想着这个姑娘。

中国就是有这么一种窝囊男人，喜欢一个姑娘，但是一点办法也没有，就会自己在宿舍里哭。孔夫子都教给你们了，“窈窕淑女，琴瑟友之”，你一个读书人，想要接近喜欢的女孩子，还能没有办法吗？这真叫读书都读到狗肚子里去了。

这时候小吴就来看他了，王子服就把遇见这个姑娘的事告诉了小吴。小吴是个比较世俗的人，在他眼里，这还能叫个事儿吗？他就拍着胸脯说了：“这算什么事啊？那个姑娘肯定不难搞定，你就看她自个儿带着一个丫鬟在外头走，也没随从也没轿子的，就不是什么世家大族。”你看他惦记的都是这种事。其实，这件事的难处，在于姑娘是不是世家大族吗？要是世家大族倒好了，你倒好打听了。小吴也没多少社会经验，但是他在王子服面前装出一副很社会的样子来，确实能安慰到王子服这种书呆子。小吴就说，你好好吃饭，病好了，我去帮你找这姑娘。王子服就信了他的邪，真的就好好吃饭了。

结果小吴左找右找，怎么也找不到这姑娘。正常的解释是，这种情况本来就不好找。灵异的解释是，这姑娘就是个鬼，世界上就没这个人。这就是中国鬼故事的暧昧之处。

小吴没法交差。其实在小吴这种人的心里，这算什么大事儿啊！小吴就想，我哄哄他，过了这一阵就好了，他就忘了。所以小吴就编了个瞎话哄他。这种事是编瞎话能敷衍过去的吗？这就看出小吴也是个孩子，也很幼稚。

小吴就说了："我问着了，我当是谁呢，还是咱们家一个亲戚呢。那姑娘的妈，是我另一个姑姑，也就是你大姨。"哪儿就那么好，还是王子服娘家的亲戚？这就是小吴顺嘴胡编了。结果王子服这呆子就认真了，问："这个你的姑姑、我的大姨，家住哪儿啊？"小吴继续顺嘴胡编："从这儿往西南三十里，山里头。"小男生就爱这样，顺嘴瞎编，还编得有鼻子有眼的。经常有那种没女朋友的小男生，就为了打嘴炮，能给自己编出一儿一女来，还都有名有姓的。

结果王子服就信了，高高兴兴起来，也有胃口吃饭了。然后就安心等着小吴给他说媒去。结果小吴那边就没下文了——当然是没下文的。其实小吴也没有给王子服一个期限，说我几月几日给你说媒去。一般承诺不带日期的，可以默认对方没有承诺。说"好好好我有时间一定给你办"，一说"有时间"，就肯定是永远没时间了。

王子服左等不来右等不来，后来一想也想开了，不就这三十里吗，还不够西直门到香山那么远呢，值当这么凑日子那么凑日子的吗？一赌气，我自己去吧。也没地址也没门牌号，就把那干梅花往袖子里一揣，自己腿儿着往西山去了。你说这个人是聪明是傻吧。

结果往西走了三十里，走到山里，还真的出现了一个宅子。这其实是一个阴间元素，我们都知道，这个“往西三十里”是小吴编的。到底是因为小吴说了，那个鬼老太太按他说的变出来了这么个宅子，还是那个鬼老太太冥冥之中操纵小吴说的，我们也不知道。当然，按照中式恐怖的原则，这里必须还有一个阳间的解释，就是这里恰好有一个宅子，这傻小子误打误撞摸着了，但是不能确定里头是不是那天见到的那个姑娘。不过，这个恐怖元素放在这儿，我们在阅读的时候没有感觉到恐怖，因为蒲松龄特别动情地来了一段风景描写。风景描写是典型的文人文学的特点，平常讲个鬼故事用不着有那么多风景描写。这个地方也说明《婴宁》是蒲松龄的个人创作，有点高雅文学的味道。

王子服扒着墙头一看，院里真有个姑娘，真是那天看见的那个。这回戴的不是梅花了，是杏花。那个丫鬟也在，叫“小荣”。这个地方其实就显出灵异色彩了。王子服乐坏了，想敲门进去，但是又想着，他跟这个大姨家从来没联系过，进去怎么说呢？就这么一直在门外头傻等着，等到天快黑了。这是个社恐。这一天里，姑娘也时不时露个小脸看看这个人，说这个人怎么回事，也不敲门，走又不走。其实这姑娘是知道王子服在那儿的，也就是说，可能这一家人都知道门口有个傻小子，就这么耗了一天。

尴尬的相亲会

最后还是那个鬼老太太，王子服那个“鬼大姨”，救了这个社恐青年。老太太把门推开，说哟，这儿怎么还一人呢？你是打哪儿来的啊？

王子服起来，作揖，说，我是来串亲戚的。大概这个王子服说话温文尔雅的，这时候也有点不好意思，声音不是很大。结果这个鬼大姨耳背，没听清。鬼大姨就说：“来干什么的？听不见！大点声！”这么小的声音还想娶媳妇呐！王子服就又大声说了一遍。鬼大姨说：“好，很有精神！”这个老太太的人设就是耳背。

中国有句话，叫“不瞎不聋，难做家翁”。说当长辈的人，还是瞎着点、聋着点好。意思是不能太清楚了，该看不见的要看不见，该听不见的要听不见。这里这个老太太到底是真聋还是装聋，咱也不知道，但是她每次都聋得挺恰到好处的。王子服这个社恐，上门不太好意思做自我介绍，但是追女孩，社恐是不行的。这个聋老太太又让他报了一遍自己的信息。

老太太说，你是来串亲戚的，那你亲戚姓什么啊？王子服说：“我不知道。”你听听这是人话吗？这个王子服死心眼儿了，你来找你大姨，那当然你妈姓什么你大姨就姓什么啊。但这王子服肯定是想着，我知道我大姨姓什么不行，非得知道我姨父姓什么，才能知道这家姓什么。你就说“我大姨娘家姓吴”，这不就搭上话了吗？

老太太就说，来串亲戚连亲戚姓什么都不知道，这可真是念书念傻了。一般读书人都讨厌听这句“念书念傻了”，其实老太太在这儿是在替王子服遮掩。正常人这时候应该说的是：“你一个读书人，说来串亲戚，连亲戚姓什么都说不明白，你又不是没文化，你肯定不是来串亲戚的，说吧，是来干什么坏事的？”结果老太太就说了句，这是个书呆子，就把他让进屋了。这不是老太太警惕性差，是老太太想让他进屋。不进屋这戏没法往下演。

老太太说，进来吧，我们这儿没好吃的，粗茶淡饭好歹管你顿饱，住的条件不好，好歹有个地儿让你凑合一宿。老太太说这些话，是为了说明这家条件不好吗？这是一种礼貌的谦虚，说明这个老太太是个很有修养的老太太。有修养的长辈，特别是家里条件比较好的，说话就是这种口吻。

王子服就高高兴兴地跟着这个鬼老太太进来了，都坐定了，王子服也不知道亲戚姓什么，结果老太太反而先开口了：“你姥爷是不是姓吴啊？”就是说，你妈是不是姓吴啊？到底是老太太憋不住，先问出来了。王子服的姥爷，就是这个老太太的爹。王子服赶紧说，是是是，我姥爷是姓吴。老太太说，哎呀，闹了半天，你是我外甥啊，我是你大姨！

老太太赶紧又说，也不怪你不认识，咱们亲戚一直没走动；没走动也不怪你们家，你姨父没了以后，我们家没个男的，走动不方便。这都是在给王子服找台阶下，你不认识你大姨我，不怪你，也不怪你妈。

王子服说，我就是来看大姨您的，就是忘了您家姓什么了。老太太赶紧给他找补："我姓秦。"这个秦是她丈夫的姓氏。老太太介绍家庭成员，说我们家没别人了，就一个闺女，也不是我亲生的，是你姨父的小老婆生的。现在你姨父没了，小老婆走了，这闺女就是我带大的。

这个介绍听着一点毛病都没有，这种事儿在清朝很正常。丈夫去世了，小老婆再嫁了，大老婆守寡把孩子拉扯大了，大老婆就是孩子的妈。但这里的问题是，这个小老婆是个狐狸精。婴宁这个生母不是改嫁了，而是回山里修炼去了。这个大老婆也不是一般的大老婆，而是一个鬼，她在婴宁出生之前就去世了。婴宁是被这个鬼妈妈拉扯大的，所谓"狐生鬼养"。结果老太太在这儿就轻描淡写地说成一个很正常的现象。这也是中式恐怖的特点。

老太太说，这闺女傻倒是不傻，就是被我惯坏了，一点规矩都没有，一会儿我让她出来见见你啊。

老太太这两句话，就像丈母娘说的话了。这也看出来，老太太的目的就是把婴宁推销给王子服，而不是光好心眼儿让他进来吃饭的。老太太说，"这闺女不傻"。这个老太太说话是很谦虚的，她说不傻，就是很聪明了。注意，老太太可没说婴宁傻，在老太太眼里，婴宁是很聪明的。老太太说，“被我惯坏了，”是什么意思？丈母娘跟你说这句话，是在跟你讨价还价，意思是，我这闺女可是我的宝贝，从小到大我都没有约束过她，所以，你娶到她以后，应该怎么办呢？你自己掂量。她有什么不好，都是老太太我惯的，我负责，你找我说就可以了，但你敢找我说吗？相亲的时候，女方长辈的主要任务是提条件，但是在介绍自己孩子的时候，不提自己孩子的缺点又是不礼貌的。如果一个准丈母娘光跟你说，我们闺女可好可好了，那是这个丈母娘没档次，她越吹自己闺女好，越说明她上赶着要把自己闺女塞给你。有格调的丈母娘都是这个老太太这样，我闺女就放在这里，配不配得上你自有判断，而我是来跟你谈条件的。怎么谈条件呢？就通过数落自己闺女的缺点。说我闺女身体不好，不会做家务，意思是结婚后家务得你全包；说我闺女惯坏了，脾气不好，不懂规矩，意思是结婚后她怎么发脾气你都得忍着，她更不可能低声下气伺候你父母，你们全家都不许给我约束她。

作为女婿，你应该怎么说呢？“我帮她改正”？那你就死定了。“我能忍受”？也不太好。你应该说，我觉得她挺好的，我一定好好照顾她。如果能替她辩护两句，说现在哪还有让女生做家务的，她这种个性挺好的，这就更理想了。作为女儿，这时候你也得会听，你妈不是真的嫌弃你，是在帮你谈条件。

一会儿，饭端上来了，很丰盛，这是欢迎女婿的表现，也是蒲松龄作为一个男性想入非非的地方。然后就叫婴宁来吃饭，婴宁就站在窗外，扑哧哧地笑。这是婴宁的人设，围绕着一个“笑”字。上次见面是微微一笑，这回是扑哧哧笑了。旧时代老是教导女儿要笑不露齿，其实这种能发出笑声的女孩子，是很有魅力的。古龙说爱笑的女孩子运气不会太差，能笑出来的女孩子，有一种舒展，有一种生命的真实，有一种面对世界的安全感。她们是被好好对待过的女孩子。中国的男人在中国文化的规训下已经够压抑的了，他们迫切地需要爱笑的女孩子对他们进行解放。

在这儿，婴宁是在笑王子服那傻样。小男生在追女生的时候，最怕女生说自己傻了。其实，特别是婴宁这种爱笑的女孩子，最喜欢男生傻着点。这个傻不是智商低，而是没那么多虚头巴脑的，很真诚，又一心一意、很执着地爱着女孩子，所谓痴情。

吴老太太就说，你看，我说我把她惯坏了吧，一点规矩都没有。意思是你以后都得受着，不能要求她在饭桌上低声下气的。然后把婴宁叫出来一起吃饭，说这是你大姨家的表哥，姓王，一家子亲戚，不走动都生分了。意思是你记住了，别他上咱们家来不知道他姨父姓什么，你上他们家去还不知道你姨父姓什么。

王子服就直直地问：“妹妹几岁了？”你看这话问得傻不傻，上来就问人家女孩子的年龄，查户口，这是一种比较无趣的搭讪方式。老太太又不知道是真聋是假聋，他又问了一遍。婴宁也不回答，在旁边笑得都不行了。婴宁倒也不怪罪他，就觉得他傻得好玩。老太太替她回答说：“十六了，还跟小孩似的。”这是一种怜爱的口吻。王子服接了一句，我比妹妹大一岁。老太太就开始查户口了：“你属马啊？对象是谁家闺女啊？”这是老派人的问法，不问你“有对象了没有啊”，这么问是粗鲁的，得直接问：“你对象是谁家闺女啊？”默认你是有对象的。当然，有人说，这对我们单身狗更残忍了。

王子服说，没对象。老太太说，你这样的条件，怎么十七了还没对象啊？我们婴宁跟你岁数倒是合适，可惜咱们是亲戚。老太太这话已经很直白了，谁都能听出来她是想把婴宁嫁给王子服，但是，她在这儿说话还是留有余地的。她说的这个表兄妹亲戚的问题，在蒲松龄写《聊斋》时的清朝，因为康熙朝出过一些法令禁止表亲结婚，这就成了个有点避忌的事儿，但是远远不构成真的婚姻障碍。实际上清朝表兄妹结婚是很常见的，比如宝哥哥和林妹妹，跟我们今天说表兄妹不能结婚的概念完全不一样。

老太太在这儿是表个态，说你们俩岁数倒是合适，是在促成这桩姻缘。女方不表这个态，怕男的不敢追——你看王子服这个㞞样，不敢敲门能在门口坐一天。但是这不是正式向王子服提亲，在封建时代，女方不能跟男方提亲，一定要男方先提出来。这也是给男方一个拒绝的余地，如果女方正式提了，男方拒绝了，这对姑娘来说是一个很大的屈辱。女方再占优势，男方再㞞，也一定要男方把这个受屈辱的可能性背起来，这是“天赋男权”。王子服如果不愿意呢，就可以说，哎呀真可惜，本来我觉得这样的姑娘挺不错的，因为是自己妹妹，就不敢想了——并不是姑娘不好，是造化弄人，不可抗力。老太太这边，也可以就坡下驴，说我就是说你们岁数合适，没说别的合适。这样双方都有个台阶可下，可以比较体面地好聚好散。

不过，一般来说，女方都表示有这个意思了，男方只要对女方不是非常无感，都应该接受这个好意。何况我们婴宁那么好，王子服已经是不辞千辛万苦地来找她了，这哪还有不愿意的。只要愿意，什么表兄妹啊就都不是问题了。乐得这王子服啊，就一个劲儿地盯着婴宁看。丫鬟就在婴宁耳边说："你看，他还是那么盯着你看，还跟流氓似的。"婴宁又哈哈大笑，跟丫鬟说："走，咱们出去看看，碧桃花开了没有？"

这个情境，对婴宁来说是有点小尴尬的。这时候，她选择用一阵大笑来化解这个尴尬，然后借口去看花，拉着丫鬟出去了。这就把这个对她来说有点尴尬的话题岔开了。出去以后她才跟丫鬟吐槽这个王子服。"视碧桃开未"这个借口，很雅致，很美。你自己天天在家里，你还不知道那花开了没有吗？用袖子捂着嘴，这是强忍着笑，迈着小碎步很快地出去了，这个少女的姿态也很美。这些都是文人写作雅化的特征。出去以后，她才无所顾忌地放声大笑，吐槽大会开始。

老太太就留王子服住下，说你住个三五天都行，没事可以上后花园逛逛。这就是在为王子服和婴宁的偶遇创造机会，让他们培养一下感情。你看这就是懂事的老人家，处处给孩子创造机会，但是又处处留有余地，不让自己的闺女下不来台。

王子服就在花园里遇见了婴宁。当时婴宁在爬树，在上面看见王子服，又开始嘎嘎大笑，笑得差点掉下来。爱笑的女孩，做事就是老不管不顾的，让周围人看着她担心。王子服就说：“小心，别掉下来！”婴宁就一边笑着，一边下树，快下到地面的时候，脚一滑，真的掉下来了。你看，王子服说她要掉下来，她就真掉下来了，但是又不是王子服说的时候掉下来的，而是掉下来也摔不着的时候掉下来的。王子服就赶紧上去扶，顺便就攥了一下她的腕子，这就拉上小手了。现在谈恋爱也是这样，男孩子会尽量创造一些机会，尽快拉上小手。一般都是这样有点小危险的时候，比如爬山啊，最不济挤个公共汽车啊，找机会扶女孩子一把，趁机就拉上手了。这时候男孩子一般会很得意，但是，谁知道这个机会是不是女孩子先创造的呢？

婴宁又笑起来了，靠在树上笑了好久。王子服等她笑够了，很深情、很郑重地，从袖子里，把那束梅花拿出来，给婴宁看。婴宁大概还是拿在手里看了一眼的，然后就展开了一段经典的直肠子少女和尿包少年的对话。

婴宁说：“这花儿干了啊，留着它干吗？”

王子服说：“这是妹妹那天游春丢下的。”

婴宁说：“我知道，你留着它是什么意思？”

王子服说：“我看着这花，就想妹妹啊，想得魂儿都没了。”

婴宁说：“哦，你就是待见这花儿啊，这算什么事儿？我们家有的是，让花匠给你折一大捆来，都送给你！”

王子服说：“你是不是傻？”

婴宁说：“我怎么傻了？”

王子服说：“我爱的不是花，是拿着花的人啊。”

婴宁说：“那当然了，咱们是兄妹，你当然爱我了。”

王子服说：“不是兄妹的爱，是夫妻的爱。”

婴宁说：“有什么区别吗？”

王子服心想，这还真是个不懂事的小丫头啊，于是开导她说：“夫妻是要在一起睡觉觉的。”

婴宁想了想，说：“那不行，我一人儿睡惯了。”

正在这时候，好巧不巧丫鬟来了，王子服就赶紧跑了。

这一段很搞笑，看起来婴宁真的是一个傻丫头。但是我们仔细想想，这段话有没有字面下面的意思？

婴宁说这些看起来傻乎乎的话，她实际上是在干吗？其实她的每一句话，都在逼王子服明确地求婚，明确地表示他是想娶婴宁的，不是其他任何暧昧的感情。

我们重新来看一下这段话。

王子服一开始的表达是特别含蓄的，就拿出一枝干枯了的梅花来。这是他证明自己爱的方式，但是这个太含蓄了，可以有很多解释，每一种解释都是王子服的一条退路。

婴宁就说，你爱这花儿干吗呀？甚至还说出特别绝的话来堵他，你爱花，我让花匠给你折一大捆来。这个“一大捆”里，其实是包含着婴宁的情绪的：你说花儿干吗？我让你说人！

结果王子服居然还垫了一句，你是不是傻。也不知是谁傻。婴宁只好再陪一句，我怎么傻了。

王子服被逼得没办法，只好说出来，我爱的是拿花儿的那个人。

婴宁还嫌不够，还要王子服说出来，是哪种爱。她要逼着王子服说，不是亲戚的爱，是夫妻的爱。

因为我们知道，渣男将来反悔往回退的时候，最爱说这句，“我对你不是男女的爱，是兄妹的爱”。婴宁一定要堵得王子服毫无退路。

王子服说出来了夫妻之爱，婴宁还嫌不够，还要确认，夫妻之爱和兄妹之爱有什么不同。这里你不要理解成，婴宁真的不懂夫妻之爱和兄妹之爱有什么不同。婴宁是逼着王子服自己说出来，有什么不同，签字画押，将来好有个对证。这是今天的女孩子要向婴宁学习的地方，要促成自己的婚事，一定要逼着男的说出来一个准信儿，最怕男的不明不白地吊着你。

在这里，王子服一句一句地回答婴宁，说明他对婴宁的爱确实是够执着的。可是婴宁逼出来一句不放心，又逼出来一句还不放心，说明婴宁作为一个少女，爱王子服也是爱得够着急的。

最后把王子服逼出来一句狠的，是要一起睡觉觉的。婴宁本来也没想逼出这句话来，她本来想讨论的是，爱情和亲情有什么不同这样的哲学问题。结果没想到这傻小子直入主题，真正道出了爱情的“本质”。王子服一直没明白婴宁的苦心，一直没发现她是这么有心眼儿的一个姑娘，以为她就是还不懂事，还想着趁她不懂事赶紧把她拿下呢。其实，世界上哪有长到十六岁还不懂事的姑娘？如果一个十六岁以上的姑娘在你面前表现得一点事都不懂，往往是因为她什么都懂了。王子服是以为婴宁不懂，才像教小孩一样教她，他要是知道婴宁其实什么都懂，怎么也不敢说这句话。

这句话说得让婴宁也没法接了。但是婴宁不能服输啊，不能真让王子服说臊了啊。这时候她想保全双方的脸面，只有嘴硬到底、大方到底、傻到底。所以她说了经典的一句：“我一人儿睡惯了。”这又是模糊了这个睡和那个睡的界限。

当年我先生第一次上我家的时候，就说：“这么大的双人床，就你一人睡啊？有点浪费了。”这个话我就没法接，所以我就说了一句：“那好啊，听你的，我明儿就把这床卖了，换单人床。”我先生赶紧说别介别介。我就是从婴宁这儿借的智慧。

此时气氛十分尴尬，蒲松龄派丫鬟小荣出来，一笔截住。

笑容渐渐消失

然后就换场景了。他们回到房间里，聋老太太又出来了。她问，你们去哪儿了啊？王子服说，我跟妹妹在花园说话呢。老太太说，饭都凉了，有什么话可说啊说这么久？这表面上也是一句常见的大人的抱怨，但是实际上也包含着一点试探：你们谈了这么久，说没说正题儿啊？是在谈婚论嫁吗？谈得怎么样啊？这是老太太作为一个长辈这时候急切想知道的问题。但是她不能直接问，得给孩子们留脸面。所以就这么曲折地问了一句。

那老太太这么曲折地问，你王子服是不是也得曲折地答呀？王子服大概正在琢磨怎么开口呢，结果婴宁想，咱也别绕弯子了，来吧。婴宁直接就把花园交谈中最核心的精神爆出来了："大哥要跟我睡觉觉！"

婴宁直接就这么当着老太太说出来了，这对王子服来说，可真是社死现场了，他赶紧睁大眼睛瞪婴宁，示意她别说了。婴宁就笑笑，不说话了。知道不说了，这就说明她不是真傻。一般你觉得女孩子说傻话、让她别说了的时候，如果她能知道哪句是傻话，马上就不说了，特别是还跟你笑笑，那就说明她不是因为傻才说这句话的，反而是她一定有什么苦心，你没有明白。

幸亏老太太耳背，没听见这个话，没加入这个话题，接着埋怨他们怎么不来吃饭。你觉得这老太太不加入话题，是因为真的没听见吗？是因为这个话说得尴尬，她作为长辈也没法接。这就是不瞎不聋难做家翁的道理。尴尬的时候，老人可以装聋，这是在中国做老人的必备智慧。但是她听见了没有呢？其实是听见了。婴宁言简意赅地把关键的一句话送到了母亲耳朵里，以便母亲进一步帮她想办法，这就大大地简化了流程。

这样的话，长辈听见了就行了，不必表示出自己听见了。

王子服赶紧把话岔开，然后小声跟婴宁说，你怎么能说这个呢？婴宁一脸无辜地说："这个话不该说吗？"好像她真的不懂一样。王子服又以为她真的不懂了，又开始像教小孩一样教她，说："这种话，是要背着人的。"婴宁说："背着别人，还能背着母亲吗？"

这句话乍一听，好像婴宁是什么也不懂的乖宝宝："我可以不跟别人说，但不能瞒着妈妈。"但你仔细想想，这句话是什么意思，婴宁说的是不是特别有道理？婚姻大事是什么样的事？可不就是"背他人，岂得背老母"的事？这是私事，不好到处去麻烦别人的，但是一定得禀告父母，不能因为不好意思就跟父母藏着掖着。从这句话就看出来，婴宁非常清醒，知道谈婚论嫁的事要赶紧禀告父母，不要做无谓的拖延。婴宁在母亲面前直接说出这句话来，就是在推进她自己的婚事。所以我为什么说，婴宁不是傻，而是在积极地推进自己的婚事，就是从这一句上看出来的。

婴宁还说了："而且睡觉不是常事吗？有什么不能说的？"她在这里又在模糊两个"睡觉"的界限。睡觉不是每天都要睡吗，有什么不能说的？其实，就是不能说的那个"睡觉"，不也是人伦常事吗？婴宁想得很开。王子服以为她是还不懂避讳，其实这件事没什么可避讳的。

王子服就这么如坐针毡地吃完了饭，他家里派人来找他了。

王子服正好出门，遇见他们了。这里面又有一个隐含的灵异设定：为什么这些人早不来晚不来，正好在王子服吃完了这顿饭，跟老太太禀告了大事之后，找到了他呢？

王子服回来，说我们家有人找来了，我想带婴宁去我家看看。老太太说："好事啊。"这就表示同意了他们的婚事。如果不是答应把婴宁嫁给他，这个时候女方家长怎么可能随随便便让人家把女儿带走呢？那么，她如果刚才真的没有听见"睡觉觉"的话，这时候怎么会直接同意了他们的婚事呢？从这个地方就看出来，这个老太太不是真聋，更不糊涂。

但是，王子服就这么带婴宁走，是不是有点太草率了？虽然说，省略了那些繁文缛节，挺浪漫的，但是这样是不是有点委屈了婴宁呢？为什么要这么草率，我们一会儿说。我们看这里，老太太并没有明确说，这是同意他们俩结婚。老太太就说，你一直没见过你大姨，这回跟着去看看，挺好。我们说"必也正名乎"，老太太是给了她一个串亲戚的名义，而不是直接出嫁。这样也是留有余地，万一这个亲事不成，婴宁又回来了，就算是去亲戚家串了个门，不算是去男孩子家住过了。老太太又说，我身体不好，就不去了。其实她不是身体不好，而是她已经是鬼了。这个设计还原到现实中，其实就是嫁女儿没有丈母娘跟去的。串亲戚应该妈带着闺女去，嫁闺女妈不能去，这就是串亲戚和嫁闺女的区别。老太太用“我身体不好”这个借口，掩饰了这个区别。

老太太就把婴宁叫来，婴宁还是笑。老太太还是充满了宠溺地斥责她：“有什么高兴事，值当这么笑？你要是不笑，就是个全乎人了。”从这个话里，我们听出了一点隐隐的担忧。老太太觉得，婴宁爱笑，不是什么好事。女儿这么草草出嫁，母亲难免有很多担忧，她为什么最担忧婴宁爱笑这件事呢？后面我们会看见，母亲的担忧确实不无道理。

老太太就吩咐婴宁收拾东西，跟王子服走，还很体面地请王家的下人们都吃了饭，才送婴宁他们出门。临出门的时候，还嘱咐婴宁说：“你大姨家有钱，能养闲人。”给她的定位还是“闲人”，是被收养的亲戚，不是媳妇。既然能养闲人，你这一去就别回来了。这是挺伤心的一句话。接着又说，你到了那儿，好好跟人学规矩，好好伺候公婆，到时候让你大姨给你找个好婆家。这个顺序说反了，应该是先找婆家，后伺候公婆啊。这就说明，这个大姨就是婆婆。但是老太太仍然留了余地，没有说“让大姨当你婆婆”，而是说“让大姨给你找个婆家”。这个倒也不是“大姨要是看你不满意，可以把你转手送出去”的意思，而是“让大姨当你婆婆”的委婉说法。婴宁的情况，跟林黛玉差不多，就是先到亲戚家住几天，然后住着住着，就给表哥当媳妇了。

然后婴宁就跟着王家的人走了，走出去好远，回头看看，老太太还站在门口，望着他们。这是在跟婴宁告别，这是一个母亲跟出嫁女儿的告别，是一个老母亲跟再也不能见面的女儿的告别。这里面老太太表现得很平静，其实下面有好几层说不出来的悲伤。一层是，女儿就此出嫁了，没有风风光光的仪式，她在婆家能过得好吗？如果过得不好，自己也没有能力帮助她了。还有一层是，这个老太太是个鬼，她是不能去探望女儿的，这一次告别，就是阴阳永隔了。

王子服的母亲看王子服带回来这么一个大美女，大吃一惊，说她是哪儿来的啊？王子服说，这是我大姨的女儿。他妈说，你哪有大姨啊？小吴说，我都是胡说的啊。这就露馅儿了。这时候小吴才想起来，问，她是不是叫婴宁？这才说了一番婴宁的身世，狐生鬼养。

“狐生鬼养”是一个灵异设定，那么这个灵异设定背后的现实基础是什么呢？要说这个王子服他妈也够心大的，你到底有没有姐妹，你自己还不知道吗？就算姐姐死了，也是有姐姐的，你只能说“我姐姐死了”，不能说“我没有姐姐”。更何况，对于姑姑死了以后老秦家发生的事，吴生其实是很熟悉的。姑父怎么娶的狐狸，怎么生的闺女，闺女叫婴宁，他都知道。王子服他妈知不知道这些事呢？我们可以推测，大概率是知道的。那她一开始为什么一口否认自己有姐姐呢？她在回避什么？她显然害怕这个女孩就是婴宁。她为什么害怕婴宁呢？除了她是狐生鬼养以外，有什么现实的解释呢?

投射到现实中，其实是这种情况：虽然是亲姐妹，但是在走过整个人生之后，双方的家境有可能拉开了很大的差距。王家就相当于家境好的一方，秦家就相当于家道中落的一方。这时候，有一种可能，就是家境好的一方，特别怕家道中落的一方找上门来，成为自己家的拖累。特别是古代女性在经济上是仰仗丈夫的，所以尤其怕娘家的穷亲戚找来，惹丈夫家的人不高兴，她就会把这种焦虑投射到自己的亲戚身上。像在陆游和唐婉的故事里，唐婉也是婆婆的娘家亲戚，亲姑姑为什么还嫌弃自己的侄女呢？有时候，儿媳妇越是自己的娘家血亲，婆婆反而越会有过度的焦虑。

在婴宁的故事里也是，王子服的母亲因为是最熟悉婴宁身世的人，所以她对婴宁抱有的戒心最重。婴宁来了以后，她就长期观察婴宁，看她有影子没有。当然有影子了，婴宁只是狐狸生的，又不是鬼生的。王子服的母亲就是在留心看她，身上有没有带上鬼和狐狸的毛病。还原到现实中，就是看她有没有带上什么贫寒生活的烙印。看来看去，好像也没有什么。婴宁就是一个非常阳光的、被养得很好的女孩子。

婴宁来到王家以后，还是爱笑。按说女人刚做别人儿媳妇的时候，总是有点悲伤的，小媳妇也有点拘着，但是婴宁一点都没有，好像很自在。婴宁伺候婆婆很懂礼数，女红也做得很好，说明她是一个很有教养、很聪明的女孩子。她就是爱笑，禁不住地爱笑。

按照一些没出息的文化观念，女孩子爱笑是不好的，女孩子就该是安安静静的、忧郁的，一脑门子官司似的。但是，身边有一个爱笑的女孩子，肯定是让人快乐的，肯定比放个一脑门子官司的女孩子强。婴宁和周围亲友的女眷都处得很融洽，这个爱笑的女孩子给大家带来了快乐。婆婆也喜欢上了这个爱笑的女孩子，有什么烦心的事，婴宁来笑一笑，就不烦了。家里的下人犯了什么错，婆婆要责罚他们，婴宁就来说情，笑一笑，婆婆也就不责罚他们了。下人们也从婴宁的笑里得到了好处。婴宁还按照原来在娘家的习惯，在院子里种了很多花，让王家也变得美丽起来了。

我要请大家注意的是，婴宁就这么没心没肺地笑着，其实很好地履行了一个大家庭中儿媳妇的责任——让婆婆高兴，让周围人高兴，让下人们也高兴。婴宁让大家高兴，靠的是什么？不是靠变态地虐待自己，而是用感情温暖周围的人。儒家文化认为女性要维系一个家，靠的是这个女孩子内心的丰富，就像婴宁一样。笨的女孩子，内心不够丰富，就只好折腾自己了。一个真正给全家人带来幸福的女孩子，应该是一个快乐的女孩子，而不是一个一脑门子官司的女孩子。

但是，对这种快乐的女孩子，人们总是存着戒心的。总有傻人会想，她既然快乐着都能做得这么好，要是我们让她不快乐起来，她肯定能做得更好。这个逻辑是非常错误的，就好像说，火车躺着还跑那么快，站起来跑肯定更快。火车就是躺着跑的，站起来就跑不了了。婴宁的母亲之前担忧的，就是人们的这种戒心。

婴宁的婆婆就对她的快乐存有戒心。在验证了婴宁确实有影子之后，她对婴宁的戒心就转到这上面来了。

王子服对婴宁也不够理解，不够信任。直到这时候，王子服还没意识到，他的妻子是一个绝顶聪明的女子。他还觉得婴宁是一个傻丫头，甚至怕她把夫妻之间亲密的事泄露出去。但是其实不该说的话婴宁一句都没说过。王子服可能心里也纳闷儿，这傻丫头怎么这种事从来没跟人说过呢？只觉得万幸。

这就是人们对这种爱笑的女孩子的偏见。大家看这个女孩子挺健谈的，也挺愿意分享的，就认为她是“傻丫头”，认为她没轻没重。其实，她心里很可能是有分寸的。你觉得她什么都说了，其实她心里还是保守着很多真正的秘密。婴宁是这么一个“狐生鬼养”的出身，她从小心里的秘密太多了，她必须得很小心地保守着这些秘密，才能减少这个世界对她的歧视。大家看见她表面上开朗、没心没肺，就觉得她这种没心没肺肯定会泄露自己的秘密，会对自己不利，这种担心真是太多余了，很可能会造成不良的后果，辜负这个女孩子对你的一片真心。

后来，发生了一件事情，婴宁跟邻家的少年发生了一点纠纷，这事一点都不赖婴宁，全赖隔壁那小子，那小子对婴宁有坏心，婴宁对他一点意思也没有。然后婴宁什么也没有做，那小子自己就遭报应了。无论是按旧道德的标准，还是新道德的标准，婴宁都没有错。可是就为这么一个事，婴宁的婆婆就怪罪她了。这是中国长辈一个常见的毛病，自己的孩子跟别人的孩子发生了一些纠纷，他们不问青红皂白，即使自己的孩子一点过错也没有，也要怪罪自己的孩子。要是只想着在对方大人面前客气一下，也就罢了，问题是很多长辈回家以后，还要真情实感地跟自己孩子过不去，主要是把自己平时对孩子的不满，都借这个由头发泄出来，这个不满，可能是跟这件事并不直接相关的，家长也要硬扯上关系。

婴宁的婆婆认为在这件事上，婴宁的责任在于，她冲隔壁那小子笑了。这其实是说明，婴宁的婆婆一直对婴宁的笑不满，总觉得她这个笑会惹出祸事来。其实这个笑，跟隔壁那小子遭报应，有多大关系呢？没有关系。

婆婆就教训婴宁说，也不是说不让你笑，但是笑也得分个场合。这个句式，就是中国家长训孩子的句式。听起来好像很有道理，但是什么场合该笑、什么场合不该笑呢？就全凭家长圣心独断了。只要家长想抓你笑的问题，那么不管出了什么问题，就都是你笑的缘故了。笑本身又不是一个错误，但是家长就可以说是你场合不对。只要出了问题，哪怕隔壁那小子自己一头摔死了，也是你笑的场合不对。这是很荒唐的。

婴宁听了这些话以后，从此就再也不笑了。那么爱笑的一个少女，从此不笑了，这是多么可惜的一件事。婴宁为什么不笑了呢？是她觉得婆婆的话有道理吗？

婴宁为什么要笑？笑说明什么？一个人爱笑，说明她对身处的环境有安全感。一个人爱笑，这是对周围人的信任。婴宁孤身一人到王家来做媳妇，她就一点不如意的事都没有吗？肯定也有不痛快的时候。但是她凭着对王子服的爱，始终保持着对王子服的信任，包括对婆婆的信任，所以才会一直笑着。这时候她的笑容下面，其实已经隐藏着伤痛了，不再像在娘家那么无忧无虑了。在娘家时的笑，说明的是周围人对她的爱；在王家的笑，其实是说明她对周围人的爱了。现在之所以不笑了，不是她真的认为笑不好了，而是不爱了。她对周围人的爱被辜负了，她对周围的人不再信任，也就没有必要再去温暖他们，没有必要再笑了。婴宁不再笑了，是王家的一个巨大的损失。

可能很多人以为，要把一个爱笑的女孩变成一个不爱笑的女孩，要对她进行艰苦的规训。用不着，把爱笑的女孩变得不爱笑，只要一句话就够了。只需要一句话，让她不再爱你，不再信任你，你想让她笑她也不会再笑了。不让人笑还不容易吗？难的是培养一个爱笑的人，留住一个肯对你笑的人。

婴宁不再笑了，意思就是婴宁不再爱了。婴宁的婆婆这是胜利了吗？其实她彻底地失败了，失去了一个爱她的好儿媳妇。

不过，婴宁不再笑了以后，也没有多么难过。既然不再爱了，既然不再在乎了，那还有什么可难过的呢？婴宁是一个被好好养大的女孩，她的底子是好的，即使她不再爱了，她也不会变成那种一脑门子官司的女孩，婴宁永远变不成那样。

婴宁不再笑了，是这个故事的真正结局。这不是婴宁被这个世界同化了，而是婴宁对这个世界失望了、放弃了。这个世界辜负了这个爱笑的美好女孩。

根据我们民族“一定要写一个快乐的结尾”的传统，蒲松龄在结尾的地方给了我们一些安慰。婴宁生了一个孩子，孩子还是那么爱笑，跟他的母亲一样。这件事给了我们很大的安慰。我们看不到婴宁的笑了，还可以看到孩子的笑。只要这个孩子被好好养大，他还可以是一个阳光的、快乐的、健全的人，直到有一天他也被这个世界辜负。

我们惦记的其他人，蒲松龄也给了好的安置。婴宁那个鬼妈妈，得到了王子服和婴宁的迁葬，能够托身于一个比较满意的墓地。婴宁的丫鬟小荣，也嫁了一个她理想的对象。这也是蒲松龄给我们的一点安慰。

第六章

《聊斋志异·细柳》：聪明女人好辛苦

讲完山东的聪明姑娘婴宁的故事，再讲一个河南的聪明姑娘细柳的故事。

细柳的故事，一些保守的选本爱选，因为看上去好像没有什么“封建迷信”的成分，只是反映了劳动人民的生活。

按说，《聊斋》里的这类故事，我是不喜欢的，我就想看神神鬼鬼的刺激，但是不知道为什么，这个故事就是深深吸引了我。

长大后，我开始觉得不对。当年那些被认为毫不“封建迷信”的《聊斋》故事，其实在当时的观念中，都有猎奇的地方。那么，《细柳》的故事为什么会在《聊斋》中出现呢？我有点发毛了。

这个故事到底灵异在哪儿呢？

故事写细柳怎样选择丈夫、怎样培养两个儿子，到底有什么用意呢？

找个什么对象好?

细柳是个士人家的女儿，因为腰细，所以外号叫“细柳”。她从小爱看书，沉默寡言，看上去性格很文静。

她对自己的婚事只有一个要求，说给我找丈夫，一定要让我自己亲自看一眼。

结果，她就开始了漫长的相亲生涯，看了一个又一个，都看不中。一直耗到了十九岁。按说十九岁也不大呢，但是古人的年龄感，差不多跟今天差了十岁。那时候对十九岁的感觉，就像今天对二十九岁的感觉，也不算真的老，但是该着急了。

她父母也着急，就催她。细柳无奈叹了一口气，就说算了，找个差不多的嫁了吧。然后就找了一个丧偶的、带小孩的。

小时候我看这个情节，就觉得，大概这个漂亮姐姐很挑剔吧，可能非要找个高的、帅的、有钱的。但是，她又这么快找了个丧偶的，给人当后妈，是为什么呢？如果是挑剔的人，怎么一下子就变得这么不挑了，好像不合逻辑啊？

后来我长到现在这么大了，经历了很多人和事，突然有一天惊坐起，顿悟了：这个细柳是不是个相面的啊？

我觉得这是个了不得的发现，之前没听人这么说过，所以就把小说拿出来重新看。结果发现，小说的开头赫然写着，细柳看的书，就是“相人书”。

物理学家理查德·菲利普斯·费曼（Richard Phillips Feynman）早就告诫我们，如果你看一本书觉得看不懂，就返回去，从第一页开始仔细看。看来不光是理科的书，连小说也是这样。

不过也许返回去看也没用，事实是只有顿悟了，才能看懂第一页。

所以，细柳会看相，是这个故事的灵异所在。她做出的一切跟一般人不一样的选择，都是因为她会看相。

相人术，也叫相面，本来没那么玄乎，就是一种观察人的技巧。在科举制以前，是否举荐一个人，就是得靠全面地观察这个人，其中很重要的一部分，就是观察这个人的相貌。观察一个人的相貌，主要不是看他的五官长什么样子，而是看这个人在短时间内表现出的综合气质，看他的神态举止。当然，也是要看这个人的样子的，特别是对岁数比较大的人，要看这个人的面部纹理、肌肉走向，这些都是他的长期表情形成的，所以也反映了他的性格和经历。这些都是在照片上看不出来的，所以相面不能靠照片。除了看这些，更重要的是现场看一些小细节，比如他衣饰上的细节，或者一些习惯的动作，就是福尔摩斯看的那些。不光中国人会看这些，英国人也会看，一切体面人都会看。福尔摩斯在初次见面的时候喜欢观察人，这就是真正的相人术，是一种很高的智慧。我看侦探小说，只喜欢看这种地方。

中国后来出了一些“麻衣相法”之类的东西，专注于分析人的眼睛什么形状、鼻子什么形状，我认为，这就是相人术的末流，失去了相人的本义。就像纳甲筮法已经是象数的末流，失去了《周易》算卦的本义，是一样的。用卦象的思维分析事物运行的道理，用细节去观察人的性格，这本来都是很直接的事，但是很考验人的智慧，不好学，不好标准化，所以才会衍生出后来繁复的但是很标准化的算法。以为算卦就是五行，相面就是看鼻子眼睛，其实是一种误解。聪明人不用被这种概念吓住，更不必掉到里头去。

其实，古时候应用于选举制的相人术，今天仍然在用。比如，我们现在找工作面试，也是在观察人。如果在面试时看出一些不妙的苗头，就会倾向于不用这个人。

这种观察有时候很准的。比如说，1987 年版电视剧《红楼梦》的很多演员，后来的命运都跟他们的角色很像。这是为什么呢？如果你说他们是沾染了角色的运气，那是迷信。事实是，当时主创的老先生们，要利用年轻人的本色来创作角色，在选角的时候，就要通过观察，尽量选择跟角色相似的演员。那时候的老先生们都很有经验，看人都很准，演员们后来的命运跟角色相似，说明了选角的成功。这也就意味着，当时的老先生在选演员的时候，已经看穿了这些年轻人的命运。

相亲的话，就更得观察人了。姑娘在相亲的时候学会观察男人，可以绕开很多坑。只不过，年轻的姑娘没有老先生那么多经验，看人没有那么准，甚至很多姑娘在谈恋爱的时候，都不知道要看人。

细柳从小喜欢研究相人术，是一个很会观察人的姑娘，是黄蓉一样的人物。但是，太会观察人，就有一个问题：世界上没有一个人是完美的。你如果不会看人，可能就蒙着头嫁了。你如果非常会看人，能看出每一个人的缺点，那你在明知这个人缺点的情况下，还能硬着头皮嫁给他吗？所以，太会看人，理论上就没法嫁人了。

这就是为什么，细柳挑来挑去，一个男的也看不上。她不是看不上他们的世俗条件，而是凭借精妙的相人术，看出了他们每个人的缺点，看着谁也不能嫁。

这也就让我们明白了，细柳为什么从小沉默寡言呢？因为她也在悄悄地给身边的人看相，能看出身边每一个人的缺点。她是个懂事的孩子，不想把身边人都得罪了，所以才选择了沉默。

那怎么办呢？那是不是就不要看人，闭着眼睛随便找一个人嫁了，嫁鸡随鸡嫁狗随狗，由着他家暴就家暴、不顾家就不顾家？我是不赞成这样的。我的人生态度一向是，就是死也得死个明白。

我主张，姑娘们还是要尽量学看人的本事，避免嫁到渣男。但如果你学相人术学得太好了，那么摆在你眼前的就剩两条路了。

一条是不嫁人。不嫁人是可以的，但是你得想好了。不嫁人的好处是，可以彻底规避嫁人带来的种种风险，但是也有坏处，就是你得承担更多的东西。你要自己掂量好，为了规避嫁人的风险，付出更多担当的代价，对你来说是否合算？你是否有能力承担自己的整个生活？不能一边不嫁人，一边处处指望着被人照顾。

另一条路是，嫁一个有缺点的人，但理性选择一个你可以接受的缺点，并且根据你看到的缺点，提前想好对策。细柳选择的是这条路。

细柳选择嫁人，是因为她的父母催她了。父母希望她嫁人，她不想让父母伤心，不想担上“让父母养一辈子”的嫌疑，这也是一个聪明姑娘的好强。

既然嫁人已经是必选项了，那么可以接受的缺点是什么呢？

细柳嫁给了一个带孩子的鳏夫，年纪轻轻就做了后妈。难道这个就是细柳看上的缺点吗？其实，他还有更大的缺点。

细柳嫁给的这个姓高的，寿命很短，早早就死了。这一点，细柳是看出来了的。

有一次，高郎跟细柳打趣，说，细柳真细啊，眉细、腰细、小脚细，更难得的是心更细。细柳也回他说，高郎真高啊，品德高，志向高，文字高，但愿寿数更高。

这个对话，乍看起来是个文字游戏。作为文字游戏，有点意思，但是意思不大。其实这里最后是落在，“但愿高郎寿数更高”。这只是泛泛的祝福吗？不，这说明细柳是知道她的丈夫寿数不高的，这句话表现了细柳深深的隐忧。

但是，细柳没有跟丈夫说破这一点，是怕吓着他，更是心存一丝侥幸。细柳希望自己的相术不准，希望这个人能长命百岁，成为一个完美的丈夫。

细柳给自己生的孩子取名长怙，“怙”就是“依靠父亲”的意思，“长怙”就是“能一直依靠父亲”，希望父亲长寿。细柳知道，这个孩子没有父亲可以依靠。但是她还是在暗暗地祈祷、暗暗地祝福，希望自己的判断会失误，孩子的父亲可以长命百岁。

细柳的性格就是，有话都憋在心里，不跟人说。最直接的原因是，她把相面的结果跟人说了，人家也不会信。她只能自己默默地做好准备。当一个人比周围的人更聪明、更有预见性时，她就注定要承受这种孤独的命运。

因为聪明，以及聪明带来的孤独的命运，细柳成长为了一个沉默而温柔的人。她习惯了一个人默默地承受只有自己能预见的命运，奉献给自己至爱的父母、丈夫的，永远只有一个甜甜的笑容，假装自己接受的安排是最幸福的。

细柳结婚以后，也不怎么做针线，就一心替丈夫经营田产。这在当时也不是很稀奇。古代女子不能读书做官，很多聪明的女性就会把聪明才智用在经营家业上。经营家业是男女都可以做的事，当女性的教育水平发展到一定程度时，经营家业就成了比较典型的女性责任，或者说聪明女性的责任。

按照传统的性别分工，男性负责试错，女性负责保守。出门打仗、科举、经商，都是典型的试错行为。只有试错，才有可能做出很大的成就，获得很大的利益。但同时，收益越大风险越大，试错也有可能把整个性命乃至整个家庭折进去。而女性就负责留在家里，做一个正常人，在男人犯错的时候尽量止损。男人因为从小就被教育要去试错，要有不顾一切地前进的魄力，所以对现实的关注就会差一些，而女人一直紧紧地与现实联系在一起。所以，当男人走得太远疯掉了，女人就要出来，负责带他们回家。所以，男人出去各做各的事业，女人们都在家里经营着差不多的田园。当然，现代社会，女孩子也有出去拼杀的了，男孩子也可以学着在家经营田园。

细柳经营家里的田产还有一个更直接的原因，她知道自己的男人活不长，指望不上，她必须提前准备好在男人死后活下去，必须从现在起就掌握好全家的生计。

这样的心思，她是不会告诉丈夫的，所以丈夫以为自己只是娶了一个特别聪明能干的妻子而已。这个男人在欣喜之余，也会觉得有压力，就会总想证明，自己还是对妻子有用的。男人不会生孩子，所以“要对家庭有用”始终是他们无法化解的执念。

终于有这么一次，高郎到邻村喝酒不在家，收税的来了，在细柳家砸着门乱骂，怎么也赶不走。细柳没有办法，就派童仆赶紧去叫丈夫回来。收税的小吏看这家男人回来了，就讪讪地走了。世界上就是有很多这样的小人，看见女人就要欺负，看见她的男人来了，就㞞了，或者天然认为男主人说的话就是对的，根本不需要这个男人武力值多高，或者这个男人多么会办事。男人总有这样的经验，就会以为自己挺厉害的，根本不会意识到人家只是敬畏他天然的性别身份。

所以，高郎觉得自己为家庭解决了一个问题，扬扬得意地跟细柳说："你看，今天你知道了吧，聪明女人也不如一个笨男人。"高郎这话说得很不得体，很性别歧视，但是我们原谅他被得意冲昏了头脑，他这是好不容易逮着了一回在妻子面前邀功的机会。他其实是想跟妻子说：我知道我笨、你聪明，但是你看，我对你还是有用的吧？你虽然不用靠我活着，但是我至少还能帮你看家护院，赶跑侵略者吧？

没想到，听了这话，细柳哇的一声哭了出来。高郎也不知道这是怎么了，细柳会有这么大反应，哄都不知道怎么哄。

细柳哭，不是因为丈夫看不起女人。她是想到，丈夫去世后，再也没有人能这么保护自己了。到时候再有收税的小吏上门来捣乱，她要怎么办呢？她这么努力地想要让自己没有男人也可以生活得很好，最终还是有自己解决不了的问题。面对这个世界，她感到力不从心。

但是，要强的细柳没有服输，她更加勤奋地经营起家业来，最后做到了从不拖欠租税，不让小吏有一点上门欺负她的借口。

村子里有人卖一口上好的棺材，细柳不惜拿出所有的现钱，借着债也要买回来。高郎觉得很奇怪，我们都还年轻，这东西并不急用，你那么会过日子，干嘛非要买这个？他让细柳把这个东西卖了，细柳坚决不干，而且又要哭。因为细柳知道，丈夫不久就要用到这个东西了。

蒲松龄写的细柳的这几个反常的行为，看上去散散漫漫，没有一个一致的逻辑，其实，这是在说，细柳早就知道丈夫活不长。她在决定嫁人之前说的是，“我实欲以人胜天”，只是没能成功。什么叫“欲以人胜天”呢？就是她想凭借自己看相的本事，给自己找一个没毛病的丈夫。当她意识到没毛病的丈夫不存在的时候，她选择了一个活不长的丈夫。

传统观念认为，成为寡妇是女人最大的不幸。但在细柳看来，活不长，居然是丈夫最可以接受的缺点。成为寡妇的不幸，无非是没有丈夫照顾了。而一个足够聪明的女人，是可以照顾好自己的。其实，不结婚也是可以的，但是不结婚要承受更大的社会压力。寡妇可以理直气壮地掌管亡夫的遗产，女儿在当时的社会却无法继承父母的遗产。寡妇被认为是不幸的人，守寡并不挑战社会规范，但姑娘不嫁人却是挑战社会规范的。而如果不幸嫁给了一个败家的丈夫，或者暴虐妻子的丈夫，那又是巨大的不幸。相比之下，如果丈夫只是早逝，反而危害没有那么大。这里是蒲松龄的调侃，也是当时辛酸的社会真实。

高郎到了二十五岁那年，细柳就死死管着他，不让他出门。这是因为她从相面知道，高郎只能活二十五岁。她还心存最后的侥幸，希望人能胜天，可以靠自己的足够小心，让丈夫活得再长一点。但是人算不如天算，或者说，男人总是管不住的，高郎还是趁细柳不注意，偷跑出去喝酒了，结果从马上掉下来摔死了。细柳虽然悲痛欲绝，但是好在该准备的东西都准备了，所以虽然是大暑天办丧事，也没有耽误事。在不可避免的悲剧面前，这已经是最好的结果了。周围人这才知道，这个细柳是有多么聪明。

孩子不念书怎么办?

丈夫死了，对当时的一般女性来说是陷入了绝境。但是细柳早有准备，相对可以平静地接受这一不幸。她的准备，不仅在于她一直在经营家中的田产，恐怕她对如何教养两个孩子，也做好了规划。

高生给细柳留下两个孩子。一个是细柳生的长怙，还有一个大的，是高生的前妻留下的，叫长福。细柳嫁过来的时候，长福已经五岁了。

一进门就做后妈，这是今天的姑娘绝对不能接受的，古时候的姑娘也没那么愿意接受。不愿意做后妈，是出于现实的考虑。养孩子是一项高风险的投资，要付出很多心血，孩子成年后的回报率并不高，搞不好还要长成无赖，拖累你的生活。如果是自己的亲生骨肉，付出这些也就罢了，要是为别人的孩子这么付出，就更让人望而却步了。

但是，别忘了我们的细柳是会相面的人。她既然能给丈夫相面，当然就能给孩子相面。她如果对孩子的未来有所预知，可能就不会那么担心了。

细柳知道高生有一个前妻留下的孩子，以她的谨慎，她在过门之前，会不会找个机会，也看一下这个孩子呢？她在这个孩子脸上看到了什么呢？如果这个孩子将来会成为一个大奸大恶、拖累老人的人，她还会嫁给他注定短命的父亲吗？

细柳是个很好的后妈，她结婚以后，跟长福特别好。细柳回娘家，长福都哭着要跟回去，骂都骂不走，完全把她当成了亲妈。这说明，细柳是把长福当亲生儿子来疼爱的。

细柳这么喜欢长福，是看出他是个能读书上进的孩子。准确地说，是看出他是个聪明的孩子。倒不是说，细柳拿别人生的孩子当养老保险。只不过，聪明人总是喜欢聪明的孩子。至于聪明孩子一般能带来好处，只是顺带的原因。

细柳愿意嫁到高家来，除了看上高郎，只怕也跟长福有关。对应到现实，一个女人决定做后妈，除了深爱孩子他爸，也要跟这个孩子有缘分才行。

但是一开始，长福好像并不争气。他十岁才开始念书，又因为父亲死得早，觉得没人管他，并不好好念，天天逃学去跟放猪的小孩玩，怎么打怎么骂都没用。逃学，而且打骂都没用，这种小孩最难办了，基本上可以认为就是废了。

细柳怎么办呢？细柳就认真地跟长福说，既然你不爱念，那就别念了，既然你那么爱放猪，就去放猪吧。反正你爸都死了，咱们家孤儿寡母的，也养不了闲人。你不念书，就得干活儿。但是放猪就得像个放猪的样子，不能再穿那身读书上学的衣裳去跟他们显摆了。干什么活儿就得像干什么的，你得换上下人干活儿的破衣服，跟下人一样地干活儿，要是干不好，我可是该打就打！

长福就整天穿着烂棉絮做的破衣服，出去放猪，回来自己就拿个破陶碗，跟下人一起打粥喝。没过几天，他就受不了了，在细柳面前跪着，哭着求她让自己回去念书。

老有家长问，孩子不爱念书怎么办。其实，传统的有效的办法，就是让他去干活儿。自古以来，都有很多不好好学习的孩子，在参加劳动以后，发现干活儿的痛苦超过读书的痛苦，而不读书又不能选择自己喜欢的活儿来干，所以就又痛哭流涕地回来念书。

关键是，在说“不念书就不念书吧”之后，你要告诉他，不念书就得干活儿。很多家长就是在这一步狠不下心来，允许孩子不念书之后，也不强迫他去干活儿。那这样谁还念书呢？

有人说了，劳动就没有乐趣吗？要是你让孩子去干活儿，他兴高采烈地去干活儿，再也不回来念书了呢？我说，那不是很好吗？说明他找到了自己适合的工作，为什么还要回来念书呢？只有他不喜欢眼前能做的工作，才有继续读书的必要。

现在，长福回来请求继续读书了。但是，细柳并没有借坡下驴，而是驳回了他的请求，还让他回去放猪。这个决定非常容易被解读为，这位后妈是真的不想供孩子念书了。街坊邻居都开始骂这个狠毒的后妈。细柳也不理他们。

后来，细柳跟长福回忆起这段，说，那时候没有人知道我的心，我当时心痛得，晚上一个人的时候，哭得被褥都湿了。

长福实在受不了了，扔下猪逃跑了，细柳也不去找。果然，没几天长福就回来了，可见细柳不是不关心他，而是神机妙算。

按原文的说法，好像不是细柳神机妙算，而是长福离家出走以后，生计无着，别说找不到工作，连要饭也要不到，快要饿死了，只好回家来。但这正是细柳的神机妙算之处，她深深地知道，这个孩子没有自己谋生的本事。

我小时候，有段时间正流行离家出走，孩子跟家长一言不合，就揣上钱不知道跑到哪里去了。那一阵家长都很担心自己的孩子也离家出走，我妈就一点也不担心，她说："我知道张一南没那个生活能力，给她钱她也不知道上哪儿买吃的。"细柳也是，知道高长福跑不远。

长福回来，也不敢去见细柳了，托了邻居老太太去说好话。细柳说："跟他说，他要是受得了一百棍子，就来见我。要是受不了，趁早该去哪儿去哪儿。"长福痛哭流涕地说，愿意挨一百棍子，还是想回来。

细柳说："知道错了？"长福说："知道了。"细柳说："既然知道错了，那也不用打了，还回来好好放猪吧。要是再犯，我可绝不饶你了。"细柳这就是拿话噎人。她当然知道，长福回来，是想回来念书，不是想回来放猪的。但是她就要说得这么绝情，好像绝不存在念书这个选项一样。

因为，她一定要长福自己说出来想读书，但凡她说一句"你是想读书还是想放猪"，都算是诱导，不算是长福自己要求的。

长福大哭了，说宁愿挨一百棍子，也想回来念书。这说明他真的知道读书的好了，知道读书的机会值得用什么样的痛苦去换。

邻居老太太又说了很多好话，细柳才假装不情愿地答应了，给长福洗头洗澡，换了衣服，让他回去跟弟弟一起上学。

这回回来，长福就跟以前不一样了，特别用功地念书，三年就考中了秀才。

这里的原因显而易见，就是长福吃过了不读书的苦，知道好好读书了。但别忘了，不是每个吃过不读书的苦的人，念三年书都能考上秀才的。这背后有更关键的因素，就是长福的智商在线，而且他的自律性其实不差，一旦下定决心，是能约束自己的，也就是说，他各方面的素质，决定了他适合往读书的道上走。

一个原来不努力的人开始努力了，这当然是值得好好鼓励的事。现在的家长这时候爱说一句错话："你接受教训了。"这句话实际上非常泄气，说得好像孩子这时候的努力，都只是对过去错误的弥补一样，潜台词是，你现在努力读书，还是在服一种苦役。其实，一个人要持续努力，他做的事必须是不苦的。一个原来不努力的人现在努力了，是因为他内在的驱动力觉醒了。过去的老人会用一个有点玄学的表达来形容这种情况："这孩子开窍了。"这个说法反而是更接近实际情况的。

你跟孩子说，"你接受教训了"，实际上是在说他现在在做很苦的事，这一切都是他过去行为的惩罚，这样非常容易把孩子推回不努力的状态。你要跟他说，"你开窍了"，你觉醒了，你本来就很好，现在回到你应有的状态了。

长福不仅仅是中了一个秀才而已，他们的巡抚杨大人，相当于现在的省委书记，看了长福的文章，非常欣赏，想要好好栽培他，每个月自己拿出钱来，资助长福。可以预见，杨大人给长福的帮助，不会仅限于每个月的这点钱。

后来，不出所料，长福又迅速地中了举人，中了进士，实现了阶层上升，摆在他面前的，是一片锦绣前程。长福从小就把细柳当亲生母亲来依恋，在人生的关键时刻又被细柳挽救过，可以想见，他会好好孝敬细柳的。

当然，细柳靠着相面，早就看出了长福有这一天。谁都不愿意当后妈，但如果能提前知道自己是给这样一个孩子当后妈，可能还是有很多人愿意的吧。长福的父亲虽然去世得早，但是留下了这么好的一个孩子，也算是一个好条件了。

长福小时候不好好念书，这种时候，很难判断这个孩子是不是念书的材料，要不要继续让他念书。细柳坚定不移地把他引向念书的道路，甚至不惜背上“恶毒后妈”的恶名，就是因为她十分笃定，长福就是读书种子。

那么，细柳给长福相面，只是看出了他适合念书吗？我认为不止。她采用了如此特殊的方法勉励长福读书，一定是看出了他更多的特性。

长福这种人，一旦下了决心，可以很用功，但是他的性格里有任性的一面。任性和坚定，是一种性格的两个方面。要让他下决心用功，靠说教是不行的，因为能成大事的人，是非常有主意的，你不可能通过几句说教、恐吓就改变他，只能通过事实让他知道，怎样是更合理的。

细柳如此笃定，还有一个原因，就是长福这个人，可能财运非常弱。也就是说，在读书以外，他的能力非常差，做别的事情都做不成。一个半大的男孩子，离家出走后活下来的概率其实还是挺大的，但是长福不行，这也是他跟别人不一样的地方。细柳可以放心地让长福去放猪，而不担心他会爱上放猪；甚至放心地让长福逃走，而不担心他会就此抛弃继母自己去生活，这都是基于对长福的了解。

《聊斋》是灵异故事，所以会把相面这样的玄学技巧写得神一点。但是其实，长福的这些特点，都是不难观察出来的。在现实中，会看的人，跟一个孩子聊上几句，大致就可以知道他的反应速度、能不能念书，而长福的那些弱点，也是可以根据他的日常表现推测出来的。作为小说中的人物，细柳是绝顶聪明的，可以看出别人看不出的东西，但她怎么看出这些的，仍然是遵循一定的现实逻辑的。

书是非念不可吗?

花开两朵，各表一枝。让我们再回到长福和长怙小时候，看看长怙又是怎么成长的，细柳是怎样教养自己的亲生儿子的。

长怙很难说用不用功，就是脑子慢，念不好书，念了几年连名字都不会写的那种。据说儿子的智商随妈，细柳那么聪明，按说孩子不至于笨。但我们在现实中确实经常看到聪明人的孩子学习不好。这种情况，有可能是孩子的能力被父母压制住了。父母太能干了，如果给孩子太多的关心，孩子就会顾虑，这道题这样做，到底对不对呢？犹豫得多了，就容易滑向不正确的答案，就像一个本来很简单的字，你盯着看的时间长了，就会觉得不认识这个字了。我们经常看到那种视频，父母辅导孩子，一个很简单的题，孩子就是做不对，气得父母摔笔、血压升高。其实，有家长在旁边吼着骂着、每一步都看着，孩子就是会做的题也做不对了。聪明人的孩子学习不好，不能说都是这种情况，但有不少是这种情况。有时候，父母没有去吼去骂，孩子只要足够敏感，也感受到无形的压力了。所以有时候，反而不如家长没文化的孩子，可以毫无负担地面对知识的本来面目。

聪明人要想让孩子学习好，可以试着离孩子远一点。聪明人的孩子，也可以试着远离父母的领域。《论语》上说“君子远其子”，就是这个意思。但这并不容易做到。所以聪明人还是应该做好孩子学习不如自己的心理准备，一旦发现孩子可能学习不好，就要凭借自己的聪明，尽早为他安排出路。

念书当然是好事，但是这个世界仍然有很多出路留给不念书的孩子。这个书，也不是非念不可的。因为念书，把孩子逼得不行，或者把大人逼得不行，这就是不聪明的选择了。

细柳让长怙别念书了，去种地。长怙也不爱种地，吃不了那个苦，但是也没有想回去念书的意思。说明对他来说，念书的苦并不小于种地的苦。细柳就跟长怙说，你不能什么都不干。“你不能什么都不干”，也是中国家长祖传的智慧。你不一定非要念书，士农工商你可以选一样干，但不能什么都不干。如果父母有足够供你生活一辈子的钱，这意味着你不必急着挣钱，不必为了挣钱去干一件让你痛苦的工作，但你还是得去干点什么，因为不知道未来会有什么样的变故。一旦发生变故，你凭能力获得的收入微薄的工作，总是比父母的遗产靠得住。指望靠父母遗产平安度过一生的人，没有能如愿的。

细柳像逼着长福去放猪一样，逼着长怙跟家里的长工短工一起种地。只要长怙偷懒了、起晚了，就往死里骂他。好吃的好穿的，都给读书上学的长福。长怙看在眼里，心里也是难受的。这当然也是细柳有意刺激长怙。农闲的时候，细柳就给长怙本钱，让他去学做生意。

到这里我们都看出来了，让长怙去做生意，才是细柳的真正目的。虽然说在古代商人理论上地位低下，但是到了清朝，经商俨然已经成为可以跟读书相抗衡的一条人生道路了。去读书还是去经商，已经成为殷实老百姓为孩子考虑出路时的主要抉择了。这两条道路如果成功，都会比务农强。毫无疑问，细柳通过相面，发现自己的儿子是适合经商的。

聪明人的读书不好的孩子，经常是有经商天分的。他们的智商并不低，只是在聪明父母的压制下，对读书形成了某种心理障碍。他们从小生活条件比较好，见的世面多，又有聪明人整天跟他们说话，所以社会性发展得比较好。经商是需要跟人打交道的，跟人打交道是需要灵感的，很难通过条条框框来传授。聪明人的孩子往往会在跟人打交道方面，有异乎常人的灵感。

但是，天下的好事和坏事总是共生的，适合做生意的孩子，总有不适合做生意的地方。对物质敏感的孩子，对买卖的原理有感觉，但也容易被物质的欲望迷惑；会跟人打交道的孩子，也容易被狐朋狗友带偏。所以，聪明人的孩子做生意，成功率也并不高。要想成功，非得克服这些与优点共生的弱点才行。

长怙刚开始做生意的时候，也没表现出能成功的样子。他倒不是做生意本身赔钱，而是一上来就染上了混社会的坏毛病。他又嫖又赌，几下就把本钱败光了，然后骗他妈说，是被土匪劫走了。当时的男人出门做生意，血本无归地回来，一般都会说是遭了劫了，没有人说是去嫖去赌了，说遭劫的，也许是真的，但是很大概率是借口。长怙这么说，当然瞒不过细柳，细柳就下死手打他。

长福是深受儒家教育的人，哪能看着母亲把弟弟打死？他就跪在旁边，哀求母亲，说愿意替弟弟挨打。细柳看在长福的面子上，才饶了长怙。也不妨理解为，细柳就是等长福递这个台阶呢。从此以后，长怙出门，细柳都盯着他。但是长怙从心里没改，这也不是个长久之计。

长怙就想，怎么才能逃得远远的，避开母亲的监视。终于，他找到了一个机会，可以跟朋友一起到洛阳去做生意。当然，名义上是做生意，他想的还是到了洛阳怎么胡作非为。他就把外出经商的想法跟细柳说了。他自己都觉得，母亲多半是不能答应他的。

但是，细柳就像没看穿他这点小把戏一样，一口答应了，还拿出三十两碎银子，给他当本钱。然后，细柳郑重其事地拿出一个金元宝给他，说："这个可是祖上传下来的，你带上，但是千万别花，这个是到万不得已的时候应急的。""带上但是别花"，这种话就是废话，可能对长福这种孩子还有点用，对长怙这种孩子来说，既然带上了，那是一定要花掉的。

细柳一本正经地说："你刚学做生意，我也不指着你赚什么大钱，别把那三十两的本儿亏进去就行了。"长怙当然都答应着，然后带着钱，扬扬得意地走了。

长怙可不像他哥，他出门不会把自己饿死，但是会把钱败完。到了洛阳，他根本没做生意，就勾搭上了一个姓李的名妓，十几天就把那三十两银子花完了。他也不在乎，想着箱底还有个大元宝呢。等到最后欠的账多了，把那个大元宝拿出来，才发现是假的。

妓院当然不干了。一开始还算客气，只是老鸨对他冷嘲热讽。长怙如果这时候还有一点办法，就应该识趣地溜走。但是，他实在是身无分文了。这时候他自我安慰，我跟李娘子这么情深意切的，她总是能接济我一下吧。结果当然是不会，妓院报了官，衙役拿着铁链子进来，把长怙锁走，丢到监狱里去了。这阵势可是长怙没见识过的。

那时候的官府是很黑的，长怙被抓去，先是打了一顿，差点打死。然后就到了需要向狱卒行贿的环节，长怙身无分文，当然也没法行贿，可以想见又被狱卒狠狠欺负了一番。他甚至连买饭的钱都没有，只能跟别的犯人要一点饭吃，吊着命。

长怙这回可是遭了大罪了。他遭这个罪，可以说是细柳一手设计的。长怙如果这一路真能痛改前非，真拿那个假元宝压箱底，就不会有任何事。只有这次还不思悔改，长怙才会落入细柳精心设计的圈套。细柳也存着一丝侥幸，希望他能改好，就像多年以前侥幸希望丈夫能长命百岁一样。但是，她的理智告诉她，长怙大概率是没改好。

长怙一走，细柳就跟长福说："你帮我记着点，二十天以后，有事派你去洛阳。我事儿多，怕到时候忘了。"这就说明，细柳不仅知道长怙会出事，而且算准了他二十天以内就要出事。长福也不敢问是什么事，但也有不祥的预感，很悲伤地默默走了。

二十天以后，长福来问细柳是什么事。细柳流着眼泪跟他说了，自己怎么故意给长怙一个假元宝，估计长怙这时候已经在监狱里了，让长福去救他。细柳说，杨大人很看重长福，让长福去求求杨大人。长福听了，马上动身，等他到了洛阳，长怙已经蹲了三天监狱了。可见细柳算得是很准的。

长福到监狱里看他弟弟。长怙受了三天折磨，已经憔悴得跟鬼一样了。一见到哥哥，长怙就哭得不行了。长福也哭了。这时候，长福在河南已经很有名了，都知道他是巡抚大人最看重的学子，前途无量。把长怙关起来的小县令，一看长怙是长福的弟弟，都不用上巡抚那里绕弯子，直接就把长怙放了。

由此可见，长福这时候虽然还只是个小秀才，但已经很有面子了，他的面子甚至超过了他自己和他母亲的认知。另一方面也可以想到，细柳早就算准了长福能救长怙，知道长怙不会有大事，才敢这么坑他。

长怙回到家里，怕得要死，跪在地上往母亲跟前走。细柳说："这回你趁了愿了？"长怙光哭不说话。长福又陪着他跪下，细柳才喝令他们都起来。

这一回，长怙可算是痛改前非了。细柳先不放他出去，就让他在家经营家业。长怙这回不想歪的邪的了，当然，关在家里，也很难想歪的邪的。他充分发挥自己的商业才能，把家里的事打理得井井有条。细柳开始不言不语地让他做主一些小事，也不太说他了。就这么过了几个月，绝口不跟他提做买卖的事。

长怙实在憋不住了，想出去做买卖，又不敢说，还托了长福去跟母亲说。细柳这回很高兴，竭尽全力，又借又当的，帮长怙弄了点本钱，让他去做生意。长怙努力了半年，就赚出来一倍的钱。这回，长怙终于上道了。

细柳让两个儿子改邪归正的手法有点相似，都是故意让他们受一点挫折，这种做法是有效的。有的家长会把这种做法简单归纳为“让他吃点苦，他就长记性了”，就开始推崇各种“挫折教育”，而且不自觉地带出了潜意识里对孩子的嫉妒和仇恨，甚至花钱送孩子去非法机构受折磨。其实，不是随便吃一点什么苦，就能让随便什么人都成功的。

一个有本事的人，要彻底找到自我，需要吃一点苦。这个苦不能是人造的，必须是天然的，是从他自己的天性、欲望中生长出来的。长福喜欢自由，就应该吃绝对自由的苦；长怙喜欢物质，就应该因为物质上的放纵受教训。细柳采用了自然惩罚法，让孩子们自己体验，不念书会吃什么样的苦，把钱都败光了会吃什么样的苦。而不是莫名其妙地突然让他们超负荷地跑圈、干重活，吃一些跟他们的天性弱点毫不相干的苦。

人吃了苦，并且能认识到吃的苦和自己的天性有什么关系，就会开始好好思考自己的诸多欲望之间的矛盾，做出取舍，从而找到自己真正想要的，这就是所谓“开窍”了。细柳能看出长福和长怙可以取得怎样的成功，也能看出他们命中注定的磨难。她所做的，不过是顺势而为，让长福、长怙命中的磨难尽早出现，在她还能保护他们的时候出现，确保他们在“开窍”之后，还能全身而退，等于是为他们的人生种了一支疫苗。

之后，母子三人的日子就越过越好了，长福一个劲儿地往上走，长估一个劲儿地赚钱，挣下了一大笔家产。这时候，细柳也才四十多岁，看起来就像三十来岁的样子，衣着朴素淡雅，看上去就是平常人家。

故事到这里就结束了，也许有人还在等着，最后揭晓谜底，细柳也跟婴宁一样，是什么仙鬼精怪之类。其实，《聊斋》里很多故事的主角，都不是仙鬼精怪，而只是有某些特殊能力的人类，细柳就属于后者。在民间的灵异传说中，也有一类主题，是具有某种灵异超能力的人类，特别是女性。细柳就是一个有相面能力的灵女，或者说，接近一个女巫。

女巫文化一直伴随着人类文明。在前现代社会，女性受教育水平低，社会化水平低，而与自然更为亲近，所以在男性眼中，她们像大自然一样神秘。有一些女性具有某种文明人所不能理解的能力，就会被视为女巫（当然，到了后来，也有很多毫无灵感的普通女性被恶意构陷为女巫，那是另一个问题）。民间经常会有这样的流言："某某家的闺女，看着半疯半傻的，偶尔说出一句话来，还特别灵验。"细柳的故事，还原到故事讲述的语境中，也是这样的一个灵女故事。

细柳会看相，能预知未来，等于对我们来说是黑箱的世界，单独为她开了白箱。这也可以成为一种有趣的写作构思。有一种常用的写作手法，是对读者开白箱，给主角黑箱。作者与读者达成一种隐秘的同盟，作者已经把真相告诉了读者，但是大家联合起来，就瞒着主角一个人，看着主角懵懵懂懂地乱撞。这是一种增加戏剧性、提升读者阅读体验的手法。而细柳的故事反其道而行之，是细柳看穿一切、掌控全局，读者懵懵懂懂地跟着她往前走，不知道她为什么要这样做，但最后发现她做的都是对的。这也是一种富于戏剧性的效果。中外都有不少关于占卜、预言的故事，世界对于占卜者、预言者都是白箱，但是洞察世事的占卜者、预言者大多不是故事的主角。《细柳》是一个直接以预言者为主角的故事，因而故事的视角和叙述节奏都是很独特的。

细柳是一位大女主，是一位聪明的女人。聪明的女人，就难免承受更多的辛苦，因为她能看到周围的人看不到的事，那么这些事，就只有她一个人去完成。愚钝的人们，甚至不能理解她为什么要这样做，她必须孤独地承受很多压力和指责。但是，这并不是说，聪明真的是一种不幸。细柳承受了更多的辛苦，也获得了更多的收益，最终过上了幸福的生活。聪明，以及聪明带来的一切辛苦，终究是值得的。

图书在版编目（CIP）数据

中国人的神神鬼鬼 / 张一南著. -- 长沙 ： 湖南文艺出版社， 2024. 10. -- ISBN 978-7-5726-2081-2

Ⅰ. I207.73

中国国家版本馆CIP数据核字第2024TF1873号

中国人的神神鬼鬼

ZHONGGUOREN DE SHENSHENGUIGUI

张一南 著

出 版 人　陈新文
出 品 人　陈　垦
出 品 方　中南出版传媒集团股份有限公司
　　　　　上海浦睿文化传播有限公司
　　　　　上海市黄浦区万航渡路888号开开大厦15层A座（200042）
责任编辑　吕苗莉
责任印制　王　磊
封面设计　张王珏
出版发行　湖南文艺出版社
　　　　　长沙市雨花区东二环一段508号（410014）
网　　址　www.hnwy.net
经　　销　湖南省新华书店
印　　刷　深圳市福圣印刷有限公司

开本：787mm × 1092mm 1/32　印张：12.25　字数：235千字
版次：2024年10月第1版　印次：2024年10月第1次印刷
书号：ISBN 978-7-5726-2081-2　定价：69.00元

浦睿文化
INSIGHT MEDIA

出 品 人：陈　垦
监　　制：余　西
策 划 人：于　欣
出版统筹：胡　萍
编　　辑：靳田田
封面设计：张王珏
营销编辑：狐　狸

欢迎出版合作，请邮件联系：insight@prshanghai.com
微信公众号：浦睿文化